C000226988

797,885 Books

are available to read at

www.ForgottenBooks.com

Forgotten Books' App
Available for mobile, tablet & eReader

ISBN 978-0-483-70040-6
PIBN 10411545

This book is a reproduction of an important historical work. Forgotten Books uses
state-of-the-art technology to digitally reconstruct the work, preserving the original format
whilst repairing imperfections present in the aged copy. In rare cases, an imperfection in
the original, such as a blemish or missing page, may be replicated in our edition. We do,
however, repair the vast majority of imperfections successfully; any imperfections that
remain are intentionally left to preserve the state of such historical works.

Forgotten Books is a registered trademark of FB &c Ltd.
Copyright © 2017 FB &c Ltd.
FB &c Ltd, Dalton House, 60 Windsor Avenue, London, SW19 2RR.
Company number 08720141. Registered in England and Wales.

For support please visit www.forgottenbooks.com

1 MONTH OF
FREE
READING

at

www.ForgottenBooks.com

By purchasing this book you are eligible for one month membership to ForgottenBooks.com, giving you unlimited access to our entire collection of over 700,000 titles via our web site and mobile apps.

To claim your free month visit:

www.forgottenbooks.com/free411545

* Offer is valid for 45 days from date of purchase. Terms and conditions apply.

English
Français
Deutsche
Italiano
Español
Português

www.forgottenbooks.com

Mythology Photography **Fiction**
Fishing Christianity **Art** Cooking
Essays Buddhism Freemasonry
Medicine **Biology** Music **Ancient**
Egypt Evolution Carpentry Physics
Dance Geology **Mathematics** Fitness
Shakespeare **Folklore** Yoga Marketing
Confidence Immortality Biographies
Poetry **Psychology** Witchcraft
Electronics Chemistry History **Law**
Accounting **Philosophy** Anthropology
Alchemy Drama Quantum Mechanics
Atheism Sexual Health **Ancient History**
Entrepreneurship Languages Sport
Paleontology Needlework Islam
Metaphysics Investment Archaeology
Parenting Statistics Criminology
Motivational

Happy Birthday,
Gladys !
Love Paul

EL HOMBRE DE HIERRO

BIBLIOTECA ANDRÉS BELLO

Obras publicadas (á 3,50 ptas. tomo).

I.—M. Gutiérrez Nájera: *Sus mejores poesías.*

II.—M. Díaz Rodríguez: *Sangre patricia.* (Novela) y *Cuentos de color.*

III.—José Martí: *Los Estados Unidos.*

IV.—J. E. Rodó: *Cinco ensayos.*

V.—F. García Godoy: *La literatura americana de nuestros días.*

VI.—Nicolás Heredia: *La sensibilidad en la poesía castellana.*

VII.—M. González Prada: *Páginas libres.*

VIII.—Tulio M. Cestero: *Hombres y piedras.*

IX.—Andrés Bello: *Historia de las Literaturas de Grecia y Roma.*

X.—Domingo F. Sarmiento: *Facundo.* (Civilización y barbarie en la República Argentina.)

XI.—R. Blanco-Fombona: *El Hombre de Oro* (Novela).

XII.—Rubén Darío: *Sus mejores Cuentos y sus mejores Cantos.*

XIII.—Carlos Arturo Torres: *Los Idolos del Foro.* (Ensayo sobre las supersticiones políticas.)

XIV.—Pedro-Emilio Coll: *El Castillo de Elsinor.*

XV.—Julián del Casal: *Sus mejores poemas.*

XVI —Armando Donoso: *La sombra de Goethe.*

XVII.—Alberto Ghiraldo: *Triunfos nuevos.*

XVIII.—Gonzalo Zaldumbide: *La evolución de Gabriel d'Annunzio.*

XIX.—José Rafael Pocaterra: *Vidas oscuras.* (Novela.)

XX.—José Castellanos: *La Conjura.* (Novela.)

XXI.—Javier de Viana: *Guri y otras novelas.*

XXII.—Jean Paul (Juan Pablo Echagüe): *Teatro argentino.*

XXIII.—R. Blanco-Fombona: *El Hombre de Hierro.* (Novela.)

BIBLIOTECA ANDRÉS BELLO

R. BLANCO-FOMBONA

HOMBRE DE HIERRO

(NOVELA)

162440.

30. 5. 01

EDITORIAL-AMÉRICA

MADRID

LIBRO PRIMERO

I

María, la viuda, cayó en la cama como una piedra. Trasnochos, inquietudes de la semana, emociones del entierro aquel día, y hasta la crisis de lágrimas por que pasó cuando, ya extinguidas las luces, oyó traquear el portón para cerrarse definitivamente, haciéndole comprender absoluta la ausencia del esposo: todo había contribuído á postrarla, al punto de que apenas reclinó la cabeza en las almohadas quedóse dormida.

Su prima Rosalía se acostó en la misma habitación—que no era dormitorio, sino un saloncito de recibo—, sobre un colchón tendido para el caso en la alfombra, cerca del catre provisional de la viuda.

Los postigos, sobre el patio, estaban abiertos para dar paso al aire de la noche y disipar olores de botica en la habitación.

Sería la alta noche, ó, según reza el viejo romance hispano,

> Media noche era por filo
> Los gallos querían cantar,

cuando oyóse un tartamudeo como de quejumbre, suave lamentación que no prorrumpe en querella franca, y que partía de otro cuarto, sito en el ala derecha de la casa, separada del ala izquierda, que ocupaban las dos mujeres, por el jardín del patio.

—¿Qué es?—preguntó la viuda, sobresaltándose, al despertar.

—Nada—repuso Rosalía—; debe ser alguno con pesadilla ó con dolor de estómago.

Pero el suave lamento cambióse de súbito en grito que espantó á ambas mujeres.

Se levantaron, encendieron la palmatoria y á á medio pergeñar se aventuraron á salir.

En toda la casa flotaba un insoportable olor de creolina y de éter. Á la rosada luz de la pantalla, desgreñadas, vestidas á trompicones, muertas de miedo, las dos mujeres se enderezaron á la pieza de donde surgía el clamor, rompiendo, al paso, la fúnebre hilera de sillas negras que les estorbaba el avanzar en el corredor. Adolfo Pascuas, el marido de Rosalía, también se levantó á curiosear ó á inquirir la causa del grito; y los tres, ambas mujeres y Adolfo, tocaban á la misma puerta. Nadie respondía; pero oyóse adentro, leve, constante y entrecortado, el gemir de un hombre. Las mujeres temblaban, pavoridas. La llave, echada por dentro, no permitía entrar. Rosalía tuvo una idea. El postigo de la ventana, entrejunto, daba acceso á un brazo. Insinuó á su marido que introdujese la mano por el postigo, descorriera el picaporte de la ventana y abriese las maderas, á fin de mirar qué ocurría.

Cuando la ventana quedó abierta de par en par, Adolfo Pascuas y las dos mujeres vieron una cosa ridícula.

Ramón, hermano de Crispín Luz, el muerto, yacía sobre la cama, envuelto en una sábana hasta los ojos y tembloroso como un gusano. Á las voces de la familia consintió en descubrir la cara; y surgió de entre la blancura del lecho una cara lívida, medusea, en greñas, la barba hirsuta, los ojos pavoridos: la cara del espanto. En el suelo, una lamparilla que había quedado con luz toda la noche iluminaba el aposento.

—Pero, ¿qué es?, Ramón—preguntó Adolfo Pascuas.

—Aquí, aquí. Lo he visto. Me ha agarrado las piernas.

—Pero, ¿quién?

—Él, Crispín. Se me ha aparecido. Se sentó aquí, en mi cama, me tiró de las piernas.

Las mujeres tuvieron un instante de pánico, por sus espaldas corrió un temblor de calofrío;

pero la luz, la presencia de Adolfo, y sobre todo lo ridículo de Ramón, las hicieron volver en sí. Rosalía no pudo contenerse y rompió á reir. Apretándose contra María, le dijo:

—¡Parece una visión, uf!

A la postre se fueron, dejando á Ramón en el dormitorio, solo con su miedo.

—Yo le creía menos cobarde, menos ridículo, empezó á considerar Rosalía—. ¡Y es éste el que amenaza con tragarse frito al Gobierno! ¡Y es éste el terrible hombre de negocios! Pues mira: en el fondo es lo mismo que el otro: un pazguato.

—Por Dios, Rosalía, cállate—expresó la viuda, casi desazonada, comprendiendo la alusión á su difunto esposo.

—Tu caso es raro, chica. Un caso de amor póstumo. ¡Caramba!

Y se echó á reir, con risa de chicuela.

Su risa disonaba á media noche, en aquella casa en duelo, donde flotaba aún el postrer aliento de un hombre, debajo de aquellas girándulas con cintas negras, indicio de luto, y que mariposeaban en el aire como libélulas de dolor.

Pero Rosalía bien podía permitirse tal inconveniencia. No tolerada únicamente, sino celebrada en la más mínima de sus acciones por su esposo; niña mimada, niña terrible de su madre y de su hogar, era una de esas personas á las que se conviene permitirlo todo, y de cuyas extravagancias se dice, en son de disculpa, y como pase de aceptación: "cosas de Fulana."

Era una mujer alta, elegante, sensual, tanto de temperamento como de imaginación; sentimiento y gustos de artista que le hacían introducir, sin que se rindiera cuenta, la mayor cantidad de locura bohemia posible dentro de su vida burguesa, la mayor cantidad de locura compatible con su sexo y su medio. Tenía los redondos brazos vellidos; las piernas, las caderas y la garganta de buen torno. La hermosura morena de Rosalía, más bien que hermosura era gracia; y esa gracia residía sobre todo en la cabeza, puesta sobre los hombros con la gentileza de una flor en su tallo, y que ella inclinaba en típico gesto hacia la izquierda, guiñando sus ojos negros y haciendo un mohín con la picaruela boca, de labios gordos y frescos.

Una vez se le preguntó por qué inclinaba la cabeza á la izquierda, y repuso:

—Es para oir lo que dice mi corazón.

Su corazón, en efecto, debía de decirle muchas y varias cosas, porque á los diez y ocho años ya contaba á puños los novios y era maestra en amores. En su torno revoloteaban los deseos como las palomas lascivas en derredor de Venus. Besos los dió á millares; pero cuando más se encalabrinaban los novios, aspirando á mayor ventura, Rosalía, con frialdad y firmeza increíbles en una locuela, epicúrea hasta la médula de los huesos, los ponía á raya y en el colmo de la desilusión:

—Todo, menos eso.

Y no había que insistir. Era mordaz, irónica, y su despreocupación llegaba hasta burlarse de sus propias imperfecciones.

—A mi nariz—decía—no le falta sino ser más recta y más fina para parecerse á la nariz de una estatua griega.

Cantaba, tocaba el piano y la vihuela con primor, y su cháchara, su movilidad de cuerpo y de espíritu y su alegría inmarcesible contribuyeron siempre á rodearla de amigas, de rivales y de admiradores, y á que el perdón social cayera, benévolo y paternal, sobre sus locuras.

Su madre, viuda de un abogado de oratoria elegante y florida, verdadero orfebre del verbo, que hizo fortuna con su profesión, tan regocijado de espíritu como su hija, y muy de manga ancha, la adoraba, lo mismo que sus hermanos—Mario, poco mayor que Rosalía, y tres mucho más pequeños, internos en un colegio en la vecina Antilla de Trinidad.

La madre, doña Josefa de Linares, pequeñuela y regordeta—siete arrobas de carne grasa—, desaforada lectora de novelas, tenía en la memoria una biblioteca de novelistas, y á todo el mundo le encontraba parecido con las heroínas y los héroes de sus lecturas. Para doña Josefa, una mujer desenvuelta era una *Naná;* un avaro *Grandet;*

el de Balzac, un buen obispo, *Monseñor Bienve-nido*, el de Hugo. En su mundo real, como en su imaginación, existían: *Clarisa Harlowe, Ana Ka-renina, María, Goriot, Jorge Aurispa, Doña Per-fecta* y *Pepita Jiménez.*

María, hija de un hermano de doña Josefa, huérfana de padre y madre desde temprana in-fancia, fué criada por su tía bajo el mismo pie que la hija propia, y con el mismo calor y regalo maternales. Era mayor de un año que Rosalía.

Algo más corta de estatura que su prima her-mana, el castaño cabello rizo, frondoso; blanca de una blancura anémica, las manos finas y descar-nadas, el rostro oval, María no radiaba juventud y contento como la otra muchacha. En su juven-tud algo se marchitaba, y los pliegues de su boca y sus pardos ojos, cuyas ojeras florecían á menu-do con moradas violetas, solían darle un aspecto de pena ó de melancolía. A veces era más ruido-sa y chacharera que su prima, á veces caía en si-lencios irrompibles, encerrándose en su cuarto para llorar á solas falsas penas, pesadumbres que no existían sino en su imaginación.

Se desinteresaba cuando á bien lo tenía por las cosas de mayor interés para sí, aceptándolas ó rechazándolas con un mohín de cansancio, mien-tras que se apasionaba, según el capricho del día, por las mayores futilezas. Entre los hombres, que ella veía sin el fuego de su prima, no gozaba tan-to partido como ésta. Cuando Rosalía contaba

los amores á puños, ella no pudiera anotar en su
haber sino algún noviazgo fugaz, aceptado más
bien por vanidad que por sentimiento. Enemiga
de la movilidad de ardilla peculiar á la prima
hermana, María, cuando no era arrastrada al re-
molque por su compañera ó por doña Felipa, se
pasaba días enteros tendida en la *chaise-longue*
hojeando alguna sentimental novela ó espiando el
vuelo de las moscas, ó bien en asiento más propicio al trabajo, empeñándose en cualquier inútil
labor de bordado ó costura, cien veces interrumpida, no terminada nunca.

Cavilaba, á las veces, sobre su papel secundario en el hogar, que ella en mientes atribuía, si
bien con notoria injusticia, á su condición de intrusa y de hija de pega. Acaso contribuía esa
preocupación á dar aquel tinte de languidez á sus
ojos y á poner en su boca un pliegue de melancolía, contraste con los risueños y alborotados
abriles de su prima hermana. Se querían, sin embargo, sinceramente, sin que esto fuera óbice
para que en riñas tildase á su prima de inquieta, de atrabiliaria, de loca. "Esta lunática es mi
luna", exclamaba, por su parte, Rosalía, cuando
de chica, y aun ya mujer, enfadábase con su compañera.

Cuando llegaron al saloncito en desorden donde ambas dormían esa noche, Rosalía se burlaba
del miedo de Ramón y del extemporáneo amor
póstumo de su prima.

—Por Dios, Rosalía; no me hables ni me hagas hablar ahora del pobre Crispín.

—¿Les tienes miedo á los muertos, como les tiene Ramón?

—No, no es eso.

—¡Ah! ¿Entonces ya no te inspira horror tu marido?

María no respondió, sino continuaba desvistiéndose.

Rosalía, con buen humor intempestivo, le preguntó:

—Dime una cosa; ¿qué te produciría más espanto: que tu marido se te apareciera muerto, ó verlo resucitar?

Y como no obtuvo por respuesta más que un "¡Jesús, no seas impertinente!", introdujo Rosalía, ya en camisa, las desnudas piernas morenas entre las frazadas, se acurrucó en su colchón y se arrebujó, mientras la otra mujer de un soplo mataba la luz.

María no pudo volver á conciliar el sueño. Las impertinencias de su prima la hicieron pensar en su matrimonio, en su viudez, en su porvenir. Después de aquella obscura é incesante noche de nupcias, la vida y la libertad se extendían de nuevo á sus ojos como llanuras pradiales. Viuda en la flor de la vida, sin reatos, con experiencia, se volvería á casar, ¡cómo no! No erraría el camino. Ahora iba á acertar en la elección de esposo, diestra ya por el sufrimiento. No daría su mano al primero, y no escucharía más sugestiones sino las de su corazón y de su interés. Quería ser feliz, y casarse con un hombre á quien amase, como hizo Rosalía, tan regocijada, tan libre, tan sin nubes en el horizonte. ¡Qué diferencia con aquel matrimonio suyo! ¡Qué diferencia de hombres! Adolfo, suave, galante, tolerante, muy lechuguino, permitiendo todo á su mujer; Crispín, enteco, desmañado, lleno de nimias preocupaciones, celoso, insulso, un pobre diablo. ¡Qué diferencia de hombres! Y el hombre es quien imprime sello al hogar. Además, sin amor no es asequible la felicidad. Equivale á fabricar sin cimientos. ¡Lo que es la vida! Rosalía y ella, crecidas juntas, en soltería la más dulce, risueña y sin trabas... Luego, ¡qué pesadilla! Era como un camino que se bifurcase. La una seguía éste; la otra aquel rumbo. Adiós, hasta la vista. Para Rosalía la ruta electa fué toda cantos de pájaros; fontanas que borbotan entre la mullida grama; compañeras de travesía, la canción en los labios; el quiquiriquí de las alquerías al amanecer; las estrellas de oro y el rasgueo de las guitarras en las claras noches azules; y con el alba el sol, el radiante sol empurpurando las uvas en los viñedos y los racimos de cambures en los rumorosos bananales. Ella, ¡cuán distinto! Su camino, un sendero rocalloso, difícil de acceso, entre el talud y el voladero, con ramas erizadas de púas que se extendían en la sombra cual manos de malhechores y arañaban su rostro y desgarraban sus ropas y sus carnes; sin un pozo cristalino donde mitigar la sed del ajetreo; sin rancho adonde guarecerse; sin luciérnagas que alumbrasen la obscuridad nocturna; sin más compañía que la soledad y el hastío; los lagartos calentándose un instante á la intemperie del sol, y los áspides dardeando la bilingüe temerosa entre las grietas verdinegras del berrocal.

¡Ah, no! Estaba dispuesta á no errar otra vez el rumbo. Por su imaginación fueron pasando aquellas de sus relaciones masculinas, probables candidaturas al tálamo. Ninguno le pareció apto para marido. La infelicidad la había hecho desconfiada, recelosa. La figura de su amante—del que fué su amante—pasó también en la cáfila de su evocación. Ante aquella imagen tembló. Lo había amado y lo amaba aún, á pesar de que la suplició, á otro respecto, casi tanto como su esposo. Y en pensamiento hizo un distingo. Para amante sí, todavía, acaso. Para marido, nunca. Era indiferente, canalla, cruel, lleno de egoísmo, y enamorado profesional. No, ¡cuándo! Ese nunca.

Y volvió á pensar en Crispín Luz, su marido, inhumado esa tarde. ¿Por qué, Dios mío, por qué consintió en casarse con él? ¡Se hizo tantas veces, durante el breve tiempo de matrimonio, esa pregunta! Y siempre se dió la misma respuesta: «Casé por falta de voluntad, por tonta, por inexperta, por seguir la corriente; porque Rosalía se casaba, porque era menester no quedarme para vestir imágenes, ó para niñera de los chicos de mi prima; porque deseaba labrarme una posición independiente y salir del tutelaje; porque las mujeres deben casarse; porque Rosalía, mi tía Josefa y Adolfo me metieron por los ojos á Crispín, jurándome ser un buen partido, sobre todo en Caracas, donde la mocería es caterva de perdidos.»

Y era lo cierto.

Cuando Rosalía se enamoró de Adolfo Pas-

cuas, en el corazón de María empezaba á germi-
nar una pasioncilla, que ella no confesó nunca, ni
siquiera á Rosalía, su íntima, su confidente, segu-
ra de que todos, Rosalía inclusive, se la hubieran
contrariado. ¡Disfrutaba su preferido de tal reputación de calavera! Ella misma pugnaba por es-
trangular aquel sentimiento en botón.

Rosalía, por su parte, no confesaba tampoco la
sinceridad de su afición por Adolfo, que empezaba á cortejarla. Pero como era la más cuerda
de las locas, pensó desde la iniciación de sus
amores que Adolfo se pintaba como nadie para
su esposo, por las ideas, por las costumbres, y
sobre todo porque se le estaba metiendo en el
corazón más hondamente que ningún otro había
penetrado.

Se propuso conseguir novio á María, á toda
carrera, á fin de hacer dos parejas y gozar de mayor libertad con Adolfo. ¿No era María un constante y enojoso estafermo entre los amantes? De
acuerdo con Adolfo empezó á meter por los ojos
de María á Crispín Luz.

—Pero si yo no pienso casarme aún, expresaba
María. Además, si no me gustan los...

Rosalía no la dejaba concluir.

—Tampoco me gustan á mí, chica. Crees tú
que pudieron gustarme nunca de veras Manuel
Lindo, que no tiene de lindo sino el nombre; ni
Rosales, cuya boca olía á todo menos á rosa; ni
Pedro, ni...

—¿Y Adolfo?—la interrumpió María, con sonrisa maliciosa.

—No te rías, por Dios. No creas un instante
que estoy enamorada de Adolfo Pascuas, de
Adolfito. Adolfo en mi... Dios me salve el lugar.

Y luego de un gesto displicente continuaba:

—Pero oye, te lo juro: es tonto lo que haces
con Crispín Luz. Ves que en todas partes te de-
vora con los ojos; que te sigue; que te está diciendo que te adora con el menor de sus movi-
mientos. Sabes que no le habla á Adolfo sino de
ti... ¿Y tú?

—¡Pero, chica, no es posible tanto amor! Nunca se me acerca.

—Por tímido. Porque te ama de veras.

—Mira, Rosalía: déjate de discursos y de embrollos.

—¿De embrollos? Después de todo á mí qué
me va ni me viene. Pero es preferible que lo
desahucies categóricamente. Escenas como la del
domingo en Catedral, tú sabes, no son de muy
buen gusto.

—¿El domingo, en Catedral? ¿Qué dices?

—Sí, recuerda. Te miró; lo miraste; volviste la
cara y echaste á reir.

—Pero si no fué de él, te juro. Si fué de...

—No mientas, María. ¿Crees que no te conozco y que no lo conozco á él?

La pobre María, de voluntad plegadiza, sobre
todo tratándose de su prima, y sugestionada por

aquella cháchara, no sabía qué pensar. ¿Sería cierto? Pero,¿cómo ella no se dió cuenta nunca? Y para no parecer menos perspicaz que su trapalona de prima, se calló, dando á entender que sabía cosas que ignoraba y que no podía menos de ignorar, pues todo aquello no eran sino imaginaciones de su prima.

Adolfo Pascuas, por su lado, y para complacer á su novia, preparaba á Crispín Luz. Así nacieron, por extraño y enrevesado modo, los amores de Crispín y María.

—Lo cierto—secreteaba Rosalía á su novio— es que se necesita ser un zoquete como Crispín y una horchata como María para quererse por recomendaciones de tercero.

—Y tú verás—agregaba Adolfo—, van á ser muy felices.

III

Crispín estaba encantado y extrañado. Era dichoso y no creía merecer su dicha. ¿Era esto la vida? Entonces la vida no espantaba á nadie; ¡qué iba á espantar! Había, pues, dulzuras entre los abrojos. Cómo es posible que haya seres renegados del vivir cuando á un recodo ó en una curva de la existencia puede uno sorprenderse con las más gratas sorpresas. Dios, infinitamente grande é infinitamente bueno, mal podía haber lanzado hombres al mundo para la desesperanza y el dolor. ¡Qué bella era la vida y cómo la amaba!

Crispín, en corto lapso, se había enamorado con sinceridad de pasión. La sola calaverada de su juventud en punto á mujeres fué un amorío fugaz con una amiga de su hermana Eva; pero la novia, á pesar de no ser una maravilla de hermosura, se casó con otro. Esta malaventura de sus veinticinco años afectó mucho á Crispín, le hizo perder la escasa confianza que podía tener en sus aptitudes de Lovelace, y, enfrenada la osadía y herido el orgullo, se retrajo de la vida social, á que nunca fué muy adicto.

Era un hombre de regular estatura, que lucía alto á causa de su extrema delgadez; á lo canijo del cuerpo uníanse un espíritu pacato, las manos y el rostro de blancura de cera, la nariz de gancho, como su madre, los ojos grandes y redondos, también como su madre, y ojos cuya orbicularidad le granjeó en el colegio el apodo de *El Buho.*

—Tienes ojos de sabiduría—le decía el padre á su chico socarronamente y aludiendo al pájaro de Minerva.

Los cabellos, en forma de cepillo, se los recortaba con periodicidad indeclinable cada quince días. Era un hombre metódico, puntual, con alta idea del deber y cuya abnegación se extremaba al punto de haber perdido, en apariencia, la noción de sus derechos. Inaccesible á los vahos del pantano, incontaminado por el mundo, á pesar de la vida, conservaba en su alma la frescura y el candor de la adolescencia. Sumiso, resignado, creyente, siempre tuvo el instinto del sacrificio, la pasividad de la deposición continua y sin tasa en aras de ajenos anhelos. No conoció más travesuras infantiles sino la de pintar mostachos enormes á las figuras del libro primario y el corretear con sus hermanos dentro del caserón solariego. Sólo que, de colegial, en cuanto se encontraba un libro garrapateado, los coscorrones del maestro llovían sobre el cabeza de turco, así

fuese inocente de la fechoría. Cuando los hermanos cometían un desaguisado y doña Felipa, iracunda, con la chancleta en la mano, preguntaba
por el culpable, todos, de tácito acuerdo, indica-
ban á Crispín, á quien percudía la zurra. En la
casa conservábase la tradición de una de estas
injusticias, que despertaba cada vez, al referirla,
indefectible hilaridad. Varios de los chicos, pared
por medio con doña Felipa, empezaron á jara-
near cierta noche, produciendo truenos de ven-
tosidad con la boca. Doña Felipa intimó silencio
por dos veces, y en ambas ocasiones, luego de un
paréntesis, prorrumpía de nuevo en truenos bu-
cales aquella endiablada chiquillería. Crispín era
el único que callaba. A la tercera vez se presentó la madre, furibunda, enarbolando una chinela.

—¿Quién es?—preguntó la colérica señora.

Los chicos respondieron á una:

—Crispín, mamá.

La madre le ordenó imperiosamente que se al-
zara la camisa; y antes de que el muchacho pusiera por obra el mandato, la terrible señora le
suministró en las posaderas dos formidables chi-
nelazos.

Los hermanos, con intención de humillarlo,
preguntaron luego á Crispín:

—¿Cuántos te dió?

Y él, con sincera humildad, con una cristiana,
resignación que produjo y producía al referirlo,
aun de hombres, indefectible hilaridad, repuso:

—Dos solamente.

En su vida pisó Crispín el umbral de una taberna; la taberna le inspiraba enofobia; ignoraba
lenocinios y prostíbulos; se decía que los amores
fáciles ó venales le eran desconocidos, y que se
conservaba tan puro como Newton ó San Juan.
A pesar de su salud quebrantadiza, de su pro-
pensión á bronquitis y achaques del pecho, entró desde los diez y ocho años, en calidad de dependiente, en la casa de Perrín y C.ª; y desde entonces servía el mismo almacén con decisión, con
lealtad, subiendo el escalafón á paso lento, pero
seguro, y labrándose una reputación de honradez
á toda prueba y de elemento laborioso é indispensable.

Se había enamorado con la misma circunspec-
ció y buena fe que ponía en la más ínfima de sus
acciones; y, enamorado, no veía más porvenir
para su sentimiento que el de santificarlo por la
iglesia y legalizarlo ante la sociedad.

Se casaría, ¡cuándo no!, con aquella mujercita
adorable, perfecta, y de cuyo corazón se creía
dueño. Viviría toda la vida feliz, rodeado de las
cabecitas negras de la prole, entre la graciosa y
experta cortesanía de Adolfo Pascuas, las inocentes locuras de Rosalía, las benévolas arrobas de
doña Josefa; posesor de su novia, de su mujer,
de su María,

> Tesoro de hermosura,
> Dechado de candor.

Cuanto á la parte económica de la existencia, que, á fuero de tenedor de libros, no olvidaba, ¿por qué arredrarse? Doña Felipa, ¿no poseía fortuna; el patrimonio de todos, indiviso? Sobre contar él con su sueldo en la casa de Perrín y C.ª, casa fuerte, exenta de factibles fracasos, á cuyo frente se hallaba aquel Perrín, inteligente, audaz, fortunoso, que le merecía tanta admiración.

¿No era allí considerado por sus superiores?; ¿qué esperaba sino aumento paulatino de influencia y de estipendio? Su porvenir, claro como una mañanita caraqueña, ¿no le invitaba al matrimonio?

El pensamiento en estas ideas, llegó Crispín á la casa de su novia un domingo en la tarde, á cosa de las cinco.

Qué dulzuras penetraron su corazón cuando al entrar en la casa le salió al encuentro la deliciosa Rosalía, diciéndole:

—Crispín, ¡qué suerte la suya! María está loca, loca, loca; no habla sino de usted. No piensa sino en usted. Anoche soñó con su Crispín. Espéreme un instante, voy á llamársela.

¡Qué iba á menester Crispín de aquel aguijón! Pero se le empezó á derretir el corazón de placer, mientras Rosalía volaba al tocador, donde la prima se emperifollaba y afeitaba.

—María, ahí está Crispín. Apresúrate, ¡por Dios! No lo hagas esperar tanto. Es un terrón de

azúcar cuando habla de ti. En cinco minutos me
ha trastornado la cabeza.

—¿Qué te dijo?

—¡Qué iba á decirme! Cosas tuyas.

A poco se presentó con sus mecidos andares
de pato, arrastrando sus siete arrobas, la voluminosa doña Josefa:

—Niñas, ¡Jesús!, ¿qué esperan? Esos señores
aguardan en la sala hace media hora.

—¿Llegó Adolfo?— preguntó Rosalía.

Y sin esperar respuesta, y atusándose á toda
carrera los rizos de la frente, partió hacia la sala
con rápido taconeo, sacudiendo con la derecha mano la recogida falda de muselina de seda
azul.

Cuando María, instantes después de su prima,
entró en la sala, á Crispín le saltó el corazón en
el pecho y tuvo una extraña sensación. Le pareció ser como un hombre á quien empujan los
cien brazos de la multitud hacia la puerta de un
teatro, y que le hacían entrar á gozar del espectáculo sin él darse cuenta.

Abrieron una ventana sobre la calle, de tres
que había. Las dos mujeres se sentaron en sendos poyos, y los jóvenes en sendas sillas, cada
uno al lado de la dama á quien servía.

Por la calle circulaban coches descubiertos,
llenos de mujeres vestidas de claro y de hombres
endomingados.

Algunos pedestres y de varios coches saluda-

ban, al paso, el grupo de la ventana. De una victoria sacó la cara sonreída un jovencito boquirrubio y lanzó, como si estuviesen en Carnaval,
un ramo de violetas blancas, que fué á caer en el
corpiño de Rosalía. Al lanzar el *bouquet* el jovencito de las violetas blancas había pronunciado:

—Para la más hermosa.

Por los ojos de María pasó un relámpago, y
aquel relámpago siguió la victoria, mientras Rosalía tomaba el mazo de violetas, sin dudar un
instante de que fuera para sí. Crispín, por su
parte, sin penetrar el fondo de aquella escena de
un minuto, se puso taciturno, indignándose interiormente de lo que él pensaba usurpación á los
derechos de María. ¿No dijo para la más hermosa? ¿Por qué había de ser Rosalía? ¿Por qué se
erigía ella, sin empacho, siendo parte, en juez de
su hermosura? Y al propio tiempo, por una contrariedad del sentimiento, que no podía explicarse, alegrábase de que no fuese María la electa
del regalo, porque á su novia nadie sino él debía regalarla.

Adolfo se inclinó en ademán de prender el
ramo en el corpiño de su novia, y Rosalía, que
hubiera tolerado aquella osadía á cualquiera de
sus enamorados de ocasión, se le ariscó á Adolfo, á quien amaba de veras, y golpeándole con
el abanico la punta de sus dedos pecadores, lo
amonestó:

—¡Cuidadito, eh, cuidadito!

Y luego, más dulce:

—Usted no sabe—dijo.

Rasgó el manojo en cuatro hacecitos blancos y los repartió, rogándole al mismo tiempo á su prima:

—Préndemelo tú, María.

Crispín no sabía qué hacer con sus flores en la mano, y titubeó un instante, hasta que vió á Adolfo que enfloraba el ojal del paltó. Se puso colorado, creyendo que los demás advirtieron su torpeza y su indecisión; la instantánea turbación cambióse en instantáneo rencor contra Adolfo Pascuas. ¿Por qué no se le ocurrían á Crispín aquellas cosas del otro? Por su cabeza cruzó la idea de que María pudiera hacer un paralelo entre los dos, y compararlo á él, comedido, pero sin brillantez, bueno, honrado, lleno de virtudes domésticas, pero sin seducción, los dedos manchados de tinta, á pesar de limón agrio, piedra pómez y hasta agua de Colonia, con aquel gomoso de fingida frialdad á la inglesa, que pasó toda su juventud en Europa.

Se puso á contemplarlo con el rabo del ojo. La raya de la cabeza partía en dos crenchas iguales el cabello castaño obscuro de Adolfo, cabello casi negro y en contraste con sus ojos azules como dos turquesas.

Era un tipo elegante. La nariz fina y larga, los dientes grandes, uniformes, asomando en alguno la chispa de una orificación; el mostacho á la bor-

goñona y las manos blancas, pulcras, de uñas acicaladas. En el meñique de la siniestra lucía una
rara sortija de oro verde. Él oyó, en una ocasión,
la historia del anillo.

Un cuadro de Moreau, la Virgen surgente de
una flor, visto en París, en el museo de la rue La
Rochefoucauld, le sugirió á Adolfo la idea del
anillo, cinceladura de la cual un busto de mujer
surgía de un lirio, con tanta gracia y fortuna, que
no se percibía dónde terminaba el lirio y empezaba la mujer.

La noche caía. Era menester partirse. Se convino en que irían al Teatro Caracas una hora, de
nueve y media á diez y media, á ver alguna zarzuela.

—¿Qué zarzuela representan ó cantan á esa
hora?—preguntó Rosalía.

Crispín repuso:

—*Un inglés de la Guayana* en *"El Gato Negro"*, según creo.

—Eso es una porquería—aseguró la novia de
Adolfo.

Y éste repuso:

—Por qué, ¿por ser obra nacional? Pues á mí
no me parece ni mejor ni peor que las zarzuelas
españolas. Sin embargo, si ustedes prefieren, iremos á otra.

—No, no, se apresuró á decir María: vamos á
ver *El inglés de la Guayana*. Además, la hora es
excelente.

—Entónces—dijo Adolfo, despidiéndose —, convenido. Estén listas para las nueve.

—De lo contrario—añadió Crispín—, nos iríamos solos.

En la calle empezaban á encenderse los faroles.

IV

Es la aurora. Sopla una brisa fresca, fría casi,
de esa que hace meter las manos en los bolsillos
y apresurar el paso á los madrugadores. Por las
calles, aún dormidas, empieza á transitar el público de las mañanitas: el obrero que se introduce
en la primera fritanga abierta á apurar su pocillo
de café, mascando su arepa y su queso de cincho;
el panadero, á caballo en su asno, entre dos serones, que reparte el pan del desayuno; el isleño
lechero, cuyas cantimploras pendientes á las an-
cas de la cabalgadura forman la música matinal,
tan caraqueña, de las hojalatas; la beata que va á
misa, terciado el pañolón negro, ó el de lujo de
crespón blanco; la señorita que va á confesarse,
la dueña á la zaga, el paso menudo, arrebujada
en su mantilla andaluza; los empleados de tranvías que se apresuran á poner en movimiento los
trenes; los pesados tranvías del matadero que
traen al Mercado Central los restos de las últimas
reses beneficiadas á media noche; y el jovencito

que durmió fuera de casa, á quien la aurora sorprendió, y que va á la carrera hacia el hogar, los
ojos abotagados, la boca amarga, la corbata en
desorden...

Parleras como pericas y frescas como flores de
pascua, atraviesan también la ciudad, en esta mañanita de Abril, hasta siete mujeres jóvenes: Rosalía, su prima, las tres hijas del negociante Perrín—Perrín *and Company*, como las llama Rosa-
lia, á causa de los tres jóvenes que á menudo las
siguen—, Juanita Pérez, condiscípula pobre, cuyo padre acaba de morir, íntima de María y cabeza de turco de las travesuras é ironías de las
demás y Eva Luz, hermana de Crispín, la más
jovencita de la banda.

Se dirigen al Oeste, hacia el Calvario. Desde
hacía una semana comenzaron, á propuesta de
Rosalía, estas excursiones matinales. Todas convinieron en que el frío y el madrugar eran muy
gratos; y todas estaban, sin embargo, extrañadas
de haber salido sin interrupción siete mañanas.
El primer día fueron al Portachuelo, otro día por
el camino de Sabana Grande, otro hacia Agua
Salud, etc. Hoy enderezaron sus menuditos pasos
hacia el Calvario. Pasaron por frente á la iglesia
de San Francisco, atravesaron la plaza de la Uni-
versidad, y calle derecha al Oeste no se detuvie-
ron hasta la cima de la inmensa escalinata que da
acceso por aquella parte á los jardines del paseo.
Habían subido corriendo la escalinata para ver

quién llegaba la primera, y sudorosas y jadeantes,
á pesar de la hora y de la temperatura, cayeron
todas en el último escalón de la gradería, al pie
mismo de la estatua de Colón.

La ciudad yacía á sus pies.

—Miren cuánto hemos andado—dijo una de
las Perrín *and Company*, señalando hacia el Sagrado Corazón, en cuya vecindad vivían todas,
con la sola excepción de Juanita Pérez.

Rosalía, en acceso de sentimentalismo, empezó
á batir las manos y á repetir:

—¡Qué bello! ¡Qué bello! ¡Qué bello!

Y luego agregó:

—Tal como es, yo adoro á Caracas.

Las Perrín habían viajado por Europa, y lo sa-
caban á colación cada vez que podían. Por eso
Ana Luisa, la mayor de entre ellas, compinche é
íntima de Rosalía, y la más vivaracha de las tres,
si cupiese este distingo tratándose de las Perrín,
exclamó:

—¡Si tú conocieras á París! Las cinco de la tarde en el Bosque: no cabe más allá. ¡Si supieras
lo que vale transitar la Avenida de los Campos
Elíseos á esa hora, entre jardines, en medio de
trenes lujosísimos, donde tú ves las artistas, las *de-
mi-mondaines* á la moda, los diputados, los em-
bajadores, los literatos, todo el París conocido
de cerca ó de lejos!... Y luego el sol, allá, detrás
del Arco de Triunfo, chispeando á un lado, sobre
la cúpula de los Inválidos, y espolvoreando las

avenidas, las *toilettes*, los árboles con su polvillo de oro...

—¡Qué poética estás, Ana Luisa! ¡Si te oyera Peraza!—insinuó María.

Y Rosalía agregó:

—Bueno, aceptado. París es delicioso con su Avenida de los Campos Elíseos y sus cocotas y sus polvillos..., etc., etc. Pero, chica, las cosas bellas de allá no le quitan hermosura á las cosas bellas de aquí. Es bueno gozar del recuerdo cuando no se puede hacer otra cosa. Pero el recuerdo es una ilusión, y este paisaje, este espectáculo de la ciudad que se levanta, de esta ciudad en paños menores que se despierta á la mañanita, es una realidad. Gocemos, pues, de este instante. Mira, mira.

Ya serían las siete. Por las calles empezaban á hormiguear los transeuntes. Las locomotoras del ferrocarril de La Guaira y del ferrocarril de Valencia, aunque invisibles, comenzaban á despedir penachos de humo. El pito de una tahona de maíz rasgó los aires con su grito agudo. La fusta de un coche en ascensión á la colina restalló detrás de las muchachas, en la calzada, sobre los caballos, de cuyos lomos y de cuyas narices brotaban nubecillas de vapor. Aquella población, chata, como una ciudad griega; pintoresca, como una ciudad árabe; encajonada en el valle, surcada de cuatro riachuelos y ceñida por un cintillo de montañas verdes y azules; aquella ciudad de te-

chos rojos, entre verdes jardines, con su blanca
torre de la catedral en el centro, como un ata-
laya, su claro cielo azul atravesado por vuelos
de palomas, y sus tapias por donde saca la copa
un rumoroso chaguaramo, ó languidece un sauce,
ó trepan las rosadas trinitarias, hacía evocar, como
evocó Rosalía, los versos de *La vuelta á la patria*
del admirable Juan Antonio Pérez Bonalde:

> Caracas allí está. Sus techos rojos,
> su blanca torre, sus azules lomas,
> y sus bandas de tímidas palomas,
> hacen nublar de lágrimas mis ojos.

La bandera del orgulloso palacio de Miraflores
batía á la brisa matinal, sobre Caracas, sus colores magníficos. Los turcos y las bellas turcas de
ojos semitas se rebullían en sus pocilgas del
Camino Nuevo, y emprendían con sus tiendas á
la espalda, en cestas y cajas, la romería hacia
los barrios del centro. El sol, ascendiendo poco
á poco, cambiaba las rosas del alba en una trans-
parente lluvia de oro. El Ávila, á lo lejos, ce-
ñíase el turbante de su clara neblina azul. Al
frente se divisaban, más allá de la Plaza Bolívar,
mas allá de Catedral, más allá de Candelaria,
más allá de la estación del Ferrocarril Central,
los verdinegros cafetales de Quebrada Honda,
bajo los búcares rojos como parasoles de púrpura. Á la diestra mano se miraban la cúpula de
Santa Teresa, la masa gris del Teatro Munici-

pal, el Circo de Toros, el Mercado de San Pablo, el Puente de Hierro, las vegas del Guaire, y todo el Caracas nuevo: las quintas del Paraíso, entre jardines, y entre las quintas floridas, el épico bronce de Páez blandiendo la formidable lanza de las *Queseras del Medio*, y devolviendo su corcel con un ademán digno de Homero, al grito de "¡Vuelvan caras!" Más á la derecha aún, á ambas márgenes del Guaire, se extendían otras vegas y cultivadas hortalizas, ostentando la gama entera del verde, desde el verdín de la grama, aún cubierta de rocío, desde el verdegay de los retoños primerizos, hasta el verde terroso de las lechugas asoleadas, el verde maduro de las cañas de maíz, y el verde más profundo de los chaguaramos viejos. Y, por sobre todo, por encima de las gentes y de las cosas, el sol, el brillante sol de los trópicos, hacia donde ascendía la respiración, el abejeo de la ciudad que se despierta y empieza á ajetrearse y á vivir.

—¿Hasta cuándo nos quedamos aquí?—preguntó Eva.

Y Juanita Pérez, María y la menor de las Perrín, exclamaron, en coro:

—De veras; vámonos.

Las muchachas se levantaron á emprender la ascensión de la colina. Varios paseantes empezaban á subir. Pasó un aya inglesa con dos chicas criollas, entre ocho y diez años.

Una de las niñas tiró una pedrezuela que sobresaltó á un estudiante, engolfado en un enorme libraco, á la sombra de un bambú. El aya la reprendió:

—*Mary: that is shocking.*

Ana Luisa Perrín encontró que el sistema de severidad inglesa para educar á los niños era admirable.

—Pues á mí no me parece—dijo Rosalía, por decir cualquier cosa.

—Ni á mí tampoco—asintió María—. Cuando yo tenga un hijo no se lo entregaré á estos esperpentos.

Rosalía y Ana Luisa, que iban del brazo, se miraron y sonrieron.

Y aquélla le dijo á la Perrín, por lo bajo:

—Como que no es fácil que ella tenga un hijo. Ese pobre Crispín Luz no tiene cara de padre.

Y refería *sotto voce*, al oído de Ana Luisa Perrín, cosas que hacían á ésta desternillarse de risa.

—Pero, ¡cómo! ¿Será posible? ¡Á su edad! No parece caraqueño. Pero, ¿nunca? ¿nunca?

—No, chica, nunca... ¡El pobre es tan ridículo! Figúrate que de niño le preguntaban: "¿Qué quieres tú ser, Crispín?" Y él respondía: "Yo, tenedor de libros."

—Y ¿por qué te empeñas tú, Rosalía, en casarlo con tu prima?

—Pues... porque me divierte. Son tallados el uno para el otro.

Un poco más adelante, el resto del grupo se impacientaba.

—Pero caminen más de prisa, ¡Jesús! No llegaremos antes de la noche al estanque.

Y María, por su parte, las interrogó:

—Pero, ¿qué tienen ustedes? ¿Por qué se ríen tanto?

V

En el viejo caserón de sus mayores, casona se-
cular del tiempo de la Colonia, vivía Crispín con
su madre y con sus hermanos Ramón y Eva, re-
ducida familia para la amplitud de la mansión.

Así, la familia no la ocupaba sino en mínima
parte.

Doña Felipa, casada con un agricultor rico y
hacendoso, bonísimo sujeto, sólo capaz de haber
soportado por luengos años el yugo de tan vol-
cánica señora, era viuda hacía diez y ocho años,
y madre de prole numerosa, á pesar de un paréntesis de diez años en su vida conyugal. La
muerte y la vida, los fallecimientos y los matrimonios, habían mermado el hogar al punto de ya
no albergarse dentro de aquellos muros, sino la
madre y tres hijos.

Joaquín, el mayor, casado imberbe aún, conta-
ría á la sazón treinta y tres años, y en escala des-
cendente venían Rosendo, de treinta y dos; Crispín, de treinta y uno; entre Crispín y Ramón se

abría un claro —dos hermanitas muertas—, y entre Ramón y Eva, que apenas contaba diez y ocho,
la gran laguna de la separación entre el padre y la
madre, á causa del carácter dictatorial y tremendo
de doña Felipa.

Luego, á los diez años de rencor y frunci-
miento, vino la reconciliación, y con la reconciliación, como esplendor de ocaso, Eva, el más
rozagante y primoroso pimpollo de la caduca en-
cina. Á poco del nacimiento de Eva murió el
padre. Y doña Felipa fué levantando laboriosa y
rígidamente su almácigo de párvulos.

Era doña Felipa una vieja flaca, biliosa, agresiva, tacaña, toda nervios, con dos ojos como dos
llamas, y casi tan redondos y tan grandes como
los de Crispín, que heredó de ella ese rasgo y el
de la nariz, como pico de cóndor; pero que en lo
moral no parecía ni prójimo de la anciana, sino
buen hijo de su manso padre. Dominante por
temperamento, sentía doña Felipa un sincero
desdén por la poquedad espiritual de Crispín,
como lo sintió por la poquedad espiritual del
marido; prefería, por similitudes morales con ella,
á Ramón y á Eva: á Ramón, por lo emprende-
dor y trepalón; á Eva, por lo hacendosa y firme
de carácter. Aún en vida de su marido, dirigía
doña Felipa gran parte de los negocios, desde
su casa de Caracas; y ya muerto el esposo, no
vendió las fincas rurales, sino que las manejó es-
trictamente por medio de agentes que la temían

como á un coronel. Apenas tuvieron edad propicia al gobierno de las fincas, puso éstas en manos de sus dos hijos mayores, bajo la inmediata dirección materna. Nunca se allanó, á pesar de los reclamos, á fraccionar el patrimonio común. Se convino, por acceder á la voluntad de la vieja, en que el patrimonio permaneciera indiviso.

Joaquín administraba una fundación de café, *Cantaura*, sita en las montañas de los antiguos Teques, no lejos de Caracas. Rosendo dirigía una hacienda de caña en los valles del Túy. Ambos cobraban sueldo como administradores, más su parte proporcional en los rendimientos anuales; el remanente se enviaba á doña Felipa, á Caracas, quien de allí sostenía el hogar común.

Mitad por carácter cesáreo, mitad por tacañería, impuso doña Felipa este *modus vivendi*. Lo que poseía en inmuebles urbanos y valores públicos lo manejaba personalmente, prorrateando los intereses. Sólo que á Eva, en su calidad de hija de familia, no se le daba un céntimo, como no se le daba tampoco á Crispín, por tácita exclusión no protestada, y so pretexto, acaso, de ganar crecido sueldo en la casa de Perrín. Quedaba Ramón, á quien se puso un comercio que hizo bancarrota, y quien, en último análisis, era el más beneficiado, pues la vieja lo quería con chochera y accedía á menudo á los apremios del mozo.

Usaba Ramón la barbilla como aseguran que la

llevaba Demóstenes; es decir, ni tan larga como Felipe II, ni tan corta como el general Boulanger, y terminando en punta.

Era de porte airoso, parlanchín, embrollón, astuto, díscolo de genio y mendaz. Tenía pretensiones de *business man*, aunque salió siempre fallido en sus proyectos.

Su mala fe, su espíritu de trampa, era casi morboso. Con cualquiera de los cien proyectos que fermentaban en su cabeza hubiera honradamente hecho fortuna. Pero se sentía impulsado á la aventura, á la inconstancia y á la pillería. Ideaba su plan, engatusaba á alguien; le sacaba dinero, lo robaba, y desacreditaba el negocio y se desacreditaba él mismo: tal era el proceso de sus empresas. Había heredado de su madre aquel amor de planes donde corriera el dinero, aunque todo fuera en números, sobre el papel. No le faltaban á él trápalas para embaucar á la vieja quien agarrada por su flaco—la pretensión de pericia en punto de negocios—, se dejaba arrastrar, aunque á regañadientes, á los chanchullos de Ramón.

Éste andaba muy atareado á la sazón con un proyecto de fabricar cemento romano. Él conocía las montañas de *Cantaura*, y por allí debía existir, ¡cómo no!, piedra caliza aparente.

Ramón explicaba el negocio á su madre.

—El barril de cemento se vende en Venezuela de cuatro y medio á cinco pesos. Á los importadores les cuesta una barbaridad en La Guaira, ó en cualquier otro puerto de la República. Pues bien, mamá, nosotros podemos fabricarlo por menos de dos pesos y venderlo por más de tres, sin temor á competencia. La competencia en tales condiciones sería imposible. De un golpe nos adueñamos del mercado. Y los barriles de cemento que se consumen por año en el país cuéntanse por millones, ¡por millones!

Á doña Felipa le brillaban los ojos.

—¿De veras? ¿Tú crees?...

—¡Cómo que si creo! Tengo el punto muy estudiado.

—Bueno; y la piedra caliza, ¿existe en *Cantaura,* como tú piensas?

—Sí existe; tiene que existir. Dígame si conoceré yo aquéllo. Allí abundan espatos.

—¿Abundan qué?...

—Espatos, mamá: piedra calcárea.

—Pero, vamos á ver: ¿cuánto presupones tú para el negocio?

—Pues poca cosa. Nosotros no necesitamos ni podemos formar una compañía. Pero con la piedra caliza me voy yo á Europa, formo una sociedad extranjera, y, ¡zas!, asunto concluído.

—¿Una Compañía extranjera para extraer piedra caliza en *Cantaura?* No comprendo.

—No, mamá, no. Para venderle el contrato que haremos con el Gobierno.

Doña Felipa empezaba á comprender.

Lo que no comprendía, ni podía comprender doña Felipa, era que toda la historia del cemento se reducía á que Ramón andaba loco perdido de una bailarina italiana, próxima á regresar á Europa, y que Ramón había jurado seguirla.

Ramón tronó. ¡Cómo! ¿No sabía doña Felipa que los venezolanos eran unos carneros; que los capitalistas de aquí no arriesgan un céntimo en empresas; que la usura es lo único que los seduce?

Y luego, para lisonjear el amor propio de la vieja, añadía:

—Usted sabe mejor. que nadie, usted, mujer de negocios, lo que son estas cosas. ¿No es verdad? Una compañía criolla está expuesta á que el Gobierno le eche el guante y haga oficial la empresa.

Y con tono de tragedia:

—¡Ah, nuestros gobiernos! La inmoralidad de nuestras costumbres políticas es lo que nos pierde. Aquí no hay patriotismo, ni honradez, ni nada.

Doña Felipa exigía números; un presupuesto formal. Y su espíritu práctico sobreponíase pronto á su amor de lucro y á su amor de madre.

—Una cosa te aseguro. No cuentes con un centavo hasta que yo no vea el contrato celebrado con el Gobierno.

La vieja daba en la cabeza de la dificultad.

—Pero, por Dios, mamá. ¿Está usted loca?—argüía Ramón, desesperado.—¿Usted no com-

prende que eso sería la piedra de escándalo? Se
alzarían cien ambiciones dentro del mismo Gobierno, y cualquier magnate ó cualquier favorito
nos birlaría el negocio, y nos enviaría á silbar
iguanas.

—Pero...

—No, mamá; no hay peros. Esto lo debemos
conservar entre usted y yo. Esto es nuestro, solamente nuestro: suyo y mío. Ni los hermanos
mismos deben saberlo. ¡Dígame usted si Joaquín
se pone en la piedra caliza!... Cuanto á Crispín,
es capaz de vender el secreto á Perrín y Compañía.

Y tomando un aspecto desolado, añadió:

—Por Dios, seamos prudentes.

Endulzando la voz, continuaba:

—Usted ve que yo no pienso en mí sólo.
Pienso, ante todo, en usted. ¿Cree usted, por
ventura, que yo habría comunicado mi secreto á
otra persona?

Doña Felipa, sardesca de suyo, fingía fácilmente, por habitud de su espíritu, amostazarse
de aquellas digresiones; pero en el fondo de su
alma se bañaba en agua de rosas, lisonjeada y
encantada con tales candongas de Ramón.

¡Ah, el perillán la conocía!

Luego, Ramón, lleno de honradas conviccio-
nes, empezó á sermonear, dentro del orden de
ideas de su madre, es decir, expresando lo que
ella quizás pensaba en aquel momento,

—Nunca son de más las precauciones. ¡Hay tanto pillo! Dígame usted si Perrín se pone en las montañas de *Cantaura,* donde abunda la piedra caliza.

Su pensamiento, como en sondaje de peligros probables, se detuvo en Crispín. Ése podía escamotear á doña Felipa la fabricación del cemento, el contrato, la piedra caliza y las montañas de *Cantaura.*

—Crispín, ya lo ve usted, mamá. Ha concluído por perder, por esa pazguata de María, el poco meollo que Dios le introdujo en el cráneo.

Y dando otro giro á la charla, empezó á contar los díceres de Caracas á propósito de los recientes esponsales de su hermano. A Crispín lo casaban por sorpresa.

Según Ramón, á Crispín, como á los niños y á los orates, debía permitírsele ó no la más mínima de las acciones.

—¡Pobre Crispín!—dijo la madre.—Bastante lo he aconsejado; pero está ciego.

—Si él nunca vió claro, mamá—concluyó, sentenciosamente, Ramón.

VI

La pieza de Crispín daba al patio, encuadrado de habitaciones, salvo á la parte Norte ó de entrada, donde había un corredor. Al fondo, el comedor, tan ancho como el patio; y entre el patio y el comedor un sardinel de donde arrancaban trepadoras de corregüelas azules y de blancas madreselvas. Las trepaderas festoneaban una suerte de enramada fresca y umbría, refugio de la familia durante las horas muertas, en las siestas ardorosas.

La ventana de Crispín caía al patio; y como los postigos permanecían abiertos de noche, las primeras luces de la aurora despertaban al durmiente.

Esa mañana, al alba, abrió los ojos; y echándose á prisa de la cama, según costumbre, se disponía á bañarse para luego tomar el desayuno y correr al almacén, adonde llegaba el primero todos los días.

Pero se detuvo un momento en la ventana,

frente al jardinito del patio, en camisola de dormir, los pies descalzos, enfundadas las piernas en pantalones de desecho, los pantalones de levantarse. Así, en camisola, el cuello desgolletado y los brazos entre las anchas mangas, en la intimidad del dormitorio, su magra contextura parecía más raquítica, sus ojos más redondos, su nariz más de garfio, sus manos más huesudas. Se puso á pensar en su novia, en su matrimonio, y en que pronto abandonaría quizás aquella casa donde nació y donde corrió su infancia. El fresco de la mañana lo hizo toser y se arrebujó á la carrera en una bufanda que improvisó con un pañuelo de seda. Pero seguía tosiendo y mirando al jardín. Con qué amor contemplaba aquel patio donde lás coloradas gladiolas parecían lanzas teñidas de púrpura; aquel alegre patio donde florecían morados heliotropos y petunias, olorosas resedas y diamelas como pompones de blanco estambre; aquel patio del que emergía, más alto que los demás aromas, el aroma tan respirado, tan conocido, tan de la casa, de los rosales y de los jazmineros, aroma que mientras lo estaba respirando, esa mañana, le hacía recordar su infancia. Y todo aquello lo abandonaría pronto. ¡Lo que es la vida!

Para Crispín, espíritu misógino, maniático de método, en cuya vida las cosas de hoy se parecían á las de ayer, y las de mañana á las de hoy, el abandono de su hogar, acontecimiento máximo de su existencia, era una tortura. Aquel patio fué todo su horizonte; y ahora, de golpe, porque sí, iba á desprenderse de todas sus costumbres, de todas sus cosas familiares, como un bohemio. Volar de allí, como un pájaro; arrancarse de aquellos muros, de aquel horizonte de cuatro tapias queridas; no respirar más aquel aroma de jazmineros y rosales; no percibir más las petunias, ni las gladiolas, ni las diamelas; no oler más las transcendentes resedas del jardinito doméstico; no oir en lo futuro el canto de los canarios en sus jaulas de verada; no columbrar en lo sucesivo aquel naranjo, plantación del abuelo, aquel retoño espérido, siempre verde y juvenil, propicio siempre como un lar; no sentir ni admirar el chorro de la gárgola, el surtidor escarchando con temblorosos diamantes fúlgidos los nenúfares de la pila en el centro del patio... ¡qué tristeza! ¿Con qué llenar aquel vacío? Y ¡cómo sustituir aquellas cosas que pronto morirían para él y que tanto lugar ocupaban en su alma! ¿Por qué recordó la escena de una tarde, en su infancia? ¿Por qué no se había borrado de su memoria aquel recuerdo? ¿Por qué lo evocaba ahora?

Lo cierto es que, como si él no hubiese sido uno de los actores, el protagonista del pequeño drama, lo veía claro, en esta mañanita, claro como si estuviese actualmente sucediendo, como si estuviese sucediendo á otras personas. Seis niños, cuatro varoncitos y dos hembras, juegan en el pa-

tio de la casa y forman una algarabía de mil demonios. Juegan al *gárgaro*. Chicos y chicuelas
corren para no dejarse alcanzar de aquel de los
muchachos que hace de *gárgaro*. El primero á
quien éste alcance, fuera de una ventana neutral,
el *descanso*, es, á su turno, *gárgaro*. Los muchachos se desperdigan por corredores y patio, y
burlan al perseguidor, que ya á punto de asir á
alguno se le escabulle de entre las manos. Otro,
de escarnio, tira fuera un palmo de lengua, mientras gira en torno de la pila central, cuyo bullente surtidor refresca el aire, y en cuya taza flore-
cen en cardumen los nenúfares blancos.

En el corredor, en sendos butacones, el padre,
y la madre; la madre, un libro abierto en las manos, olvida la lectura, á instancias del papá, por
mirar las travesuras y las picardihuelas de sus hijos. Imposible leer con aquella grita. Es una señora joven aún, prematuramente marchita por la
maternidad, la negra cabeza erguida, los redondos, llameantes ojos, pardos y duros; y á pesar
de la boca sonriente, un ceñito de firmeza. Cuando menos se esperaba, nuevo adalid entra en liza:
Leviatán, perrazo enorme de Terranova, negro y
revoltoso, que echa á correr detrás de los chicos,
como si fuera otro muchacho. Los niños olvidan
el *gárgaro* y se ponen á jugar con el mastín.
Agrúpanse en torno del animal, y le encaraman
encima á uno de ellos, que en vano protesta contra la arbitrariedad. El animal corre con el niño

en el lomo, que se agarra de las lanas, muerto de miedo; corre como si llevara encima una flor. De pronto uno de los muchachos, el mayor, se acerca al perro y le clava un alfiler en el rabo. La hermosa bestia exhala un alarido, vuelve la cara y muerde. El dentellado jinete lanza un grito y cae al suelo lloriqueando.

—¿Qué es?—pregunta la señora, la madre.

Y el mayorcito, muerto de risa y como si fuese la cosa más natural del mundo, exclama:

—¡Qué va á ser! Que el perro ha mordido á Crispín.

Aquel recuerdo, ahora, le duele más que el mordisco y la caída de antaño.

Y Crispín continúa pensando, con melancolía, en que él abandonará pronto el hogar, cofre de sus más caras remembranzas. Pero, ¿no lo abandonaron también, ¡ay!, para siempre, su padre y las dos hermanitas? Y Joaquín y Rosendo, ¿no se casaron? ¿Por qué habría de serle á él más doloroso que á los demás salir de aquel caserón?

Cuando volvió de sus meditaciones: «pero qué es, Dios mío, qué me pasa», dijo mentalmente; «ya son las siete». Se bañó en un santiamén, se desayunó de pie, se vistió á la carrera, y cuando sonó la última campanada de las ocho ya Crispín garrapateaba letras y números en su escritorio de la casa Perrín y C.ª

VII

Se puso á la tarea, el alma ausente, contra su costumbre. Si pudiesen leer dentro de Crispín sus compañeros de almacén, verían cómo aquellos cinco sentidos y tres potencias que él aplicaba á la menor operación aritmética ó á la más simple carta, erraban hoy, ¡quién sabe por dónde!

Rompió el borrador de una carta-cuenta para un cliente del interior de la República; volvió á escribir y volvió á romper. Decididamente se idiotizaba. "¿Qué es? ¿Qué tengo? Esperaré al señor Perrín, le hablaré de mi matrimonio, invocaré mis servicios en la casa y pediré aumento de sueldo. ¿Por qué no? Es lo más natural. Aquí se mejora justicieramente á todo el mundo. Yo mismo soy un ejemplo. La casa tuvo siempre deferencia por mí. El señor Perrín descansa un poco su confianza en mi laboriosidad. Me siento fuerte en el ánimo y en la estimación de mi jefe. Es lo más natural que le exija mayor mesada cuando mi vida va á cambiar y con mi vida mi posición y mis gastos."

Le parecía muy natural y lo era, en efecto, dirigirse al jefe, cuyo brazo derecho le sería menos útil que Crispín, y pedirle más liberal remuneración en vista de las circunstancias. Pero Crispín en el fondo orgulloso, era tímido á fuerza de orgullo. Se torturaba con la idea de una evasiva. Y retrocedía ante la imagen del señor Perrín diciéndole á él, al brazo derecho: "Señor mío: no es posible aumentar el sueldo de usted." Y luego todo el mundo lo sabría. Y ya perdería él la mitad de su prestigio: ante los empleados, porque verían que al jefe se le importaba un bledo amputarse el brazo derecho; ante el mismo señor Perrín porque lo consideraría como un logrero, sin interés por aquella casa, á la que, sin embargo, quería como propia, por aquel escritorio al cual se sentaba hacía tanto tiempo, por aquellos negocios que él, gracias á una ilusión, imaginaba también suyos, acaso por la costumbre de escribir á los clientes: "nosotros", etc.

Pero de pronto pensó en su novia y en que el árbol del hogar pimpollecería. No quiso pensar ahora en la herencia de su madre, porque á esta idea se asociaba la idea de muerte de la anciana, y porque prefería contar con el esfuerzo de su brazo por único sostén de la familia que iba á fundar; y como siempre tuvo alta conciencia del deber, ante el espectáculo de arrancar una mujer,

so pretexto de amor, á las comodidades domésticas para hacerla padecer privaciones, y ante la
idea de echar hijos al mundo sin tenerles asegu-
rada la subsistencia, toda su hombría de bien se
rebeló. "Le hablaré—se dijo—, suceda lo que
suceda".

Entretanto cada quien, en la casa, ocupábase
en sus tareas.

Aquel mundo era un cosmos aparte, con sus
personajes, sus amores, sus odios y sus opiniones
especiales. Había muchos empleados, en los distintos departamentos, separados unos de otros
por barandajes de cedro con columnitas labradas,
dentro de un mismo largo salón, cuyas puertas y
ventanas á una mano, cobijábanse con marquesinas de cretona, listadas de *crudo* y de rojo, para
resguardo del sol, en los días caniculares; á la
otra mano corría por todo lo largo del salón una
mampara de tela metálica verde.

Entre los empleados los había ingleses, alemanes, curazoleños, venezolanos é hijos venezolanos
de padres extranjeros. Se oían distintos idiomas;
y á veces un español como hablado por loros.
Para aquel mundo no existía nada más noble que
el comercio, ni nada más vil que el Gobierno,
cualquiera que fuese. A los periodistas los llama-
ban "ganapanes"; á los literatos los juzgaban
ociosos y viciosos, dispuestos á todo, hasta á ponerse en ridículo en prosa y en verso, antes que
trabajar. De los militares no esperaban sino la

traición y la cobardía. Pero el grupo de los políticos era lo que más desdén merecía del microcosmos comercial. Cuando se referían á algún personaje oficial decían: "Ese ladrón". Y para significar la propia honradez, nunca puesta á prueba, y para diferenciarse de los hombres públicos, se expresaban con esta fórmula: "Nosotros, los que vivimos de nuestro trabajo."

Cuanto á opiniones políticas, todos eran conservadores; y respecto á ideas religiosas, las había varias, como los distintos credos que profesaban, y era el único capítulo en que todos hacían gala de tolerancia.

El peor, el que más odiaba todo lo que no fuera comprar y vender, cobrar y pagar, era el cajero, de treinta y seis á treinta y siete años, el pelo colorado, de pizarra los hundidos ojos, un costurón en la mejilla izquierda, chiquitín, de cuerpo tan ridículo como su rostro y tan feo como su alma. Se llamaba Schegell, y era hijo, en una venezolana, de un alemán. Pero nadie con más sinceridad que él odiaba á Venezuela.

—Usted es un caso raro—le decían sus compañeros de almacén—. Los hijos de extranjeros son aquí los mejores patriotas. Recuerde la Independencia. Los descendientes de españoles fueron los que fundaron la patria.

—¡Qué patria! ¡No me hablen de patria! Yo comprendo que se tenga orgullo en haber nacido inglés, ó alemán, ó hasta francés; en ser ciudada-

no de los Estados Unidos. Pero con qué cara
dice uno: "¡Yo soy venezolano!" ¿Qué significa,
vamos á ver, ser venezolano? Pertenecer, ni más
ni menos, á una tribu de cafres...

Ya todos estaban acostumbrados á aquellas
diatribas. Los extranjeros reían y los nacionales
no paraban mientes en Schegell. Crispín era el
único que lo tomaba en serio, y se enfurruñaba á
menudo con los vituperios del cajerito viperino.

—No debe ser tan despreciable, señor Schegell—decía, exaltándose—el pueblo que ha producido á Bolívar, á Miranda y á Sucre.

A Schegell le sofocaba el deseo de añadir:
"Sí; pero también lo ha parido á usted; y usted
es aquí, hoy, casi todo el mundo."

Callaba, sin embargo. Dentro del almacén, Crispín era un personaje; como se le sabía un trabajador, se le consideraba. Sólo el pequeño Schegell
pensaba, y á veces decía, que en el fondo no era
Crispín sino un gaznápiro y un hipócrita.

Al golpe de las diez aquella mañana entró de
la calle el señor Perrín, hombre de cincuenta y
tantos años, rechoncho, gordiflón, cargado de espaldas, la nariz gruesa y colorada, azules los oji-
llos vivaces, calva la frente y una melenita crespa
y rubia hacia el occipucio. Los rizos, largos, bai-
loteaban sobre el erguido lomo y parecían sur-
gir de la giba, manchándola de grasa y de caspa.
Nació en Curaçao, de un inglés y de una holan-
desa. Allí se estableció muy joven, é hizo dinero

contrabandeando en Coro y Maracaibo; y ven-
diendo fusiles á sempiternos revolucionarios de
Venezuela, asilados frente á las costas de la República, en aquella isla que tanta falta debe de estar haciendo, con todos sus habitantes, en el fondo del mar. El juego de Perrín era claro. ¿Había
paz en Venezuela? Se dedicaba al contrabando.
¿Había guerra? Mercaba fusiles y pertrechos á la
revolución. Si ésta fracasaba, ya él tenía en caja
sus monedas; caso de triunfar, él aparecía como
un benemérito de la causa y pedía contratos y
prebendas, que á menudo le otorgaron.

Con una de estas revoluciones triunfadoras
vino él á establecerse en Caracas. A la sombra
de esa revolución, ya en el Capitolio, Perrín llevó
á término pingües manejos y realizó proventos de
cuantía; y ya viento propicio no dejó de hinchar
la vela á cuyo impulso hendía su nave audaz y
fortunosa la mar en calma.

Sonó el timbre de llamato en el escritorio de
Crispín. Éste se apresuró á tomar un cartapacio
donde introdujo, á la carrera, dos ó tres papeles
más, y á la carrera salió hacia el despacho del
Sr. Perrín. Al despacho daba acceso una puerta
de resorte, con batientes forrados en reps verde.

El "Nabab"—como apellidaba doña Josefa Linares á Perrín, en recuerdo del *Nabab* de Alfon-
so Daudet—, calados los lentes de oro y enju-
gándose con el pañuelo de seda la frente, leía un
pliego; y no se dignó siquiera alzar la vista á la

entrada de Crispín. Este se detuvo y permaneció en pie delante del escritorio.

El escritorio era bajo, cuadrado, lleno de cajones laterales y cubierto de papeles, todos en orden. A la siniestra mano del escritorio había un mueble de gavetas con rótulos. Encima del mueble, en la pared, un retrato del Libertador veía de soslayo á una Reina Victoria, en marco dorado, que erguía su obesa persona sobre la persona, no menos obesa, del Sr. Perrín. A la otra mano había un estante con anaqueles y plúteos. En los anaqueles, enfilados, lucían su tafilete obras de Derecho, varios tomos de Recopilación de Leyes y Decretos de Venezuela, un Atlas, un volumen con los distintos aranceles dictados en la República y voluminosos diccionarios.

A ambos lados del estante dos grabados se destacaban de la tapicería, roja, con flores de lis de oro pálido. Los grabados representan: uno, á la reina Emma, de Holanda; otro al príncipe de Gales. Las sillas y el sofá, de vaqueta, muy cómodos, parecían esperar cuerpos de perezosos. Sobre el sofá, á la izquierda del escritorio, en el centro de la pieza, el sol de las ventanas abrillantaba una copia, en marco de cedro, de un paisaje de Hobbema ó de Wynants.

—¡Ah! ¿Es usted, señor Luz?—dijo el viejo "nabab", alzando, por fin, la cabeza, y como si no supiera que hacía diez minutos lo tenía por delante.

Y luego, sin esperar respuesta:

—¿Vino el abogado?—preguntó.

—Sí, señor, vino.

—Pero, ¿estuvo en el tribunal?

—Sí, señor.

—Bien; ¿qué hay del asunto de las haciendas?

Crispín empezó á dar cuenta.

Escrupuloso como nadie, incapaz de cogerse un alfiler ajeno, pero imbuído de aquel espíritu comercial de injusticia y de picardía, según el cual desde el primer cambalache que hicieron los hombres, el talento consiste en explotar la necesidad ó la impericia de aquel con quien se negocia, Crispín celebraba quizás en su fuero interno como golpe de habilidad y discreción el caso de las haciendas. Se trataba de una familia rica, venida á menos. Estas fincas, vendidas á la casa con pactos de retro en momentos de apuro, los dueños las perdían ahora por la quinta parte de su valor. Perrín había sido inflexible. Pero por una especie de pudor tardío, y sin que nadie le interrogara, empezó á decir:

—¡Qué! ¿No sabe la gente á lo que se expone cuando retrovende una finca? Pues bien: así como tomaron mi dinero cuando lo necesitaron, cojo yo las fincas, vencido el plazo. Lamento que no pudieran rescatarlas. Lo lamento como particular. Pero como hombre de negocios, como Perrín y C.ª, comprendo que con lamentaciones no se llega lejos. ¿No es así, señor Luz?

—Así es—repuso Crispín, con convicción.

—Por otra parte —siguió el viejo—, esto no es un brillante negocio. Esto quita tiempo, y luego los gastos...

Se interrumpió y se puso á jugar con una plegadera, meditando.

Crispín pensaba en el aumento de sueldo. Á pesar de su resolución no se atrevía. No, era oportuno ahora.

El señor Perrín preguntó:

—¿Han venido los administradores?

—¿Los administradores?...

—Sí, hombre—dijo Perrín, con impaciencia—, los recomendados por Fitz para mayordomos.

—¡Ah!—repuso Crispín —deben de ser entonces esos hombres que esperan en el corredor.

—Hágalos entrar uno á uno. Y déjeme solo.

Entró un hombre de aspecto burdo; por las trazas, un campesino. El señor Perrín le sonrió amablemente y lo hizo sentar junto á sí.

Trataron poco, sin embargo. Al rústico no le gustaron las proposiciones de Perrín; y como no era ni un casuísta ni un retórico, no encontrando lo que buscaba, en vez de argüir y sofisticar, calló y se fué.

"Es un animal", pensó el viejo; é hizo entrar á otro. También salió al cabo de minutos, y penetró un tercero.

Este charro era más joven que los anteriores y más charlatán. Sabía trabajar, sí señor; y como

honrado ninguno le ponía el pie delante. Sostenía
á su madre, á su mujer, á sus tres hijitas, y á la
familia de un hermano tullido. El señor Fitz sabía
cómo fué mayordomo en *La Cañada* por años.
Él tenía recomendaciones. Y en el comercio tampoco le faltaban conocidos. La casa Hellmund
sabía quién era José Lugo.

El "nabab" lo dejaba decir, estudiando á su
hombre.

—Amigo Lugo—expresó á la postre—, yo sé
quién es usted. El señor Fitz me ha hecho especiales recomendaciones de su competencia y de
honradez. Cuanto á mí, usted me gusta; y como
somos hombres prácticos, vamos al grano directamente.

Quería encargar á Lugo como administrador
de una de las haciendas.

—Usted las conoce, ¿No es cierto?

—Cómo que si las conozco. Supóngase que...

El palurdo iba á seguir charlando; pero Perrín
lo interrumpió esta vez.

—¿Cuál de las dos le gustaría á usted?

—*La Florida*—repuso el alárabe, sin vacilar.

—¿En cuánto la valora usted, amigo Lugo?

—Pues yo...—dijo el zambombo, sin decir
nada, mientras se rascaba la cabeza, como si quisiera arrancarse las cifras con las uñas.

—Entre dos amigos vale quince mil pesos.

—Los vale.

Aquí Perrín arrimó un poco más su sillón al

asiento del campesino, se puso muy serio y le dijo, como en confidencia, al pobre diablo:

—Pues bien, amigo Lugo, esa finca será de usted.

Y empezó á explicarle cómo; dándole sabor de miel á sus palabras y tiñendo en rosa las tortuosidades y oquedades de su pensamiento. El rústico no entendía bien; pero entendió, y eso bastaba, aquella promesa de Mefistófeles, según la cual, á vuelta de pocos años, la hermosa finca pasaría del ricacho á propiedad del pobre labriego.

Según Perrín la cosa era clara. Lugo se encargaría de la hacienda, amortizando anualmente la deuda de quince mil pesos, tasa de la finca. Sólo que los intereses, muy leoninos, no se cobraban, é irían capitalizándose á su turno, y haciendo impagable, eterna, aquella suma de quince mil pesos que el pobre hombre no había recibido. Lugo firmaría, pues, con el contrato, un pacto de esclavitud, obligándose á trabajar y hermosear la finca que pensaba poseer un día, en puro beneficio de la casa Perrín.

El rústico salió radiante.

Volvió á sonar el timbre en el escritorio de Crispín. Éste se presentó de nuevo con su cartapacio.

Los lentes de oro cabalgaban sobre la gruesa nariz roja. El pañuelo de seda enjugaba la sudorosa y resplandeciente calva.

"Llegué oportunamente", pensó Crispín, y recogió en haz todas sus fuerzas y todas sus audacias, para tratar el punto del sueldo. Pero el "nabab" pasó de nuevo su pañuelo de seda por la frente, según gesto habitual, y dijo, con laconismo:

—Ponga usted lo que haya para la firma sobre el escritorio.

Y tomando el flamante sombrero de copa y su bastón *palo de oro*, la contera reluciente, y por puño un radolín de metal, salió de estampía.

VIII

Varios días corrieron y Crispín Luz no hallaba el momento oportuno de abordar al terrible señor Perrín. Aquel diablo de hombre, siempre de apuro, siempre maquinando planes supramercantiles, siempre en destilación de la quintaesencia de las especulaciones; aquel hombre, á quien no le bastaba el proveerse en los mercados de Europa y surtir á los comerciantes menores; aquel hombre, cuya casa (á semejanza de ciertas tabaquerías de Filadelfia, ó de ciertos cafés de Amsterdam, en donde en las trastiendas hay un burdel) no era simple comercio, sino campo donde se lanzaba él, con voluptuosidad de equilibrista y aplomo de acróbata, en toda suerte de combinaciones bursátiles y extrabursátiles; aquella voluntad inteligente y traviesa, en actividad siempre, imponía á Crispín, al punto de que las más atrevidas resoluciones del pobre mozo se estrellaban ante la calva resplandeciente de Perrín.

Pero Crispín Luz poseía como ninguno la ener-

gía de la paciencia, la táctica del gato que se
acurruca enfrente del agujero por donde irremi-
siblemente saldrá el ratón. Sólo que él carecía
de la acometividad, de la destreza y de la intención del felino. Cuando el ratón le pasa por delante, no le brinca encima, sino espera el regreso,
y ya de retorno el roedor, difiere aún el atrapar-
lo, como más oportuno, para nueva salida. Y
sigue esperando...

Pero el amor se le metió en el alma con tanto
empuje, prestándole tan desusados bríos, que
Crispín abordó á la postre al señor Perrín. Tal
momento fué á la verdad propicio. La casa había
suministrado fondos á un ministro de los de la
última hornada, para comprar ciertos valores
que estaban por el suelo y que el Gobierno haría
subir por las nubes con un mero decreto. Perrín
compró, naturalmente, por una gruesa cantidad
de dichos valores. El decreto acababa de salir y
Perrín embolsaba de la noche á la mañana un
millón de bolívares. Todo el almacén lo sabía, y
cada uno de los empleados consideraba aquel
triunfo de la casa como propio, enorgulleciéndo-
se del jefe, de aquel experto Perrín, cuya barca
no encallaba sino en bancos de coral ó en fabulosos placeres de perlas.

El señor Perrín, además, estaba muy amable
aquel día. Hasta se permitió interesarse por
Crispín.

—¿Conque se nos casa usted, señor Luz?

—Sí, señor; me caso.

—Hace usted bien, amigo mío; es un tributo que debemos á la sociedad. ¿Usted no es enemigo del matrimonio, señor Luz? ¿Ni en principio, eh?

—¿Yo, señor? Puesto que me caso...

—No, esa no es razón. Hay quienes se casan sin curarse del vínculo: unos por dinero; otros por sensualismo; otros por seguir la corriente.

—Pero yo me caso por amor.

—¿Por amor?—dijo Perrín, sin poder disimular una sonrisa—, ¿por amor? Eso es muy peligroso. Mire usted: hace poco leí en *El Cojo Ilustrado* un artículo de un joven de Caracas, á quien usted debe de conocer: se llama Paulo Emilio ó Pedro Emilio Coll. Este caballerito citaba á Nietzsche, una cita de veras curiosa que me hizo comprar y leer al autor citado. Y me encuentro con que este autor opina que á los enamorados no debiera permitírseles dar un paso de tal transcendencia como el matrimonio mientras no termine el enamoramiento, que es una especie de locura. Y tiene razón: ¡el acto más serio de la vida efectuado por locos! Vea usted las consecuencias.

Y riéndose, con risa franca, Perrín añadió:

—Yo, como su paisano de usted don Tomás Michelena, pienso que debieran hacerse entre los cónyuges ensayos de cinco años.

—Pero eso sí sería una locura—insinuó, con

firmeza, Crispín. ¡Qué sería de la virtud, del pudor, de la sociedad!

Perrín se pasó el pañuelo de seda por la augusta frente, y, por única respuesta, dijo:

—Lea á Nietzsche: ¿Ha leído usted á Nietzsche?

—No. Es autor prohibido. Creo que está en el Índice.

Perrín pensó de seguro algo muy triste y desfavorable respecto de Crispín. No quiso insistir, sino que, recordando á la mujer con quien iba á casarse el joven, lo cumplimentó:

—Se lleva usted una muchacha preciosa, preciosa. Es amiga de mis hijas, como usted sabe. La conozco bien.

Crispín Luz hizo un esfuerzo sobrehumano y se aventuró á tocar el punto.

—Á propósito de mi matrimonio, señor Perrín... yo...

Pero como no continuaba, el comerciante interrogó, para sacar al mozo las ataraugadas palabras.

—¿Usted, qué?

—... Yo... desde hace días quería decirle algo á usted...

—Dígalo, pues—repuso Perrín, ya impaciente.

Entonces Crispín, sin detenerse, como á quien empujan, á su pesar, expuso su petición:

—Pues yo quería pedir á usted aumento de sueldo.

Y se quedó mudo, vacío, como si hubiese olvidado toda idea y el modo de expresarlas. Perrín lo sacó de la atonía, exclamando:

—¡Cómo no! Es muy justo. ¡Y yo que no había pensado! Usted gana seiscientos bolívares mensuales, ¿no es así? Pues bien: desde el primero del mes entrante ganará ochocientos.

Cuando salió del despacho, Crispín iba radiante de alegría, lleno de ternura hacia todas las cosas, y dispuesto á dejarse sacrificar, si fuera menester, por la caspa y la grasa que se desprendían de los temblones crespitos rubios del señor Perrín.

Cuando á la noche entró en la sala de las Linares, Rosalía conoció al punto el júbilo del joven.

—Usted trae alguna buena noticia. Usted está muy contento. Á ver, cuéntenos.

Y se le aproximó, como si la novia fuese ella y no María.

No estaban en el salón sino la novia de Crispín, en la ventana, acodada en un cojín briscado, verde-botella; la señora Linares, que leía á la luz de una lámpara, en un ángulo, una recién comprada novela de Bourget: *Mentiras;* y en el sofá central, Adolfito Pascuas y Rosalía, arrullándose como dos tórtolas.

Crispín fué á sentarse en el otro poyo de la ventana, enfrente de María. La empezó á decir á media voz cosas dulces, naderías apasionadas y encantadoras, de esas que saben murmurar los poetas y los enamorados, y sacando una cajita con lazos de seda color de rosa, se la puso en las manos.

—Gracias, Crispín.

Por la acera pasaba en ese momento, y saludaba con ceremonia, el boquirrubio jovencito que tardes atrás lanzó á aquella misma ventana un ramo de violetas blancas.

La cajita con cintas de seda rosada cayó al suelo.

Crispín se apresuró á recogerla. Y se la entregó, diciendo:

—Qué feliz soy, María.

Y se puso á referirle que el señor Perrín le aumentaba el sueldo. Era menester fijar ya fecha para el matrimonio.

—¿No te parece, María?

—Sí, como tú quieras.

A la luz de los arcos voltaicos, modestas lunas de avenida, vía láctea de soles urbanos, larga fila de coches sube por el *boulevard* Este del Capitolio y se detiene ante la puerta del Concejo municipal de Caracas, ancha puerta lateral del pesado é inmenso edificio que, además del Concejo, contiene la Gobernación, tribunales del distrito y el cuartel de Policía.

Del primer coche echan pie á tierra Crispín Luz, muy enfracado, y María, con su velo y sus azahares de novia. De los demás coches descienden persónas conocidas, ellos y ellas de gala. Á la derecha, en el vestíbulo, un esbelto reloj dorado marca las nueve y media. Pasado el umbral, la concurrencia, detrás de los novios, tuerce á la izquierda, asciende una corta gradería y se desparrama por los asientos de damasco, en frente y á ambas manos de la mesa de los munícipes. El salón, profusamente iluminado por manojos de bombillas eléctricas, es un paralelógramo, cuya tapicería mural exornan retratos al óleo, en anchas cañuelas doradas, de próceres de la Independencia y de ex presidentes de la República.

Mírase colgante de la pared, en urna de cristal, el viejo pendón guerrero del conquistador Pizarro, remitido por Bolívar desde el Perú, y al fondo, y ocupando todo el ancho del muro, el gran cuadro de Martín Tovar y Tovar, *El Acta de Independencia*, el señorío de Caracas, los patricios, de casi tamaño natural, que firman el 5 de Julio de 1811 la creación de la República. Se destacan del enorme lienzo el marqués de Ustáriz, que pasa la pluma á otro patricio, y la bella y heroica persona de Francisco de Miranda, aquel bohemio glorioso, filósofo, militar y muy hombre de mundo, una de las figuras más interesantes del siglo XVIII, que supo hacerse amar de Catalina de Rusia; que batalló en el Norte junto á Wáshington y Lafayette; que mendigó de corte en corte apoyo para la libertad de las Américas; que escapó del tribunal revolucionario de París para ir luego á morirse y á ver quemar sus memorias en las calabozos africanos de España.

La ceremonia fué breve. Firmaron los novios el contrato matrimonial, firmaron los testigos y quedó unida la pareja ante la sociedad. Mientras María firmaba, Rosalía, casada un mes antes, decía á su esposo:

—Es la última vez que firma con su nombre de soltera.

—Sí—repuso Adolfo, fijándose en la mano temblorosa de María—, esta noche pierde su nombre.

—Pues mira, chico—observó Rosalía—, no será lo único que pierda esta noche.

Poco después los trenes, partidos á gran trote, llegaban á la casa de la novia. Se cumplimentaba á María, cuyas pálidas mejillas se coloraban de una sincera púrpura de emoción. Blanca, erguida, moldeado su finísimo cuerpo por el traje de novia, con sus azahares y su velo, animada por el bullicio, por el champaña y por la transcendencia de aquella hora suprema de su vida, no tenían sus grandes ojos pardos la languidez de costumbre, ni su cara la expresión de melancolía que le era habitual. Se puso á repartir entre las muchachas casaderas, los simbólicos azahares, del brazo de su esposo, con palabras y sonrisitas de pícara intención.

El carininfo boquirrubio, el jovencito de las violetas blancas, se acercó á la pareja. María lo vió con indiferencia, cara á cara. Pero mientras Crispín se entretuvo un instante con la sandunguera personita de Ana Luisa Perrín, que le comunicaba quién sabe qué nadería con aspecto muy grave, el caballerito de las violetas se atrevió á deslizar una osada frase, en voz casi natural, frase que se ahogó en el tumulto y que se introdujo en la orejita blanca de María, turbando á la joven un momento. Arrastró á su marido cariñosamente:

—Ven, Crispín.

Y salieron hacia el corredor. Allí se empezó á rifar el *bouquet* de la novia.

En los rostros de las muchachas casaderas se pintaba el anhelo, apenas disimulado, de sacárselo, pues creían firmemente muchas de ellas, á pesar de las decepciones constantes, que la muchacha á quien la suerte favorece con el *bouquet* nupcial, favorece también con el marido antes del año.

Doña Josefa Linares paseaba de un lado á otro, obsequiosa y sonreída, sus siete arrobas.

—Es buen augurio—le decía á otra señora, refiriéndose al presagio del *bouquet*—. Es buen augurio. Yo soy como los romanos: creo en los augurios y en los sueños.

La otra señora creía también en los sueños, sobre todo en los malos sueños. Cierta amiga de ella soñó que su esposo había fallecido en Europa, donde viajaba, y por el primer paquete le llegó la noticia.

—Había muerto la misma noche del sueño— repetía la señora, con temblorcitos de voz, como si ella también estuviese amenazada de viudez—, la misma noche del sueño.

Por allí cerca otra dama interrogó á la que acababa de referir la historia del sueño y del muerto:

—Entonces, ¿usted cree en la Telepatía?

Un poco más lejos el señor Perrín juraba á doña Felipa que su hijo de ella era la más sólida columna de la casa Perrín y C.ª Perrín se sentía feliz con aquel matrimonio. Crispín era una joya, "un modelo".

—Y eso que usted no conoce á Ramón—dijo doña Felipa.

—¡Cómo no he de conocerle!

—Digo, no lo conoce á fondo. Ramón es muy avispado. Yo se lo aseguro. Ese irá lejos.

Perrín se tornó sentimental.

—¡Ah, los hijos! ¡No saben lo que nos cuestan! Y luego, cuando pudieran empezar á resarcirnos, se nos van, se casan. ¡Esa es la vida! Ya usted ve, mis tres muchachas... El día menos pensado extraños se las llevan.

Perrín hablaba por decir algo, por charlar, por pasar el rato. Sus hijos, sus tres hijas, no le pesaban; pero de que se casaran ó no, más ó menos pronto, se le daban á él tres pitos. No eran mercancía que pudiera averiarse. Por lo menos, él no lo creía.

Doña Felipa, que oía con indiferencia, porque su nota no era la sentimental, aprovechó la ocasión de zaherir á alguien con cualquier pretexto:

—¡Cómo! ¿preferiría usted que sus niñas se quedasen solteras... como las Luzardo?—dijo, señalando con un gesto hacia un rincón dos cuerpos voluminosos, dos sacos de tocino, de que nadie hacía caso, junto á otro saco de tocino maternal.

¡Ay si la hubieran oído aquellas terribles solteronas! Comparadas con doña Felipa, ésta aparecía como un espíritu manso, un temperamento conciliador, una persona benévola! Allí se estaban en sus poltronas, solitarias como islas.

Entre la ponzoña de sus lenguas y de sus intenciones, entre su eterna actitud de púgiles, dispuestas siempre á romper lanzas por un quítame allá esas pajas, entre las Luzardo y la concurrencia estableció ésta un cordón sanitario de indiferencia. Y allí se estaban repantigadas en sus poltronas solas, aisladas, en cuarentena.

Doña Felipa, que las acababa de indicar á Perrín como abominables paradigmas de soltería, volvíase hacia la señora Linares, tan regocijada, tan bonachona, tan diferente, volvióse con espíritu de embestida, é irónica de admiración expresó:

—Para matrimonios, Josefa. ¡Dos bodas en un mes! ¡Caramba! ¡Es triunfo!

El ramillete de la novia se lo acababa de sacar Eva Luz, la sola de las muchachas que no tenía galanteador oficial. Muchas se rieron. Y una dijo:

—Como no se case con Perrín, que es viudo.

Pero Ana Luisa Perrín, sotto voce, por supuesto, tomó la cosa por lo trágico, efecto de varias copitas de champaña que purpuraban sus mejillas y alocaban su imaginación. Aseguraba á su novio que hubo trampa en la rifa.

Era la media noche. Los invitados fueron pasando al comedor: Perrín con doña Felipa, Joaquín Luz con la señora Linares, el caballerito bo-

quirrubio con Eva, Rosalía con Rosendo, la esposa de éste con Adolfo, Mario Linares con la
señora de Joaquín, Ana Luisa con Peraza, su pro-
metido; Ramón con una de las Perrín, cuyo novio no asistía, por enfermo. Y otras, y otras, y
otras parejas.

En la mesa todo fué compostura y silencio un
minuto. No se oía sino el percutir de las copas y
el tintineo de los cubiertos contra la vajilla; si-
lletas que traquean en busca de acomodo; frufrú
de sedas rozadas; dedos ociosos que tambori-
lean, á la sordina, sobre el mantel. Un minuto
después el barullo sólo reinaba. Las conversaciones se hicieron parciales.

—Se fueron los novios—dijo una señora madura, que estaba esperando la ocasión para soltar la noticia.

Por la mesa, de un extremo á otro, corrieron
epigramas más ó menos buídos y más ó menos
cultos.

—Si es hora de fuga para los novios, vámonos también nosotros—dijo á Ana Luisa Perrín
su galán.

—¡Ay, qué delicia!—respondió ésta, encogíen-
do los hombros en graciosísimo y picaresco mohín, como si tuviera escalofrío.

El jovencito boquirrubio se volvió á Eva, muy
alarmado.

—¿Oye usted? Su hermano se lleva una señorita. ¡Qué hombre!

—¡Y qué mujer!—repuso Eva, sonriéndose.

Los sirvientes pasaban con las fuentes rebosando y los trinchantes enarbolados, cruzándose señas con los ojos de un lado á otro de la mesa, encasacados y solícitos. Los Ganimedes de alquiler escanciaban el sauterne, el burdeos, el borgoña, en copas de capricho, como cálices de magnolia sobre su tallo, y en crateras lindas el champagne.

—¿Qué es eso?—preguntó Ana Luisa á su novio, repugnando un plato.

—Esto creo que es lengua ahumada.

—Pues bien, Peraza—dijo Ana Luisa, casi al oído de su novio—: páseme usted la lengua.

Rosalía, que oyó, muriéndose de risa y admirando los progresos de esa discípula é imitadora suya, le dijo:

—Estás terrible esta noche, Ana Luisa.

—De veras, chica—contestó ésta—. Cualquiera me tomaría por hermana tuya.

Perrín conversaba con Rosendo, con Joaquín y otros convidados de su vecindad.

Joaquín, alto, fornido, tostado del sol, negra barba partida y ojos negros, sano, risueño, enérgico, opinaba que la agricultura y la cría eran lo único que podía salvar á Venezuela.

Rosendo, por el aspecto de su hermano, parecía la reducción del tipo de Joaquín, y le faltaba aquella simpatía alegre y comunicativa del otro.

Heredó de su madre, en lo físico, lo mismo que Eva, el ceñito de la frente, y en lo moral, el apego del lucro, la tacañería. Era en todo más escéptico y desconfiado que su hermano mayor. Por lo demás, bastaba mirarlos juntos para comprender que ambos descendían de la misma progenitura. Según él, á este país se lo llevaba la trampa por falta de inmigración.

—La paz, señores, es lo que puede salvarnos á todos—aseguraba Perrín, á pesar de que él había hecho su fortuna con las revoluciones.

—Pero los desiertos gozan de paz—insinuaba Rosendo—y no prosperan.

—La gente...—expuso Perrín, y se atragantó con un pedazo de galantina.

Fué necesario una copita de Chateau-Laffitte.

—La gente, la gente y los capitales vendrán con la paz.

Rosendo opinaba que nadie vendría sino trayéndolo.

—Este país—dijo—está muy desacreditado en el exterior, parte por sus errores, parte porque en Europa y los Estados Unidos se hace una campaña constante de descrédito contra los pueblos hispano-americanos, por medio del telégrafo y de la Prensa, y con el plan de pintarnos á los ojos del mundo en estado completo de salvajez que disculpe todos los atropellos de que quieran hacernos víctimas.

En Europa y Norte-América no se publican

de nosotros sino las noticias desastrosas de guerras, terremotos, inundaciones, cuanto pueda dañarnos.

—Como usted puede imaginarse, don Rosendo—opinó Perrín—, Europa y los Estados Unidos mal pueden tener ese interés. Al contrario, quieren la prosperidad de estos pueblos; los quieren ricos y felices, para que les compren á ellos lo que ellos producen.

—Pero si es que la propaganda se hace para engañar al vecino, al competidor. Por lo demás, en el mismo vapor donde nos llegan diarios, revistas y aun libros pintándonos incapaces de civilización, nos llegan asimismo catálogos, viajeros de comercio, toda suerte de propaganda para aumentar nuestro comercio con pueblos de por allá.

Y luego de una pausa en que Perrín iba á ingerir algo, Rosendo continuó:

—Nosotros, por crédulos, por inocentes, por ignorantes, quién sabe por qué, no nos hemos dado cuenta de las armas terribles que son cables y telégrafos. Mientras la propaganda de descrédito continúe, entre otras razones para que los europeos no emigren hacia acá, estamos perdidos; no tendremos inmigración. Y la inmigración es lo que nos salva.

Perrín hacía molinetes con las manos. Él no podía creer aquello. Exageración; criterio erróneo. Los Estados Unidos, la Europa, nunca agresivos, estaban animados de los mejores deseos para con estos países.

La inmigración vendría, ¡cómo no! Como fué á los Estados Unidos. Como va á la Argentina Como va al Brasil. Todo es cuestión de tiempo... y de paz.

Joaquín terció. Él veía las cosas desde otro punto de vista.

—La inmigración, en verdad, es salvadora. Pero miren ustedes lo que pasa en el estado actual de nuestro país: un extranjero se establece, pongamos en calidad de comerciante, en algún villorrio de Venezuela. En frente y cerca de ese comerciante hay otros comerciantes venezolanos. Se presenta la guerra. Las contribuciones militares y los saqueos los sufren de preferencia los nacionales. Y luego, ¿qué resulta? Éstos quedan arruinados, y el comerciante extranjero campea solo y acapara el mercado.

—Pero usted no negará, amigo Sr. Luz—reivindicó Perrín—, que los extranjeros también sufren en sus intereses con la guerra.

—Concedido—repuso Joaquín—. Y no nos salgamos de mi ejemplo. Supongamos que al comerciante extranjero también lo arruinan. Pues bien: á éste le queda el recurso diplomático del reclamo. El ministro ó el cónsul de ese extranjero se arreglan con él, hacen una tramoya, y por lo que valía ciento piden mil y obtienen quinientos. Resultado: el ministro diplomático, que hace su agosto con los reclamos, los favorece; y el comerciante extranjero, de su propia ruina hace el mejor negocio.

—Usted es muy pesimista, don Joaquín.

—¿Pesimista? ¡Dios me libre! Yo creo que á pesar de los tropiezos vamos andando. Mire usted: las selvas del Orinoco están repletas de sarrapia, de vainilla, de caucho, productos que se venden á precios fabulosos. Para no hablarle de las minas de oro de Yuruary, de las minas de cobre de Aroa, de los placeres de perlas de Cubagua y dé Margarita, de los pozos de petróleo del Zulia y del Oriente, de las salinas de Araya y de Coro ¿sabe usted cuántos millones de bolívares entran anualmente en Venezuela con la mera exportación de ganado á las Antillas y al Brasil? ¿Sabe usted lo que nos producen el cacao y el café? Creo que con nada de organización nos salvamos. ¡Cómo voy á ser pesimista!

—Es cierto—opinó Rosendo—. Pero sin gente, ¿cómo podremos explotar nuestros productos naturales?

Y Perrín, que volvía á su tema, concluyó:

—Y sin paz, ¿cómo vendrá la gente?

Ramón, un poco más distante, y distraído con su vecina, muy charlatana y muy feliz, á pesar de la enfermedad y ausencia de su novio, no había logrado meter baza. Pero de lejos pudo afirmar, á última hora, mientras se acariciaba nerviosa-

mente su barbilla negra, que el Gobierno tenía
la culpa de todas las desgracias de Venezuela, y
que los gobernantes de este país eran unos pícaros y unos ladrones.

Doña Felipa aprobaba con la cabeza.

X

Sería muy de mañana cuando Crispín, adormitado aún, dió media vuelta en la cama, tropezó con un bulto y se despertó. Su primer impulso vago de somnolente fué el de echarse del lecho, obediencia maquinal ó subsconsciente á la costumbre de levantarse y vestirse, al abrir ojos, para correr al almacén. Pero el bulto, que no era sino el blanco y ovillado cuerpo de María, acabó por despertarlo á la realidad.

No estaba en su dormitorio de soltero, ni por la celosía de aquella ventana penetraban los perfumes tan conocidos—reseda, heliotropo, diamela, rosa y jazmín—, de su patio familiar, sino aromás silvestres, olor de tierra mojada, fragancia de cafetales montañeros; y hasta le vino una como ráfaga de pesebre, de estiércol y burrajo. Al pío de los canarios de Eva reemplazaba la algarabía de pájaros ignotos. Un oído más experto, el oído rústico de los montañeces, hubiera podido entresacar, como hilos diferentes de la propia madeja

de trinos, el canto armoniosísimo, sabio, dulce,
como el de una flauta maestra, de la *paraulata;*
el más ronco, travieso y quebradizo de los *pico-
de-plata*, y el intermitente, quejumbroso y romántico de las *soy-sola*. Como cien diversas flores constituyen un mazo, un ramillete, aquellas
melodías dispersas se combinaban y tramaban en
los aires, produciendo un solo triunfo armonioso.

Con mucho sigilo se levantó; y ya lavado y vestido salió fuera y se puso á contemplar aquel
campo y aquella casa de *Cantaura* que apenas
conocía. Pensó en el cambio de su vida, y la gratitud le hizo recordar á Perrín, que tan generosa-
mente acordaba ocho días de resplandor y de
vagueo á la reciente luna de miel. La primera
idea, por supuesto, fué la de acogerse á las épi-
cas montañas de *Cantaura*, por donde vagan aún
la inulta sombra y la leyenda del cacique Guai-
caipuro, á vivir en amor, á esconder la felicidad
con egoísmo propio de enamorado, obediente á
ese instinto de los esposos primerizos, instinto
que no es, quizás, pudor, sino supervivencia del
hombre primitivo que se ocultaba con su presa
en el fondo de las cavernas.

· Una criada, una campesina, flor de la montaña,
el zurrón de cuero en la mano, lleno de maíz, re-
movía los granos de oro ruidosamente. En su torno, en el centro del vastísimo patio, con cerca
de enanos poma-rosales, se agrupan cacareando
las gallinas. Al sonoro repiqueteo de los granos

de oro en el zurrón vuelan de entre la verdura las gallinetas estridentes; surgen del estanque los patos; y más glotones que vanidosos, los pavos interrumpen la rueda y se apresuran al desayuno, con sus cuellos granulosos, bermejos y amoratados.

Ante el apeñuscamiento de aves, la montañesa, como si aquel público de volátiles entendiera otras voces que las del hambre, lo amonestó:

—Quietecitos, ó me retiro y no hay desayuno.

Con mucha y estudiada parsimonia empezó á dejar caer los rubios granitos, mientras resolvía un grave problema: ¿á cuáles de las gallinas echaría el guante para el festejo de don Crispín y doña María? A todas las quería por igual; á todas las llamaba por su nombre, y le dolía matar cualquiera.

La muchacha era una morenaza rolliza, de ojos muy negros, un sombrero alón de cogollo en la cabeza, alpargatas pulquérrimas—como de estreno—, roja la falda, y una holgada blusa blanca de percal, que arremangó por lucir ó libertar los brazos, y blusa que ponía al descubierto el firme, redondo cuello, y el arranque de acanelados senos, opulentos y erguidos. Estaba endomingada por el arribo del matrimonio. Seguía echando maíz á la alcahazada, poco á poco, y seguía el titubeo. ¿Cuáles de la manada escogería? Vino á sacarla de embarazo el grito de su madre, la vieja cocinera, tan vieja en la casa que no tenía más recuerdos sino los de su vida allí.

—¡Caramba, Petronila! ¿Qué esperas? Trae las gallinas pronto.

—Pero, ¿cuáles escojo, *máma?*

—Pues las primeras que alcances. Si no andas pronto iré yo misma.

Sin más, la vieja echó á andar hacia el patio; y en llegando atrapó dos gallinas, una con cada mano.

—No, *máma*; esas no—dijo Petronila. La jabada es muy buena ponedora, y la poncha estuvo con moquillo hace poco.

La vieja no tenía que hacer con nada. Y se dispuso á llevárselas á la cocina. De regreso vió á Crispín, ya vestido, enjuagándose la boca y contemplando, el cepillo de los dientes en la diestra, el desayuno y la caza de los animalucos.

—¡Guá, niño Crispín!—exclamó la vieja—¡Qué madrugador! ¿Se despertó la niña María? Voy á traer una tacita de café.

—No, Juana; espérate. Iré á tomarla yo mismo al fogón.

Fué detrás de la vieja; pero en vez de esperar café, Crispín se abalanzó á una camaza rebosante de blanca, fresca y espumosa leche.

Pidió un vaso.

—No, niño Crispín; bébasela asimismo, en la camaza. Es más sabrosa. Acaban de ordeñarla.

Crispín empezó á apurar la enorme camaza. Cuando concluyó de beber parecía que la camaza estaba intacta. En la cara de Crispín la leche había pintado dos bigotazos blancos.

En un rincón de la cocina un rústico, á golpes de hacha, hendía troncos secos en astillas, para leña.

—¿No lo recuerda, niño Crispín?—preguntó la vieja—. Es Juan, mi hijo Juan. Ahí va con usted. Es de la misma edad...

La vieja, por las trazas, iba á empezar á referir historias. Pero el campesino dejó el hacha de lado y presentó á Crispín una parásita silvestre, una frágil y blanca *flor-de-mayo*, lujo de las montañas, que parecía rara, odorante mariposa.

—Es para la señora—dijo.

Crispín aceptó la delicada y linda parásita, con más: unas clavellinas purpúreas de Petronila, de las cuales se enamoró; y con su camaza de leche y sus flores se fué, como pudo, á la esposa.

María acababa de despertarse, é iba á aprovechar la ausencia de Crispín para vestirse.

—Crispín, por Dios; no entres.

El marido no hizo caso sino reventó á reir, entrando. María, en camisa, echó á correr hacia el lecho y se cubrió todo el cuerpo con las sábanas.

—Pero ¿qué tienes, mi hijita; no eres mi esposa?

—Sí, pero me da pena... Tú, vestido, y yo así.

Crispín se reía con sus blancos bigotazos pintados.

—¡No seas boba! Mira: flores. Mira: leche fresca. Tómala aquí mismo. Está deliciosa.

Y le presentó la enorme camaza.

A María le daba pena, de veras le daba pena; pero él la convencía de que todo era acostumbrarse, y ella sacó, por fin, los desnudos y blancos brazos, echó hacia atrás la cabellera con ademán que descubrió las negras y velludas axilas, y empezó á beber. Sentado al borde del lecho, Crispín se la comía con los ojos.

—Debes de estar cansada. No te levantes todavía.

La esposa confesaba su postración, achacándolo á la caminata del día antes. ¡Haber montado á caballo por tan abruptos cerros, durante media hora, ¡ella! ella, que no cabalgó nunca sino en caballitos de palo, en sus juguetes de Nuremberg, cuando niña, y en los eternamente encabritados, pero eternamente inmóviles potros de los carruseles! ¡Si le parecía mentira! Él le juraba que aquello era una herocidad.

Lo cierto es que el ferrocarril los dejó el día antes, á cosa de las cuatro y media, en la estación de Los Teques, y hubo que hacer una legua á caballo. Por aquellos caminos de cabra no cabía otra locomoción. Joaquín y su señora, desenfadada caballera, los habían conducido con mil precauciones, en dos corceles fuertes como elefantes y mansos como ovejas. Dos peones asistían á la novel amazona: al estribo el uno; el otro, el palafrenero, llevando del diestro al palafrén. Crispín era, en rigor, tan de á pie como su esposa. No

cesó de aconsejarla, sin embargo, durante el tra-
yecto, precaviendo riesgos.

—Tira el caballo hacia la izquierda, María.

O bien:

—Cuidado con las ramas de ese yagrumo.

En alguna de estas inútiles recomendaciones,
por llevar fijos los ojos en María, iba dando él
consigo en tierra. Le dió miedo, y se aferró con
ambas manos á la montura, mientras abría las
piernas como dos alas, y se encorvaba sobre la
crin del pisador. María tornó la cara hacia Joaquín, apuesto jinete, y al percibir un poco más
atrás la figura del esposo, lamentable, caricatu-
resca, exilarante, obedeció á un movimiento natural, y se echo á reir.

Crispín, aunque alebronado, no cejaba en sus
exclamaciones de precaución.

—Cuidado, María.

Joaquín y la señora de éste cruzábanse miradas de sonrisa.

—Mira tú por ti—concluyó por aconsejar Joaquín á su hermano—: mira tú por ti, que nosotros
nos encargaremos de poner sana y salva á María
en tus brazos, cuando lleguemos.

María aseguraba no tener miedo. Pero de cuando en euando buscaba fortaleza en los ojos de
los demás. Por fin llegaron. Se comió; se tertulió
un momento y Joaquín y su esposa fueron á dormir en la Trilla, vasto y venerable edificio, á poco
de allí, donde se elabora el café, dejando á Cris-

pín en posesión de María y á los dos en posesión de la casa. Por las vetustas paredes de la ve-
tusta mansión ascendía aquella blanca luna de
miel.

El caserón, obra de alarife primitivo, era un
amplio rectángulo de mampostería, un dédalo de
habitaciones grandes y chicas, sin gusto ni concierto, entre dos amplios corredores, uno al frente, á espaldas del casuchón el otro.

Cuando Crispín salió de nuevo al corredor
frontal, esa mañana, en compañía de su esposa,
presentábase allí, jinete en lindo caballo ruano,
Pedro, el primogénito de Joaquín, un gigante
para sus trece años.

—Papá y mamá—dijo—me envían á saludar á
ustedes. Que luego vendrán.

Y torciendo su cabalgadura, el huraño y rozagante efebo se perdió entre la verdura de los
árboles, al pasitrote, mientras Crispín, apoyado
en María, viéndolo alejarse, soñaba en algún ga-
rrido garzón que un día viniera á darle un beso
filial, en aquel mismo rincón de montaña, y par-
tiera, ágil y robusto, á sus tareas de campo, al
golpe del bridón.

LIBRO SEGUNDO

I

Julio de Nájera, el jovencito de las violetas
blancas, Brummel, como se le apellidaba por su
dandismo irreprochable, empezó á cortejar á Eva
Luz desde la noche del matrimonio de Crispín.
La visitaba á menudo, y contra lo que él pensó
al iniciar sus asiduidades, y contra lo que hubiera
pensado todo el mundo, Eva no fué pasatiempo,
un triunfo más en su carrera de donjuanismo, sino
que acaso hizo brotar en aquel corazón de enamorado profesional, fuentes de puras, cristalinas
é ignoradas aguas de amor.

Brummel, el sexto ó séptimo retoño de su familia, seguía la tradición, afinándola, de sus hermanos mayores. Trabajar, nunca. Convertir el
más mínimo esfuerzo personal en dinero, ni por
imaginación. El padre los vestía y les daba mesa
y casa, mas una pequeña pitanza para el bolsillo,

suma que no alcanzaba jamás, ¡qué iba á alcanzar!, para gastos de representación. Por donde los varios Brummeles calzaban á su fantasía las botas de siete leguas para fraguar á diario mil trampantojos donde solían caer sastres, camiseros, zapateros, cantinas, restaurantes, joyerías, etc., sin excluir á los amigos, á quienes de vez en cuando se sometía á la tortura del empréstito.

Brummel, de los menores, era también de los más apuestos y más listos. Alto, flexible como un junco, barbilampiño, rubio, con sus cabellos ensortijados, más joven de rostro que de edad, parecía una mujer disfrazada de varón. Aquella carita de serafín, aquella finura innata, aquella zalema cortesana de su sonrisa y de sus modales, escondían el alma de un perfecto canalla, de un gorrón, de un caballero de industria. Las mujeres lo sabían. Sin embargo, imposible contar más dulces victorias sobre corazones femeninos. Su carita de serafín y su nombre le daban acceso á todas partes.

Con su habitual cinismo, gracioso y sonriente, solía decir:

—No puedo quejarme de la suerte. Todos los hombres me abren los brazos y todas las mujeres me abren las piernas.

Una artista francesa, prendada de Brummel, quiso llevárselo á Europa.

—Vámonos—le decía. Esto no es para ti. Vámonos á París. Mira: tengo una villa en Suiza; nos iremos allá; ó bien á Niza; adonde prefieras.

Pero Brummel prefería continuar en Caracas su vida regalona, ociosa, de parásito elegante, campando de golondro.

—¿Por quién me tomas? ¿Crees que puedo irme así detrás de cualquiera?

Sin embargo, sus escrúpulos no llegaban hasta renunciar á los brillantes que le regalaba la artista.

Y en su interior pensaba que alejarse de su tierra sería tontuna cuando él podía conquistarlo aquí todo, osar á todo por medio de las mujeres.

¡Cuál no sería, pues, la extrañeza del Lovelace cuando comprendió que Eva Luz, la chiquitina de Eva, no caía á sus pies torturada y muerta de amor! No se desviaba de él, no lo rechazaba; pero la pasión no aparecía por ninguna parte en aquella frágil criatura.

Brummel fingía creer, por picarla, que ella era incapaz de amor; que era una inferioridad, una anomalía de la niña; que así como nacen mudos, ciegos y sordos, solían nacer mujeres y hombres carentes de afectividad, seres morbosos, tan dignos de lástima como el que nace ó se vuelve loco.

Pero Eva, con estudiada ingenuidad, le aseguraba que había adorado á su primer novio. Ese sí supo despertar en ella el amor. ¿Que se había muerto? ¡Qué importaba! Aquella memoria le inspiraba aún más amor que todas las galanterías de Brummel.

Eva Luz no hablaba con sinceridad. Apenas

si recordaba al difunto amante de sus diez y
seis años. Pero no quería servir de juguete á
Brummel. Lo conocía demasiado para creerlo.
Hubiera gozado en su vanidad con verlo rendido, amartelado, sollozante de amor á sus pies;
pero como no lo creía fácil, ya era un triunfo
el desdeñarlo, triunfo que ella, con su instinto
y su talento de mujer, sabría hacer bien ruidoso.
En aquella peliaguda esgrima sentimental, Eva
sentíase tan fuerte como Brummel. No se rendi-
ría. Y de aquella caza desesperada, de aquella
firmeza de la una y de aquel asedio del otro, luego de un paréntesis de indiferentismo ingenuo y
glacial, empezó á nacer en el alma de Brummel
el anhelo de la cosa imposible, el suspiro por la
cosa inaccesible, la aspiración al ideal, que viene
á ser en relaciones de esta índole amanecer de
amor.

Pero el amor en el corazón de este maestro,
¿quién sino él podía adivinarlo? Ninguno, además, con tanto dominio sobre sí propio. Su profesorado galante le hizo comprender desde temprano que en amor el menos enamorado es quien
vence, y que si á la postre un amor se cura con
otro, lo cuerdo es no dejarse dominar del corazón, prevenir una pasión con un amorío, y en vez
de cultivar un hondo afecto, entretenerse en más
fáciles ocupaciones sentimentales.

Él seguía su misma vida triunfante y alegre,
dentro de la cual Eva Luz significaba, en su pen-

samiento, una contrariedad. Espació sus visitas,
no las interrumpió. Su vago instinto de aventurero le insinuaba que debajo de aquellos techos no
se olvidaría fácilmente su nombre. Y Brummel,
de acuerdo con sus teorías, pensaba en la mujer
de Crispín, que habitaba la misma casa, como en
una presa probable, buena en todo caso para
desendurecer por celos, á fuego lento, el corazón de Eva.

Allí habitaba, en efecto, María. Crispín no se
resolvió á abandonar el caserón solariego. "Allí
había—pensó—puesto para todos". Tomó para
sí un ala de la vasta mansión, donde vivía en plena independencia de los demás. Eran cuatro piezas: un saloncito muy coqueto, el dormitorio, el
tocador y un cuarto para desahogo. Las habitaciones, pintadas, empapeladas y amuebladas de
nuevo, eran muy monas y muy cómodas: una casa
dentro de la casa. Fuera del comedor, el W.-C. y
el baño, nada le era al matrimonio común con los
demás. Recibía sus visitas en su propio saloncito,
independiente de doña Felipa, de Ramón y de
Eva, que recibían en el gran salón; y á veces recibía a las personas de su confianza en el mismo
corredor, adornado con un mueble para sombreros, abrigos y bastones, en cuyo centro brillaba
un espejo, con varios cuadros de pared, dos pal-
meritas y un menaje de Viena.

Sólo en la mesa, á las horas de comer, se congregaba la familia toda.

De ahí el que Julio de Nájera hubiese, durante meses, visitado la casa sin toparse con María. ¡Cuántas veces atisbó ésta, por un postigo, la entrada ó despedida de Brummel! ¡Cuántas veces pensó en salir, como al azar, con el propósito de encontrarse con Julio en el corredor! Pero la idea de Crispín la sofrenaba y contenía. ¡Era tan celoso, tan ridículamente celoso! Ya habían tenido escenas, al volver del teatro, por si ella miraba ó no miraba á éste ó al otro. Salir sola, ella, ¡cuándo! ¡Qué diferencia con Adolfo Pascuas, que acordaba á Rosalía plena libertad! ¿Para eso se había casado? ¿Para vivir entre aquellas cuatro paredes; para contemplar en la mesa la cara de odio de doña Felipa? Dios mío, ¡qué desgraciada era! Y Eva, ¿por qué la repulsa de Eva? Y su marido, ¿por qué la quería con aquella melosidad, que apenas llegaba del almacén la ensalivaba á besos extemporáneos?

Casada sin amor, obligada á vivir con un hombre que ocupaba lugar en su lecho, pero no en su corazón, y cuyo carácter meticuloso y cuya vida regulada como la máquina de un reloj era lo contrario de aquella educación desenfadada que diera á sus niñas doña Josefa, de aquella juventud alegre y sin más pauta que la aventura sentimental ó la fiesta social, nuevas, cambiantes cada semana, cada mes, mal podía sentirse feliz María en aquel garlito donde cayó su inexperiencia.

Por lo que respecta á doña Felipa era insufrible, ciertamente. María no disimulaba el miedo cerval que las pullas de la vieja le producían.

¡No tronaba la reticente anciana en presencia de la propia María, en el dañado intento de zaherirla, contra las educaciones epidérmicas que hacían de las señoritas, casquivanas ó haraganas, damiselas ó poltronas, cualquier cosa, menos amas de casa, *housekeepers!*

Cuanto á Eva, la repulsión provenía, en último análisis, de la diversidad de temperamentos. María, hipocondríaca, amiga del ocio, dejándose llevar de la corriente, era el polo opuesto de la cuñada. Eva, delgaducha, nerviosa, hacendosa, en el fondo calculadora, se parecía á su madre, sin la aspereza de la anciana; pero el mismo ceñito de voluntariedad encapotaba á veces su frente. Se distinguía, en lo físico, pór la rectitud de su nariz y la altivez de su erguida cabeza de yegua árabe; en lo moral por su laboriosidad inteligente. Ella bordaba, cortaba, cosía, tocaba el piano, cuidaba sus macetas y sus canarios, leía versos, leía novelas, recibía y pagaba visitas. ¿No se brindó veinte veces á llevar sobre sus jóvenes espaldas el peso entero de aquel hogar de todos? Sino que doña Felipa no claudicaba. Pero, ¿quién sino Eva ayudaba á la vieja en íos quehaceres domésticos? ¿Quién solía tomar cuenta á la cocinera y dar la ropa al lavado? ¿Quién pagaba al panadero; quién dirigía con su madre el servicio?

No era ciertamente María; "á pesar de ser la señora"—insinuaba doña Felipa.

Con excepción de los jueves, que recibían, y
de alguna que otra noche de teatro, de visitar ó
de permanencia en la casa, Crispín y María, luego de comer, se iban de preferencia á la tertulia
de las Linares.

En torno de las hospitalarias y sonrientes arrobas de doña Josefa se congregaban siempre los
numerosos miembros de su familia ó amigos de
Rosalía y de Adolfo, pues como el matrimonio
vivía allí, allí se le visitaba. Rosalía cantaba al
piano con su linda voz de calandria, ó rasgueaba
el guitarrón andaluz de las serenatas. Algunas
amigas solteras de Rosalía y de María acudían de
cuando en cuando, y no faltaba tampoco, una vez
á la semana, lo menos, Ana Luisa Perrín, recién
cásada. El mismo Crispín desenfundó y repasó
el repertorio de su olvidada flauta, y acompañaba
á la alegría de las veladas. Lo cierto es que todo
allí era buena acogida sonriente.

María, en aquel centro, respira, lejos de la
adustez de doña Felipa. Adolfo Pascuas permanece en la reunión hasta las nueve y media, hora
en que invariablemente se encamina al Club, para
no regresar hasta la dos de la mañana. Muy suave,
muy agradable, una historia oportuna siempre y
una sonrisa para las historias de los demás, irreprochable de trajes como de maneras, con sus
manos finas, blancas, pulcras, de uñas acicaladas,

Adolfo era el tipo del clubman, en quien detrás del clubman anima el tahur. Posesor de una
pequeña fortuna, no la mermaba un punto, sino
la ponía en movimiento en las mesas de bacará
con tanto acierto, que le exprimía renta no des-
airable, merced á la cual vivió siempre de soltero en opulencia y vivía ahora en matrimonio con
holganza rayana en esplendidez.

Cierta noche se presentó de rondón en la tertulia doméstica de las Linares, Julio de Nájera.

—¿Usted por aquí? ¡Sorpresa más agradable!

Entonces el arribante explicó, muy compungido, el objeto de su visita. Ya sabrían por los periódicos: el río Apure, desbordado, inundó á
San Fernando. ¡Cuántos hogares en ruinas! En
Caracas se preparaba un concierto de caridad.
Se contaba con que Rosalía no negase el concur-
so de su voz, la limosna de su talento, á aquellos
desgraciados. Él tuvo la suerte de ser comisiona-
do para suplicarle cooperara con el prestigio de
su persona en aquella fiesta de la caridad.

Lo que en el fondo solicitaba el pillín de
Brummel era acercarse á María; introducirse, con
cualquier pretexto, en el circulito de las Linares.
¡Lo que á él se le importaba de la inundación, ni
de San Fernando, ni del río Apure, ni de los con-
ciertos de caridad!

II

La tertulia de las Linares, á pesar de su intimidad, estaba siempre animadísima.

El doctor Linares, el diserto y florido abogado, á fuer de genuino talento y de personalidad de cuenta, había impreso el sello de su personalidad en el hogar, sin que, por otra parte, se preocupara nunca de ello. Del amor al estudio se contagió doña Josefa en los límites que le era dable, y de ahí nació la desaforada afición de la señora á las novelas, al punto de caer en la monomanía de encontrar en cada ser viviente el tipo más ó menos exacto de sus personajes de lectura. Rosalía heredó aquel sentimiento del arte, de la medida, del aticismo, que en el padre se traducía en ciceronianos períodos, en áticas arquitecturas de frases, y que en la hija se traslucía en la agilidad de su espíritu y en su intenso gusto por el canto y la música, cultivados con gracia y fortuna. En Mario era quizás más hondo aún y más franco el sello paterno.

Mario no era un orador, sino un charlatán de grato acento y verbo irrestañable. Curioso de saber y perezoso como ninguno, salía poco durante el día de sus habitaciones—en un alto, al fondo de la casa—, que él llamaba su observatorio, por tener allí un pequeño telescopio con que se la pasaba muchas noches estudiando y oteando el cielo. Pero, en verdad, su intermitente apego á la Astronomía no era óbice para echarse á la calle de diario apenas terminada la comida. Algunas veces, no obstante, permanecía en la tertulia doméstica, donde echaba, por supuesto, su cuarto á espadas.

Esa noche acababa de salir cuando se presentó Julio de Nájera, so pretexto de someter el programa del concierto de caridad á la aprobación de Rosalía. Pero Julio era un diablillo travieso. ¡Pues no se puso á cantar canciones al rasgueo del guitarrón andaluz!

Estreché sus quince años,
besé la boca de flor
y los cabellos castaños,
junto al viejo mar cantor.

Piensa, amada, en el amante;
no me quieras olvidar...
Y cayó una estrella errante
en la copa azul del mar.

¡Y cómo alzaba la carita de serafín cantando su canción de amores!

—Es de comérselo, como un dulce—cuchicheó Ana Luisa Perrín, allí presente, al oído de María.

—Apuesto á que están ustedes hablando mal de mí—dijo Brummel, concluyendo el canto.

—Es cierto—repuso Ana Luisa—. Y lo peor es que María comparte mi opinión.

—¿De veras, María?

Ésta asintió con la cabeza y la sonrisa. Entonces Brummel depuso el guitarrón y fué á sentarse junto á las dos mujeres. Empezaron á charlar los tres en grupito aparte, y algo muy alegre debía de contarles Brummel, porque ambas señoras se desternillaban de risa.

El pobre de Crispín, en tormento, pretextando cualquier cosa, invitó á su mujer á partir. María accedió sin protestar, casi risueña. Por la calle no desplegó los labios, mientras Crispín, amilanado, viendo venir la tempestad, no se atrevía á interrumpir aquel mutismo, y hasta empezaba á arrepentirse de su arranque celoso. Entraron, y el silencio no se rompía; pero no bien concluyó de quitarse el sombrero María, cuando el estallido tuvo lugar. Sonó el ¡pum!, como de botella de champaña descorchada, y ya el gaseoso licor, de rabia espumaba, derramándose.

—¿Sabes, Crispín? Esto es intolerable. Tú me ofendes con tus celos. ¡Dios mío! ¿Cuándo te he dado motivos para que me injuries con tales aprensiones? ¿Crees tú que eso es natural? No

podré salir. No podré respirar. No volveré ni siquiera á casa.

"Casa" llamaba ella á la en que se había criado. Bien sabía que lo de "casa" disgustaba á
Crispín; pero como su deseo era disgustarlo y
desahogarse, lo soltó adrede. Crispín fingió no
comprender, y se redujo á decir:

—¿Estás loca, mi hijita? ¿Celos yo? ¿Celos de
ti? Vamos, no te hagas la tonta.

Y se acercó en ademán de acariciarla. Pero
María se revolvió, furiosa, como fiera acorralada.

—No son momentos de besuqueos. Tu proce-
der es ridículo y ofensivo. No vuelvo á salir de
aquí. Moriré encerrada en estas cuatro paredes,
antes que exponerme á ser hazmerreir de nadie.

Él se exasperó á su turno, y dijo que hacía
uso de los derechos que la iglesia y la sociedad
le acordaban.

María no repuso una jota, y empezó á desvestirse y á acostarse. Él, por su lado, se dió á atran-
car puertas y ventanas, esperando que pasara la
tempestad. Luego, desvestido a su turno, en camisa de dormir, tomó la palmatoria y se puso á
registrar debajo de los sofás, detrás de las puertas, dentro de los armarios, por todas partes, según su costumbre, como si en cualquier rendija
hubiera podido esconderse algún ignorado enemigo ó algún escurridizo ladrón. Después se arro-
dilló á rezar, y ya, por fin, vino á acostarse, te-
temeroso, con precauciones. Su mujer, la sábana

hasta la cabeza y vuelta hacia el muro, fingía no sentir. Tendido en el lecho, inmóvil, sin atreverse á tropezar con ella, Crispín, en voz queda, temblorosa, la llamó:

—María, María.

Ésta no quiso responder.

—María.

—¿Qué es?

—Oye mi hijita: voy á explicarte.

—No necesito de explicaciones. Mejor es que te duermas.

Entonces él, á pesar de todo, empezó á sincerarse. No era cuestión de celos. ¡Cómo iba á celarla á ella, un ángel! Pero él quería un rorro, un bebé, un hijo.

—Mira, fuí en casa del médico. Lo consulté. El doctor me recomienda acostarme temprano, madrugar, agua fría, buena alimentación, vino de quina, ejercicio, menos escritorio. Ya ves: no deseaba esta noche sino recogerme temprano, cumplir la prescripción. Mañana me verás salir con el alba. Yo lo que quiero es un bebé, María, un bebé.

Su esposa lo había escuchado sin interrumpirlo, con extrañeza, con rabia, con risa, con lástima. ¡Dios mío, y aquello era su esposo! ¡Pobre hombre! Y pensaba: "Un hijo, un hijo; también lo quisiera yo para llenar el vacío de mi existencia; pero tú eres incapaz de esa fábrica."

Y como en los matrimonios estériles cada cónyuge achaca al otro, aunque sea de pensamiento,

la esterilidad, ella le agradecía con vago agrade-
cimiento meramente instintivo el que su esposo
no la culpase á ella y se dispusiera á medicarse
por creerse él solo incapaz de la paternidad.

—Y ¿qué más te dijo el médico?—se aventuró á preguntar.

—Añadió: "No haya preocuparse: un día ú
otro eso vendrá."

—Y de mí ¿te habló algo?

—No; no me atreví á exponerte en consulta.

—Bueno, Crispín. Pues yo te digo como el
doctor: "eso vendrá."

Él quiso estrecharla en sus brazos y darla un
beso—un beso de gratitud por aquella promesa
equívoca—; pero María lo rechazó dulcemente.

—No, ahora no. Vamos á dormir.

Entonces Crispín, con su voz más cariñosa, con
voz como forrada en algodones, se atrevió á de-
mandarle:

—¿Me quieres, María?

—Sí.

—¿Mucho?

—Mucho.

—Pues, mira: yo te adoro. Sería capaz de dejarme descuartizar por ti. Si supieras cuánto su-
fro algunas veces con tus contrariedades. Quisiera para ti una vida toda color de rosa. ¿Por
qué disgustarse á veces? Es necesario ser tolerante con mamá, con Eva. ¿Tú no me ves á mí?
¡Por cuántas paso!

María lo interrumpió:

—¡Ah!, por lo que respecta á tu madre, bien sabe Dios lo que soporto. ¿Y Eva? He terminado por no hablar con ella sino lo indispensable. Por ti, no por mí, deberían ser ambas un poco más benévolas.

La desavenencia entre su familia y su mujer era de las mayores torturas de Crispín. Entre aquellos afectos suyos encontrados, entre aquellos seres queridos, entre aquellos perros y gatos de su hogar, la víctima era él. Fingía no ver, fingía no oir. Pero, cómo no contestar cuando lo increpaba doña Felipa.

—Hijo mío, ¡bonita holgazana has traído á casa!

Ó bien cuando María le afirmaba que doña Josefa, fuera de Ramón y acaso de Eva, no amaba á nadie, y empezaba á aborrecer á la humanidad en Crispín.

Eva era la más prudente. Sin embargo, cómo se mortificó él una ocasión que la oyó, detrás de una persiana, dictaminar:

—¡Pobre Crispín! Esa no es la mujer que le convenía. Mientras él se mata allá en el almacén trabajando, ella pasa los días en la cama, como una odalisca, ó bordando ese cojín, que no termina jamás.

De Ramón no se diga.

¿No se atrevió á expresar á Crispín, en propia cara, que doña Josefa, vieja verde sin escrú-

pulos, llena de damerías, educó á María pésima-
mente, en ocio é ignorancia; que Rosalía—la angelical Rosalía—era una descocada, y Adolfo
Pascuas un tahur?

¡Cuánto le dolían aquellas apreciaciones infa-
mes y calumniosas en boca de un hermano, aunque ese hermano fuese Ramón, tan consentido,
tan atrabiliario, tan lenguaraz!

Oyó un ronquidito. Su mujer dormía. Y siguió
pensando, pensando, en que pronto vendría un
bebé, cuya presencia barrería, como enviado por
las hadas, todos los rencores y orduras del hogar.

¡Qué efectos morales, qué cambios con aquella aparición!

La maternidad abriría en su esposa los ocultos
tesoros de aquella mina de afectos. Doña Felipa
rejuvenecería en el amor del nieto, volviendo á
ser madre, ¡á su edad! Eva, Ramón, subyugados
á la ley del chiquitín, ley de ternura y de paz,
fraternizarían, ¿no es cierto?, con María. Cuanto á
él... ¡ah! Aquel chiquitín esperado, aquel Mesías,
¡qué alientos iba á infundirle, qué horizontes de
aurora descorrería á sus ojos! Empezaría otra
vida, la buena, la nueva, la verdadera é ignora-
da. Todo el viejo dolor suyo, toda la amargura
de su infancia y de su juventud no eran sino crisoles, una preparación á la futura felicidad.

Cuando á la madrugada se durmió, por el pálido rostro de Crispín erraba una sonrisa.

III

A un extremo de la enramada, al frente de las enredaderas de corregüelas azules y de blancas madreselvas, Eva trabaja en su mesita de labores. Corta un claro percal mosqueado de puntos rojos, atareada en hacerse una basquiña. La tijera en la mano, interrumpiéndose, vuelve la cabecita con agilidad viperina, al sofá donde Ramón y doña Felipa cuchichean.

—¡Jesús! Parecen ustedes conspiradores.

Como apenas le hacen caso, pónese á tararear, con intención, la música de los conspiradores en el coro de *Hernani*.

Ramón se levanta, sacude la tela del pantalón con su amarilla y delgada vara de vera; luego saca el reloj, y exclama:

—Ya es hora; me voy.

—Me alegro—dice Eva—; con eso te llevarás tus papelotes, que me están estorbando.

Ramón recoge, en efecto, un rollo de cartones de sobre la mesita de labores de su hermana y

8

clavándole á ésta, de paso, por la espalda, ambos
índices, como un par de banderillas, se despide,
el cariño en la voz:

—Adiós, mala pécora.

Sale risueño, toma el primer coche que atravie-
sa, y le endilga:

—Á casa de Perrín y Compañía.

Ramón no se había marchado á Europa con su
piedra caliza en el bolsillo, á formar la cacareada
compañía para fabricación del cemento romano.
La bailarina de Italia tampoco había partido.
Doña Felipa, mitad por avariciosa y ante la pers-
pectiva de enormes proventos, mitad por aquella
debilidad de su senectud, por el efecto loco é
increíble hacia el increíble y loco de Ramón, se
resolvió á aflojar los cuartos. Toda una historia.
En el mayor sigilo se vendió una acción del Banco de Venezuela, de tres que poseían. Aunque
estaban á nombre de la anciana, como la mayoría
de los bienes, aquello no era suyo, sino de todos.
La vieja, sin embargo, engatusada por Ramón, se
allanó á venderla. Mas, ¡qué rifirrafe suscitó la
escatimosa y terrible anciana cuando se conven-
ció de la zancadilla, de que Ramón la engañaba,
que no partía, y á la sospecha de no existir tal
piedra caliza en las montañas de *Cantaura!*

Ramón hubo de convencerla. Aquello no era
un escamoteo, ¡qué había de ser! ¡Cómo dudar
de él, de su honradez, de su sinceridad! ¡Tiempos
más calamitosos! ¡Cuando hasta una madre como

ella se permitía sospechar de un hijo como él!
¡Caramba! Ya vería doña Felipa los proventos de
aquella suma. Por lo pronto le indicó, mera medida de prudencia, para el caso de algún fortuito
reclamo, de alguna extemporaneidad de Joaquín,
de Rosendo ó del chisgarabís de Crispín, que hi-
ciera reparaciones en la casa con motivo del matrimonio de éste, que regalara á la novia un objeto de cuantía, en fin, que pusiera en movimiento
algún dinero. Pero ¡quién iba á atreverse! ¡Á una
madre!

Él, por su parte, embolsó doce mil francos. La
bailarina tuvo, por supuesto, una recrudescencia
de amor. No podía abandonar á su "carino". É
irse, ¿á qué, adónde? ¡Eran tan felices en Caracas! Ya no lo inducía á partir, como Aida á su
amante, en la ópera de Verdi:

Fuggiam gli ardori inospiti
Di queste landi ignude...

Sólo que ella quería trabajar, no serle gravosa.

—Mi padre tenía un café en Milán. Conozco,
de cuando chica, el negocio de cantina. Compra
un mostrador, una armadura, unos cuantos lico-
res; se abre un saloncito; y ya ves: yo trabajo y
ganaremos ambos.

Al poco tiempo la bailarina instalaba su café,
con un servicio de cinco italianitas, en el Puente
de Hierro. Al frente de la cantina se leía, de noche, en letras de gas: *El Café Milanés*. Sino que

los doce mil bolívares no alcanzaron y hubo que
sacar á crédito muchos artículos. El café producía. ¡Cómo no! Allí se expendían, no sólo vinos
del Vesubio y mortadelas de Bolonia y marrasquino y gorgonzola, sino sonrisas, besos; algo
más dulce que el marrasquino, más embriagante
que los vinos del Vesubio, más sonrosado que
las mortadelas de Bolonia.

Todas las noches, larga fila de victorias y cale-
sas estacionábase en el Puente de Hierro, ante
las puertas resplandecientes del *Café Milanés*.
Diputados, senadores, ministros; mozos, viejos;
solteros, casados, se apeñuscaban, al son de la
orquesta, á libar una copita, entre requiebro y requiebro. Ramón dejaba correr la bola, encantado
de las habilidades de su bailarina. Pero un día,
el día menos pensado, la bailarina abandonó todo:
á su amante, á sus pingües italianitas, á sus amigos de ocasión; su Puente de Hierro, su *Café
Milanés*, todo, y llena de dignidad y de distinción, los bolsillos bien repletos, y no de las brisas del Guaire, se fué á vivir vida de gran señora
entre los brazos y en una bien puesta mansión del
gobernador de Caracas.

Al negocio, en menos de quince días, se lo
llevó la trampa. Todas fueron volando, una á una,
las palomitas de Italia, hacia diferentes paloma-
res, sin olvidar, en el ímpetu del vuelo, alguna
que otra caja de marrasquino ó del buen *Lachry-
ma Christi* del Vesubio.

Ramón, por su parte, recrudeció su odio contra el Gobierno. Y cuando se trataba del gobernador:

—¡Ah, bandolero!—decía, apretando los puños.—¡Ya te cogeré en mis manos! ¡Deja que estalle un triquitraque! ¡Deja que se presente la primera revolución! ¡Deja que venga el general Hernández!

Pero todo pasa, todo, hasta las más crudas ideas de venganza. Y mientras el general Hernández llegaba, mientras sonara el triquitraque vindicativo, Ramón pensaba y ponía por obra algún chanchullo de los que solía él, con gravedad académica, apellidar negocios.

¿No había metido en la cabeza á Perrín la conveniencia de fabricar casas de vecindad en Caracas, caserones donde la pobrecía, por precio módico tuviese albergue?

Tanto y tan alucinantemente se la insinuó, que Perrín se allanaba á la idea de fabricar junto con Ramón caserones de tres pisos, de cuartos pequeñitos, baratos, para menestrales.

Luego de mucho titubeo, Perrín se decidió á pedir los planos; y allá iba Ramón esa tarde con sus rollos de cartones topográficos.

—Oiga usted, señor Perrín—, explicaba Ramón, entusiasmándose ante la excelente disposición del negociante; oiga usted: fabricaremos según estos planos, tres, si usted prefiere, cuatro, sí, cuatro caserones de á cincuenta piezas cada uno. Cada edificio viene á costar, vea usted el cálculo, sesenta mil bolívares, sesenta mil nada más, una bicoca. Calcule cinco pesos de alquiler mensual á cada pieza... Si es lo que yo digo.

A Perrín le parecía excesiva la tarifa de cinco pesos. Pero Ramón no se paraba en pelillos.

—Póngale usted cuatro; póngale usted tres y medio. Saque la cuenta. Vea lo que reditúa. ¡Si es una ganga!

Perrín oponía reparos. Encontraba enormes los edificios.

—¡Cincuenta cuartos! Reduzcamos á veinticinco. En el trópico, usted sabe; ¡con estos calores! Aquello olería como una jaula de monos.

Ramón se escandalizaba.

—Ah, ¡no señor! Vea usted los planos: ventilación; ventana y puerta en cada pieza. Y luego agua, el agua, véalo usted, en todas partes.

El espíritu práctico de Perrín se fué al grano.

—Oiga, amigo mío. Estamos tratando las cosas como si fuéramos el Concejo municipal ó alguna Junta de Higiene. Vamos al fondo.

—Pues bien, vamos al fondo. Cuatro caserones de cincuenta piezas costarán, precio mínimo, 240.000 bolívares. Alquilándose cada habitación á 14 ó 16 bolívares mensuales, el capital, es decir, los 240.000 bolívares reditúan mucho más de 12 por 100 al año.

—Es verdad.

—Y ahora—añadió Ramón, con una sonrisa—

como nos proponemos obra de utilidad pública, pediremos—usted pedirá y le acordarán—exoneración de derechos aduaneres para los materiales. Ya usted sabe lo que esto significa. Haremos un buen negocio. Cuando yo le digo, señor Perrín, que haremos un buen negocio.

Perrín asentía. La idea no merecía desdén. Pero ignoraba aún el papel de Ramón en el desarrollo del plan.

—Y para llevar el proyecto á término, señor Luz, usted cuenta con...

—Ciento veinte mil bolívares, la mitad del presupuesto—interrumpió Ramón, imperturbable.

—¿Usted los apronta? ¿Usted los tiene?

—Mi madre me fía.

Y le expuso, con más detalles que nunca, el proyecto. No sólo aprontaba la mitad del capital—tomando los 120.000 francos, por supuesto, á interés, al mismo Perrín—, sino que dirigía la obra sin percibir estipendio alguno por su trabajo personal.

Había calor. Cristalizándose en perlas, el sudor resbalaba por la calva de Perrín hasta la frondosidad de las cejas. El apoplético negociante enjugaba su frente con el pañuelo de seda, pensativo.

Con la fortuna de la anciana le sucedía á Perrín lo propio que á doña Felipa con la fortuna del comerciante, y lo mismo que sucede á todo el mundo con la riqueza de los demás: siempre

se piensa mayor de lo que en realidad es. ¿Doña
Josefa Linares, por ejemplo, no llamaba á Perrín
el "nabab"? Con ojos de aumento ve la gran
mayoría no meros capitales, sino cosas más pal-
marias, talento, valor, hermosura, etc. De ahí las
leyendas en torno de ciertos nombres. De diario
convierte el público en Don Juan á un afortunado en dos ó tres lances de amor; en Bayardo el
caballero á un vulgar duelista; en Juno, "la de
los ojos de buey", como canta Homero, á cualquier chiquilla de miradas gachonas. Por eso
cada quién posee dos valores: el intrínseco y el
que se le asigna en el mercado social. Por eso
cada quién aspira á merecer el mejor concepto
público.

Perrín no cerró trato; no convino en nada con-
cluyente. Pero cuando el vulpino de Ramón se
despidió, íbase tan campante como si llevara los
doscientos cuarenta mil francos de Perrín en billetes de Banco, entre las hojas de su cartera.

IV

Era la noche del concierto de caridad en obsequio de los inundados de Apure. Los coches
iban entrando, al paso, en el vestíbulo del Teatro Municipal. Entraban por la izquierda, se detenían un punto, mientras descendían las peche-
ras blancas, los negros fracs, las mantillas color
de crema sobre los altos peinados y sobre los
hombros desnudos, y salían por la derecha á es-
tacionarse en la ancha plazoleta, en torno de la
estatua en bronce de un prócer de la Independencia.

La multitud, al apearse, luego de ascender una
gradería, se desparramaba á ambos lados de la
escalera presidencial y penetraba por el boquete
del centro á las plateas y á las poltronas de patio; ó bien ascendía á derecha é izquierda, por
las escaleres alfombradas de rojo, con barras
transversales de cobre reluciente, á perderse é
instalarse en los palcos del primero y segundo
piso.

El teatro resplandece.

Una inmensa culebra de rosas, de jazmines del malabar y de azucenas, trenzadas con verdes hojas, ciñe la delantera de los palcos, ondulando en los intercolumpios, como puentes colgantes de flores, y perfumando los bustos de máximos maestros de la harmonía: Beethoven, Mozart, Bellini, Donizetti, Berlioz, Wagner, Chopin, Schubert, Weber, Gounod...

Aquí y allá telas vaporosas de lila, de salmón y de azul, volantes montados con frunces y recubiertos con encajes de Malinas, faldas de velo de seda nutria con guarniciones de terciopelo; blancas espaldas mórbidas, rasgados y negros ojos semitas, vellidos brazos trigueños, torneados como para abarcar toda la dicha de un apretón; boquitas encarnadas, golosas de caricias; cabelleras obscuras donde se enmarañan las gotas de rocío de los diamantes; lóbulos de rosadas orejas en las que fulgece la chispa azul de un zafiro; cuellos de cisne abrazados de perlas; cabecitas morenas y castañas besadas de un jazmín ó de un clavel.

En un palco central de primera fila se destacan, en los asientos de adelante, Ana Luisa Perrín y María. En los asientos inmediatamente posteriores colúmbrase á Adolfo Pascuas detrás de Ana Luisa, y detrás de María á Julio de Nájera; y allá, en el fondo del palco, á Peraza, el marido de la Perrín, y á Crispín Luz. Rosalía y doña Josefa andan por entre bastidores. Mario Linares, desde un asiento del patio, clava su binóculo en la cabecita erguida y nerviosa de Eva Luz, cuyo perfil se divisa en la platea, debajo del palco de María, junto á la barbilla á la Demóstenes de su hermano Ramón.

Salieron á la escena, cantaron y tocaron, más ó menos bien, caballeros y damas, ya artistas, ya aficionados, á quienes se ovacionaba por galantería. Luego presentóse el pianista caraqueño Salicrup, artista de veras, que interpretó á maravilla, con maestría digna de Teresa Carreño ó de Paderewsky, una sonata de Beethoven. El público se desgajó en sinceros aplausos. Llegaba el número de Rosalía. Apareció radiante, impávida, risueña, del brazo del director de la Academia de Bellas Artes, inclinada su cabecita de alondra, en mohín de ingenuidad, sobre el hombro izquierdo. Había comido esa tarde, con algunas otras personas de las que tomaban parte en la fiesta, en la casa del director de Bellas Artes, y acaso el desparpajo suyo, la serenidad de su semblante, apuntalábase en algunas copitas de champaña.

Vestía un traje escotadísimo de tul negro, con incrustaciones de flores en color; las hombreras de terciopelo, y una gran orquídea en la cintura. En las orejas, dos corales de rosa pálido; y sin otro adorno en la cabeza que el de su propia gracia. ¿Por qué vistió ese traje, que no era qui-

zás el más propicio á su morena hermosura?
¿Por qué se aferró en no escuchar á Adolfo, que
le aconsejaba acicalarse con el traje *princesa*, de
muselina blanca sobre fondo rosa, *pailleté* de
azul, que tanto le sentaba en las noches de fiesta? No quería confesarlo; pero obedecía á una
superstición, á una *cábula*, como dicen los gari-
teros. Aquel traje le era propicio; siempre que
se lo puso le sucedieron cosas gratas. Lo llevaba, pues, en previsión de su triunfo de artista
como un *porte-bonheur*.

Acompañada por la orquesta del teatro cantó
el aria de los pájaros de la ópera *I Pagliacci*,
aquel himno á la libertad individual, al amor del
vuelo y del ritmo, tan en armonía con su temperamento. Cantó con sentimiento, con gusto, sin
titubeos. Las notas de los violines volaban como
pájaros, ávidos de la luz y del esplendor de las
campiñas. Y en las alas líricas de los violines se
lanzaban al aire como un coro de alondras las
voces del instrumento humano. Las arpas eolias,
los sistros, las flautas de cristal, no cantan como
aquella garganta, ni se emocionan como aquella
alma que celebra el triunfo del ala, la hermosura
del pío, el santo anhelo del corazón que aspira
á amar y á volar, como las aves del cielo.

Apenas concluyó cuando ya una salva de aplausos la saludaba, mientras el director de Bellas
Artes, obsequioso y risueño, le presentaba un
magnífico ramillete que la galantería oficial, pre-

visora siempre en salir al encuentro de las vanidades, dispuso para el triunfo con veinticuatro
horas de antelación.

Cuando Rosalía salió á la escena, el que tembló como un hombre de azogue fué Crispín.
Adolfo Pascuas, no. Estaba seguro de su mujer.
A pesar de todo, mientras ella estuvo en el escenario, se torturó Adolfo, hebra á hebra, el sede-
ño bigote que no llevaba más á la borgoñona,
sino guiado en haces de púas hacia los ojos, según la moda última, á lo Wilhelm, *Germaniæ
Imperator.*

Radiosa, feliz, María apenas se daba cuenta
sino del acaramelado Brummel, de los discreteos
del lechuguino, quien, inclinándose á cada paso
encima de los desnudos hombros de la deseada,
le miraba los blancos senos, y respiraba adrede
un chorro de fogoso aliento sobre aquellas espaldas por las cuales corría, desde la nuca hasta
las caderas, á cada resuello de Julio, una escala
de calofríos.

El concierto finalizó temprano. Cuando Adolfo Pascuas y Brummel llegaron al club, luego de
conducir el uno y acómpañar el otro á Rosalía al
hogar, sería, á lo sumo, la media noche. La partida de bacará estaba animadísima, como que
el banquero, un figurón de la política, macilento,
canoso, aburrido, parecía gozar con voluptuosidad malsana, con una suerte de masoquismo económico, en perder lo suyo.

En el círculo, gracias á su mala fortuna, esté personaje era muy popular, casi tan popular como otro banquero pequeño, gordo, redondo como una bola, moreno, de ojos inteligentes, chacharero, nervioso, agitando casi siempre los brazos, contestando á cien personas al mismo tiempo, ocupándose de todo. Estribaba la popularidad de este banquero en que presumía de manirroto y alocado, aunque lo era sólo en apariencia. Hombre sagaz y calculista, levantó su fortuna á pulso, en corto lapso, en contratos con los gobiernos; pero á fuer de hombre perspicaz se dejaba explotar de unos y roer de otros con la sonrisa en los labios, haciendo prosélitos y ganando voluntades, y seguro de que varios de aquellos mismos hombres, que algún día lo reemplazarían á él en los favores oficiales, no le serían hostiles ni á sí ni á sus intereses, en recuerdo de la camaradería y generosidad de antaño. En resumen, era un lince, aquella morena bola de carne, perspicaz, charlatana é inteligente.

De él decían en el club:

—Que gane bastante. Es de los nuestros.

Respecto al viejo de cara aburrida, la opinión más jugosa era la de Ramón Luz.

—Don Fulano, por lo menos—decía Ramón—pone en circulación lo que se roba. Da al César lo que es del César: su alma de esclavo y su rostro de escupidera. Y da al bacará lo que es del Fisco.

El personaje cuyo rostro servía de escupidera al César, según la benévola frase del benévolo Ramón Luz, apenas entraron Brummel y Adolfo Pascuas mue`queó en esguince de hastío, acaso para indicar el desahucio de todo, hasta de la guiña, pues empezaba á desquitarse. Recogió su dinero—una cesta de fichas—, se levantó, y sin desplegar los labios se fué.

—Adjudicad la banca—dijo una voz, imperiosa.

Entonces alguien anunció:

—Cincuenta luises.

Un empleado, á espaldas del gurrupié, empezó á subastar la banca:

—Cincuenta luises: á la una, á las dos, á las...

—Sesenta...

—Setenta...

Las voces iban repercutiendo en distintos puntos del salón. El empleado volvía con premura la cabeza hacia donde aparecía la última oferta, el mejor postor.

—Ochenta...

—Noventa...

—Cien luises—dijo en voz clara y rotunda Adolfo Pascuas.

Como no hubo quien pujara más, la banca se le adjudicó.

Adolfo, muy familiar con aquel público, reputado como admirable de sangre fría en la talla, estiró los puños de su camisa, muy finchado en

su frac, vióse las pulcras manos con una casi fe-
menil coquetería, y volviéndose á un lacayito que
esperaba órdenes, junto al banquero, le ordenó:

—Tráigame quinientos luises.

El lacayito partió apresurado y regresó á poco
de la caja con una cestita de mimbres rebosante
de fichas amarillas de á cien francos. Luego de
entregar las fichas presentó al banquero una pluma empapada en tinta y una tarjeta de color ana-
ranjado en cuyo centro, en cifras rojas, se leía:
500. Y Adolfo Pascuas firmó al pie de este le-
trero: "Vale por quinientos luises, que me com -
prometo á pagar mañana á las cinco de la tarde."

Empezó á tallar con intermitencia de fortuna.
Pero hacia la mitad de la baraja triunfó su buena suerte habitual. Y sonreía con amabilidad
ante las protestas, á la sordina, de algunos jugadores.

—Imposible ganarle.

—¡Qué hombre!

—¡Qué suerte!

De pronto, en un lance:

—*Ocho*—dijo el banquero, volviendo un ocho
de pique y una dama de caró.

—*Nueve*—respondieron á la derecha.

Y en seguida, á la izquierda:

—*Nueve*.

Adolfo esperó que el gurrupié pagara ambos
cuadros. Echó una ojeada á los nuevos envites,
calculó un segundo en sus mientes; pero algo

no le convino, de seguro, porque exclamó en francés:

—*Messieurs: Il y a une suite.*

—Yo la tomo—repuso una voz.

Y apenas se levantó el banquero cuando ya ocupaba el sitio la figurita de serafín de Brummel.

Como Adolfo pensaba continuar de tallador, había dejado á la diestra del marmolito donde se apoyan las cartas la cesta llena de fichas—capital y ganancias— que le pasó el gurrupié.

Cuando los jugadores se dieron cuénta de quién era el sustituto de Adolfo, empezaron á retirar, unos con disimulo y otros francamente, las apuestas, sobre todo las de cuantía. Apenas quedaron aquí y allá, sobre el tapiz, los envites pequeños, de uno, de dos, de tres luises.

La morena bola de carne, inquieta, charlatana y risueña que jugaba de pie, retiró una torre de fichas amarillas; pero como condescendencia dejó una sola isla gualda en aquel lago verde. Y apoyó su condescendencia en una ironía que todo el mundo celebró.

Brummel, impertérrito, fingía no ver ni oir. Repartió la baraja. Luego vió su punto y ofreció:

—Carta.

De ningún lado pidieron. Tomó una para sí: una figura.

Entonces, con la mayor tranquilidad del mundo, el lindo Brummel, el encanto de las mujeres de Caracas, Brummel, el de la carita de serafín, lanzó displicentemente sus cartas al depósito de cartas jugadas, puso por delante del gurrupié la cesta rebosante con las fichas de Adolfo Pascuas, y en voz de imperio, con aquella voz que había rendido tantos corazones, le dijo:

—¡Pague!

El gurrupié titubeó, en silencio, un instante; y sus negros ojos buscaron los ojos de turquesa de Adolfo Pascuas. Las turquesas sonrieron, con un meneo de párpados afirmativo.

—Pague usted—insistía Brummel.

Y el gurrupié, ya autorizado por la señal de Adolfo, empezó á repartir las fichas ajenas entre los ganadores del fullero, del sollastre hecho á la tolerancia, al mimo, del querubín Julio de Nájera, á quien todos los hombres abren los brazos y todas las mujeres abren las piernas.

— Yo te arreglaré eso mañana — prometió Brummel, levantándose y dirigiéndose á Adolfo Pascuas.

—No corre prisa—repuso el otro, con la ironía de quien sabe que no verá más su dinero.

Brummel, poco á poco, sonreído, comentando con un amigo la mala suerte, abandonó el salón, y cuando Brummel hubo partido:

—Qué tupé—exclamó uno de los presentes.

Y antes de empezar la talla, mientras barajaba, tranquilo, risueño, con indiferencia, con naturalidad, Adolfo Pascuas empezó á referir una de esas remembranzas de jugador, anécdota se-

mejante al peregrino caso de que él acababa de
ser víctima: el descarado timo de dos griegos, en
el Círculo de la Esgrima, en París.

—El banquero, el italianito marqués de Villa-
Marina, venía echando la baraja con suerte increíble. Á cada paso: *ocho, nueve.* Un buen señor, que jugaba de pie, por la mucha afluencia
de público, lanzó á la mesa un billetín arrugado,
un billete de cincuenta francos, su último billete
quizás. Villa-Marina perdió esa vez. El billetico
arrugado permaneció encima de la mesa, con
más cincuenta francos en fichas. El banquero
volvió á perder, el gurrupié volvió á pagar, y ya
el montoncito anónimo ascendía á doscientos
francos. Villa-Marina perdió dos ó tres veces
más, y hubo que reponer la banca. El montoncito crecía. Como nadie reclamaba aquel dinero y
todo el mundo empezaba á fijar allí la atención:

—¿De quién es ese envite?—preguntó el co-
misario de juego.

Entonces un griego, muy fresco, delante de
todo aquel público, dijo:

—Del señor.

É inclinándose encima de la mesa y acaparan-
do aquel dinero de otro, lo puso por delante de
un paisano y compañero suyo que le quedaba á
la derecha.

El compañero dejó correr la bola y empezó á
contar con la mayor calma, como para cerciorarse
de que no le faltaba nada. Hubo, en medio del

silencio, un cruce general de miradas. Y la risa no pudo contenerse cuando, por no sé dónde, una voz desconocida preguntó:

—¡A ver, señores! ¿Cuál de ambos griegos tiene más tupé?

V

Son las seis de la tarde. Crispín entra en su casa, de regreso del almacén.

¡Qué soledad, qué murria dentro de aquel caserón desierto!

A María, enferma, hubo que dejarla partir á Macuto, según prescripción médica; por allá anda, en compañía de la excelente doña Josefa y de Rosalía. A él no le es posible, dado sus quehaceres en la casa de Perrín, sino tomar el tren los sábados en la tarde, para regresar á Caracas el lunes por la mañana.

¡Qué soledad, qué murria dentro de aquel caserón desierto!

Eva anda por fuera, con amigas; á Ramón, muy atareado desde que entró en fábricas é intimidades con Perrín, apenas se le ve, cuando se le ve, sino á las horas de comida. Crispín se dirige, según costumbre diaria, á la pieza de su madre para saludarla, al regreso, con un ósculo en la frente. Pero hoy no puede verla. Doña Felipa le grita, desde el interior:

—No entres, Crispín. Me estoy vistiendo.

La servidumbre, hacia el fondo, no aparece por los corredores principales. Las luces del crepúsculo mueren, y aún no comienzan á encender las lámparas. El jardín, en sombra, parece un campo fúnebre de cipreses y asfodelos. Los boquetes obscuros de puertas y ventanas, oquedades siniestras.

¡Qué soledad, qué murria dentro de aquel caserón desierto!

Crispín se endereza á sus habitaciones, toma la flauta y ensaya tocar; pero aquel tañido agudo, en la obscuridad, le destempla los nervios; la flauta suena como una ironía. La melancolía penetra en su espíritu. Pone á un lado el instrumento, arrodíllase en el reclinatorio de ébano en cuyo cojín ahueca el raso, huella de las rodillas de la ausente. Empieza á rezar delante de un Cristo flácido, que abre sus descarnados brazos con impotencia; pero vencido Crispín, quién sabe por qué ignotos dolores, y enterneciéndose por la plegaria ó por el recuerdo, deshíncase y va á echarse encima de un diván, las manos en el rostro, sollozando, bañado en lágrimas.

¡Qué soledad, qué murria dentro de aquella alma desierta!

Sin un amigo, sin un afecto, amando á los que no le aman, ajeno á cuanto no sea el trabajar mecánico, la vida monótona, la existencia á compás. Sin una sorpresa en los recodos del camino sino la carretera ancha, igual, sola, muda, recorrida hoy, recorrida ayer, y que mañana recorrerá lo mismo. ¡Qué aridez de ruta! ¡Qué travesía más guijeña! Sin un recental que bale, detrás de la vaca, al regresar á la alquería; sin un árbol copudo con sus pájaros entre la fronda; sin una canción que salga de los ranchos, á la luz de la luna; sin divisar desde el horizonte el humo doméstico curvándose en espirales, en tirabuzones de sombra, prueba de que la amada y el puchero esperan nuestro arribo; sin fuentes cristalinas y parleras adonde vayan por agua las muchachas del lugar, la tinaja ó el cántaro á la cintura, la canción y los besos en los labios, y el rojo clavel, como al descuido, entre los cabellos negros.

¡Qué soledad, qué murria dentro de aquella alma desierta!

Esperaba que su hijo, su primer hijo, le traería la felicidad... y el primogénito no llegaba, á pesar de cumplir él con las prescripciones médicas; y lo que es más: á pesar de las promesas al Nazareno de *San Pablo* y á Nuestra Señora de las Mercedes. Su mujer, á quien adoraba, ¿no era también su tormento? ¿Cómo explicarse el desapego de María? ¿Será desamor ese desvío; será obra de su naturaleza versátil y caprichosa esa indiferencia? Cuánto se hubiera dicho feliz si al llegar él de sus labores, por ejemplo, María se abalanzara á su encuentro con un beso, con una frase, con una ternura, cualquiera. Si al partir, ella le recomendara un pronto regreso; si en alguna ocasión, con algún pretexto, ella le manifestara la más mínima, espontánea inclinación. La amaba, sí, y quería ser amado. Su corazón, para alentar, necesitaba de afecto; se marchitaba sin el rayo de amor y sin rocío de ternuras, como las plantas sin el agua y el sol.

¡Pensaban acaso que porque nunca se quejase vivía con placer aquella vida suya de números y de vulgares epístolas, de habladurías de Ramón, vituperios de Schegell, ínfulas de Perrín, cizañas y peloteras entre su mujer y su madre!... ¡Ah! Y la tortura peor, ¡los celos!—no de Pedro ni de Juan—¡Dios lo libre de acusar á nadie!, pero de una cosa vaga, quimérica, y, sin embargo, existente, que filtrándose poco á poco en el alma de su esposa, lo desgracia á él, al marido. ¡Y había que fingir, Dios santo! ¡que fingir indiferencia, acomodo! ¡Había que tolerar el que la esposa se ausentara y fuera á instalarse allá, muy lejos, sin él, en un balneario! Había que pasar por todo. ¡Cómo no! tratándose de la salud de su mujer. Por fortuna la acompañaban la excelente doña Josefa y la angelical Rosalía.

La comida fué silente, aburrida. Eva llamó por teléfono para anunciar que comía fuera, en casa de amigas, y para que Ramón fuese por ella, á la noche. Éste, con aspecto preocupado, no pronunció diez palabras durante el ágape familiar. Doña Felipa se redujo á quejarse de un hipo que apenas se alivia con bicarbonato de soda. Crispín tampoco desplegó sus labios. En aquella mesa tediosa no se oían frases sino por el tenor:

—Fulano, llévese la sopa.

—Páseme las albóndigas, Fulano.

Ó el quejido rabioso de la anciana:

—¡Caramba! ¡Demonios! Este hipo es insoportable.

Luego de terminada la comida, Ramón se puso á fumar un cigarrillo, esperando las nueve para ir por la hermana; la vieja, que apenas probó guiso, se retiró á sus habitaciones, eructando, ahita, indigesta, seguida por la doncella con la copita de agua carbonatada. Crispín se restituyó á su apartamento. Sin otra luz que la de una cerilla ó pabilo á caballo sobre un crucero de corcho, dentro de un vaso de aceite, enfrente del altarito, las piezas de Crispín, obscuras, silenciosas, vacías, eran como el símbolo de aquella existencia de su morador, ¡tan subterránea, tan callada, tan opaca!

En la desolación de su vida se asía Crispín del trabajo, como el que resbala por un abismo se ase de una brizna de hierba, sin esperanza, ó con esperanza vidriosa, de que aquella levedad pueda resistir tal pesantez. Trabajaba como un negro; se hundía en la labor como en una pisci-

na, queriendo olvidar en el tráfago la acerbidad
de sus horas. En ínfimas cartas á ínfimo cliente
de ínfima provincia, metía Crispín de su alma,
—sobrecargo de conciencia, desperdicio de esfuerzo. Sugería la idea de un mozo de cordel
atolondrado que para alzar un almohadón de plumas malgastara el vigor del parihuelero que se
atreve con un piano. Era el que antes entraba y
el último que salía del almacén. Había concluído
por sentir orgullo cuando se le preguntaba sobre
la marcha de los negocios.

—¡Ah, la casa, viento en popa! Yo, atareadí-
simo. Apenas tengo tiempo de nada.

Encantado con aquella laboriosidad siempre
creciente, con aquel celo increíble por los intereses de la casa, Perrín se descansaba más de lo
justo en su *hombre de hierro*. Así lo bautizó, en
un rasgo de buenhumor: *el hombre de hierro*.
¡Y para cuántas ocupaciones, ajenas á los deberes de almacén, lo llamaba! Crispín agradecía tal
confianza, feliz de que lo explotaran. Porque uno
de los temores de aquel timorato consistía en la
aprensión de que lo plantasen en la calle. Ninguna vanidad más contenta, ningún regocijo más
sincero, cuando algún colega, para congraciarse
con él, á fin de endosarle parte de las labores,
le decía:

—¡Ah, señor Luz! ¡Usted es el alma de la oficina! ¡Qué sería de la casa á no contar con usted!

¡Cuántas veces lo sorprendió la media noche,

la pluma en la mano, las resmas de papel y los librazos del almacén por delante, en el corredor de su casa, á luz de su bujía, sacando cuentas, revisando mamotretos, poniendo orden en caos de papelerías! ¡Su mujer, por allí cerca, dormitaba en un butacón, rendida de sueño y de hastío, rendida por el cansancio y por la aridez de la teneduría de libros. Él acababa por suplicarle:

—Vete á acostar, hija mía. Yo voy ahora. Es cuestión de un momento.

Las horas corrían. La media noche llegaba. Luego, cuando iba él á recogerse, María, despertándose, malhumorada, soñolienta, le impedía entrar con luz, so pretexto de temor al incendio; en realidad, para que la claridad no la ofendiese las pupilas. El iba en las sombras, entre los muebles, á tientas, dando tumbos, cayendo á veces, abrazado con sus librotes. Cuando entraba en el lecho nupcial y sentía el olor femíneo, y la tibieza de la sábana, lo invadían deseos de abrazar y besar á su linda mujercita. Pero ella lo reprendía:

—¡Jesús, Crispín! Es media noche. Déjame dormir.

No bien terminó la comida aquella noche; no bien hubo prendido Ramón en silencio el cigarrillo de la digestión, y luego que doña Felipa se partió á su cuarto, el regüeldo en los labios y la copita carbonatada á la zaga, cuando Crispín, entrando en su pieza, tendióse en el diván, en aquel mismo canapé que horas antes recogiera sus lágrimas.

La blanca luna ascendía, por el cielo del patio, blanca y melancólica, vertiendo calma é iluminando las cosas con su romántica luz. Crispín, desde el sofá, la siguió en su viaje por el cielo, y rendido, á la postre, de aquella contemplación, de aquel viaje celeste de sus ojos, los fué cerrando poco á poco hasta quedarse dormido.

El silencio reinaba en el caserón. Sólo se oía, allá dentro, sonora, constante, fresca, la gota de agua del tinajero.

VI

El balneario de Macuto, con sus casitas blancas y el pintoresco manchón de sus quintas de madera y de hierro, donde chispean al sol persianas de vidrios policromos, ó alguna bandera bate al viento sus tres colores mirandinos, trepa de la playa al monte y se acurruca en las faldas de piedra y bajo las centenarias arboledas, como si huyera al monstruo azul, al iracundo mar Caribe, que muge contra los malecones sacudiendo una blanca melena de espumas.

De la marina, que empieza en la estación del ferrocarril hasta perderse por el camino de El Cojo, ó la Florida, parten calles transversales, en dirección del monte, paralelas al arroyo que se desprende, entre peñascos, de la cima, y rompe en dos el pueblo. En su carrera á la montaña el pueblecillo resguarda sus casucas y sus quintas al abrigo de los copudos almendrones que bordean las aceras; detiénese un instante en torno del vastísimo parque guarnecido de cedros emi-

nentes, de palmeras como abanicos faraónicos y
de verdes acacias que la primavera empurpura
para luego desparramarse por las floridas laderas
y contemplar desde aquel anfiteatro, y en seguro,
la cólera del mar.

El hotel donde posaban doña Josefa y las dos
jóvenes damas, llamado el Casino, un gran edificio
de madera sobre altos soportales de mampostería,
adosaba su mole contra el monte, hacia el fondo
del pueblo, á la derecha. Sus piezas ventiladas,
sus corredores latos, frescos, y su anchuroso y
entablado salón de baile, lo hacían albergue preferido de aquellas personas de ambos sexos que
aman el *confort* relativo de una estación de baños. Las habitaciones ocupadas por la familia Linares, á la izquierda, caían sobre unas vegas, con
vista al mar. Desde la cama, en la mañanita, ó en
la *chaise-longue* de las siestas podían ver, por la
ventana, el camino del Cojo, por donde se perdían en parejas los sombreros de Panamá y los
trajes holgados de franela blanca de los hombres
junto á los parasoles encarnados como amapolas
y las muselinas claras de las mujeres; las vegas
cubiertas del rocío matinal; los perezosos cocales; las playas, á trechos pedrizales, ó ya tiras sa-
bulosas, doradas de sol; el piélago azul, y alguna
carreta campesina que, al paso de su jamelgo,
desaparecido bajo los verdes haces de hierba ó
de malojo, se aleja por la ruta amarillenta, orilla
del mar.

¡Pobre María!

Su mal, ¿era más bien moral que físico? Había enflaquecido bastante. Las violetas circuían de un halo morado sus ojos; el óvalo del rostro estiróse por la magrura. Las manos parecían de veras lirios de cinco pétalos. Comprimida por la vida como una flor entre las hojas de un libro, asemejábase á una virgen de Memling ó de algún otro primitivo flamenco. Las finas cejas se arqueaban sobre la languidez de sus pardos ojos. Por cualquier cosa rompía á llorar; vapores subían á su cabeza, desvaneciéndola; y un temor inexplicable, un vapor de quimeras se apoderó de su espíritu, angustiándolo. Ahora dormía, siquiera; pero en Caracas, la noche misma le era hostil: si dormía, era con sueño inquieto, surcado de malos sueños; cuando insomne, lo que era, ¡ay!, tan frecuente, temblaba de pavura. Pero lo prefería todo antes que despertar á Crispín, que roncaba allí, á su lado, é inspirábale aquel sueño del justo, aquel sueño de trabajador, aquel sueño feliz, una antipatía, un odio inimaginable. Á veces le decía Crispín por las mañanas:

—Creo que no duermes bien, María. Te siento rebulléndote. Vida, ¿sientes algo?

É invariablemente respondía:

—No, nada. Si duermo bien. Son aprensiones tuyas.

El médico, sin embargo, la envió á Macuto.

Allí llegó María, pálida, enferma, con bruscas

y deprimentes sacudidas nerviosas. Allí le abrió, recién llegadas, una tarde, en lágrimas, su corazón á Rosalía.

—Estoy enferma; pero no del cuerpo, del alma. Tú no sabes lo que es vivir con personas hostiles y taciturnas, en soledad física y moral, sin una alegría doméstica, viendo la calle—la calle prohibida é imposible—como una liberación.

—Pero, ¿no eres feliz? Crispín te adora; se desvive por ti.

—Me quiere, sí, á su modo. Yo, ¿cómo decirte?... Yo también lo quiero. Pero, ¡qué monotonía! Llega, me abraza, me besuquea; me refiere historias del almacén, siempre las mismas: que si Schegell vitupera ó censura esto y lo otro; que si Perrín proyecta cuál empresa; que si los clientes del interior no pagan. Y luego aquella flauta, aquella eterna y desacorde y maldita flauta.

De las querellas, Rosalía infirió que la posición de la prima era supremamente infeliz; que el desamor, la antipatía del ser con quien compartía la existencia enraizó en el alma de su compañera de infancia; y comprendió que aunque el esposo fuese un ángel, la más mínima ó delicada de las acciones de éste le parecerían odiosas é insufribles á la esposa. Pero en vez de sugerirle aquella reflexión, ó el remedio para el mal, su naturaleza truhanesca la hizo reir con la historia de la flauta impertinente é insinuar á María:

—¿Por qué no se la escondes? ¡Si es tan fácil!

—Bueno, suponte que se la esconda. Pero, ¿cómo esconderlo á él; cómo esconderme yo? Soy muy desgraciada, Rosalía. Figúrate que me tiene loca: quiere un hijo; ha hecho promesas; toma remedios: quiere un hijo. Yo no tengo la culpa. ¿Y los celos? Ya tu ves: ni á casa puedo ir. Esto es horroroso. Mi vida, mi juventud, entre cuatro paredes, oyendo los rezongos de doña Felipa; sintiéndome odiada por Ramón y por Eva, sin otro apoyo que el de un marido que carece de autoridad en su hogar. Soy muy desgraciada.

María hasta entonces guardó silencio respecto de las intimidades de su matrimonio, por orgullo, por repugnancia á confesarse infeliz delante de la dicha y la vida risueña de su prima. Á las alusiones y á las preguntas se contentaba con responder, si no evasivamente, con reticencias que apenas alzaban una punta del velo cobertor de tantas lacerias y lacras de su corazón.

Se ignoraba, pues, la verdad. Rosalía la interrogó, apenándose con sinceridad.

—Pero, ¿por qué no habías dicho nada primero? Eso tiene que cambiar. Yo te lo aseguro: cambiará.

—¡Ay! Cuando recuerdo nuestra vida de solteras: ¡aquella libertad, aquella alegría! No he debido casarme nunca.

Lo cierto es que María, como ella á menudo

se repetía, casó por falta de voluntad, por seguir la corriente, porque su prima se casaba, porque era menester no quedarse para beata, ó—lo que más la horrorizaba—para cuidar los chicos de Rosalía. Casó porque deseaba labrarse una posición independiente y salir del tutelaje; porque las mujeres deben casarse; porque Rosalía, doña Josefa y Adolfo Pascuas le metieron por los ojos á Crispín Luz, jurándole ser un excelente partido, sobre todo en Caracas, donde la mocería es una cáfila de perdidos. Casó porque la vida se conjuraba contra ella, porque no poseía más fortuna que sus frescos abriles; porque las preocupaciones militaban en pro de la alianza; por todo, menos por afección. Á Crispín no lo amó nunca de novio; y de esposo ya no podía sufrirlo. Sobre que en su alma aquel rescoldo de la pasión secreta, de su afecto por Brummel, estaba trocándose en llama, en llama de amor que la abrasaba, por las asiduidades del pisaverde, por la desilusión de su matrimonio, por la rivalidad con Eva, por el ansia de mejora y el anhelo de felicidad de toda alma. El ocio de su existencia favorecía, además, como una brisa, el fuego interior. Y hasta exaltaba en su mente aquella novela sentimental el mismo sabor de fruta prohibida, el mismo dejo de aventura, la nota de romance que esos amores ponían en su taciturna, estéril y bostezante reclusión de cadina.

Rosalía, en son de consuelo, también abrió á

los ojos de su prima, esá tarde, su hucha de expansiones.

Lo que en su alma había de artista, de tronera, de bohemia, enfrenado por los mil lazos de las conveniencias en una mujer de su clase; el temperamento suyo, que de soltera la hizo mordaz, loca, descocada, *demi-vierge*, ahora casada, satisfecha, feliz, se explayaba en teorías de un egoísmo feroz. Imposible para vida de hogar con otro hombre que no fuera de la pasta de su marido; en camaradería con aquel á quien ella supo adivinar y escoger para esposo, con Adolfo Pascuas, frívolo, galante, indiferente, corrompido con exquisitez, de corazón macerado en esencias y forrado en risueño egoísmo, lleno de refinamientos sensuales en su vida conyugal y que trataba á su esposa como á una barragana. Rosalía aprendió lo poquísimo que le faltaba por saber, y su epicureísmo, acordándose con el de su esposo, constituía un lazo más entre ellos, apretando aquel nudo, ya tan estrecho, de la común felicidad.

Sintiéndose feliz, gozosa de la vida, pensaba y opinaba que los demás debían buscar por todos los medios la dicha, objeto supremo de la existencia. El lamentarse es de inválidos. Uno debe privarse de cuanto le sea ingrato y practicar todo aquello en donde encuentre placer. ¿La sociedad? ¡Bonita cosa! Por sobre la sociedad está la vida. Además, no había para qué romper.

Á la sociedad, como á los niños, se le hace apurar la copa amarga azucarando á la copa los bordes. Una mujer joven y hermosa, como María, no tiene derecho de desperdiciar su juventud y su hermosura. ¡Cuántos suspirarían por ella! El amor no es farsa. El amor, el verdadero, el mutuo, mitiga recíprocamente una sed recíproca. Se otorga y se recibe un bien. Por el temblor de placer que nuestra boca infunde, la boca amada, á su vez, nos pone á temblar de emoción.

—Mira—terminó—, yo amo á mi marido; lo amo de amor. Por eso no le he engañado, ni acaso lo engañaré nunca. Si no... Sin haber pertenecido jamás á otro hombre, yo soy como una casquivana que hubiera fatigado al placer en todos los brazos; y que con el hastío que producen, según cuentan, los amores sin amor, luego de gozados, hubiera formado un gran hastío, el hastío de una vida de experiencia, hastío que reposa hoy á la sombra, y entre los besos, del hombre á quien adoro.

María no distinguía muy bien aquellos matices de sensaciones, ni penetraba hasta el fondo aquellas reconditeces de un alma complicada más que la suya. Pero de las imaginaciones de Rosalía indujo un consejo de adulterio. Ella pensó á menudo en el amor á otro hombre que no fuera su marido, como en algo posible, probable, aceptable; pero la palabra adulterio, que ahora le vino á la punta de la lengua, chocóle instintivamente, con aquella repugnancia que la costumbre nos hace contraer, sin analizar, hacia muchas cosas, y que constituye parte de nuestras preocupaciones.

Las dos jóvenes se fincharon y descendieron á la playa. Era la hora en que todo el mundo se echa fuera, á recorrer la marina, por la acera encimentada, y á sentarse en los escaños de mampostería, al fresco del terral, mientras se aproxima la hora de ir á la estación, á curiosear entre los pasajeros de La Guaira, para luego marcharse cada quien á la comida.

¿Cuál no sería la sorpresa de ambas mujeres cuando vieron entre los arribantes de La Guaira, esa tardecita, á Julio de Nájera? De muchas tardes atrás, sin embargo, María iba á la estación con el deseo, con la idea, ¡qué diablos! con la seguridad de asistir al arribo de Brummel. Su sorpresa, pues, no fué tan sincera. El barbilindo sollastre se apeó, y con naturalidad, como si fuese punto convenido, se dirigió á las damas, é imitando la vocecita y el gesto de Ana Luisa Perrín, les dijo por saludo:

—Este ferrocarril de La Guaira á Macuto, entre el monte y el mar, me recuerda el de Marsella á Génova y resto de la costa ligur. Sólo que allí el tren es de lujo; y la gente más *chic*. ¡Ah!, y los túneles y los puentes y los caseríos. ¡Una delicia!

Á la noche, después de comer, mientras la

multitud se esparcía por la mariña, á lo largo del
rompeolas, y una orquesta de lugar suena sus instrumentos á la puerta de una cantina frontera,
arrellanados en butacones y *chaise-longue*, de
vista al mar, un grupito—el grupo de las Linares,
en Macuto—charla y dispone un paseo para la
mañana siguiente.

Pasos aparte, en dos sillas de extensión, María
y Brummel, con el mayor desenfado, cuchichean,
amartelados, como dos novios. La luna, de esas
claras lunas del trópico, riela en el mar. Á su luz
se perciben los carcomidos y verdinegros postes
que sostienen el puentecillo de madera que sirve
de acceso al redondo y almenado edificio de baños. La espuma, rota en los postes, cubre las verdes lamas, la arena, los caracóles, y las pedrezuelas rosadas, como con randas de encaje. Algunas
pedrezuelas se agitan, se mueven, parecen caminar: son cangrejos que la ola echa á la playa y
que se deslizan por el pedrizal. La música sigue
tocando. Los paseantes van y vienen. Brummel,
inclinado sobre el asiento de María, inclinado hasta beberle casi el aliento, aprovecha un instante
en que el grupo cercano departe con más calor,
y osadamente, rápidamente, amorosamente, la
besa en los labios.

María fingió indignarse, y á poco se levantó;
pero sin aspavientos ni desplantes, como si nada
hubiese ocurrido, se aproximó al grupito de con-
tertulios. Luego de minutos, pretextando jaqueca,

se fué. Doña Josefa, la excelente doña Josefa, la acompañó, y por el camino la iba riñendo:

—Sabes, hija mía. Tú eres una mujer casada. Esos cuchicheos, en público, no te convienen. Tú no eres una madama Bovary.

Poco después calló la música; los paseantes fueron partiéndose; la playa quedaba desierta. Y algún rezagado pudo ver, hacia la media noche, una sombra que, deslizándose con disimulo por los corredores del Casino, empujaba una puerta. La puerta, primero de ceder, traqueó.

Una vocecita femenina, amortiguada, murmuró:

—¿Usted aquí, Julio? ¡Qué insolencia! ¡Llamaré!

Y una de hombre:

—Te adoro, María.

Hubo ruido, como desplome de cuerpos en lucha sobre un colchón.

En la pieza contigua otra voz de mujer interrogó:

—¿Todavía despierta? ¿Ocurre algo?

Y la misma vocecita amortiguada que habló la primera, repuso:

—No... nada... soy yo... que tropecé con un mueble.

VII

El bochorno de la canícula penetra por la taraceada celosía de tela metálica verde de una corrida mampara, y por puertas y ventanales con marquesinas de cretona listada de *crudo* y de rojo. No se percibe en el lato recinto más que el chirriar de las plumas contra la aspereza del pliego; el zumbido de alguna mosca ahita, de volar torpe; ó bien, de cuando en cuando, el esgarre, la carraspera de este ó aquel de los varios bustos inclinados sobre los escritorios, vestidos con la blusa de almacén, fresca, blanca, de hilo, ó amarilla y ligera como un hollejo de seda barata.

Al igual de sus compañeros de oficina, Crispín se engolfa en la tarea. Sólo que á veces, distraído, el pensamiento errante, muerde el palillero, los ojos fijos en la persiana verde, por donde se cala, amortiguada, la lumbre solar. El calor sofocante no enerva, sin embargo, el vuelo de sus preocupaciones.

¿Por qué María no se restituye al hogar, cuando él la sabe mejor? ¿Por qué hoy, á la hora de almuerzo, cuando telefonó, según diaria costumbre, para saludarla, fué un criado del Casino quien salió á responderle? Todavía oye distinta, clara, aquella voz masculina, indiferente, que le repuso: "La señora salió desde temprano al campo." Era la primer mañana que su esposa le jugaba aquella partida. ¿Ignoraba ella, por ventura, cuánto iba á desagradarlo con esa desatención? ¿Por qué no esperar su saludo de medio día?¿No le sobraban á María tiempo y vagar para caminatas y paseos? ¿Adónde, con quién andar á esa hora?

El bueno de Crispín se perdía en descabelladas imaginaciones. Ya era su mujer entre las olas, víctima del mar, á lucha partida con la Desnarigada, sin encontrar en la desesperación de su agonía un brazo fuerte y amigo que la librase de morir. Ya la miraba tendida, exánime, fulminada por el sol. Ó bien á bordo de humeante, embanderado trasatlántico, pronto á partir de la rada, ¡quién sabe para dónde! Apoyada en el brazo de un hombre rubio, desconocido, extranjero, agitaba María, risueña y llorosa al mismo tiempo, un pañuelo blanco, en el adiós de la despedida. La veía con toda precisión, en la cabeza una cachucha de turista, terciado el carrielito, batiendo el cendal en el aire. En aquel buque pirata se iba su mujer, su felicidad, su honor. Veía rojo y pensaba en vindicaciones y en sangre. Una gota, no

de sangre, sino de sudor, que iba rodando por su
frente y cayó sobre el papel, manchándolo, hizo
que volviera á la realidad.

Entonces, para desechar sus quimeras, se puso
á escribir concienzudamente, la atención clavada,
sujeta con la punta de la pluma, para que no es-
capase.

Perrín había aceptado la agencia de un artículo que, si bien ajeno á su comercio, él creía po-
pularizar en Venezuela, matando así dos pájaros
de una pedrada, ya que, por sobre su agosto, hacía un servicio á algunos de sus relacionados del
extranjero. Como Perrín creía en la eficacia del
anuncio, encargó á Crispín la redacción de una
réclame sensacional.

—Usted hará algo bueno—le dijo.—Mucho le
recomiendo la cosa: una añagaza en forma. ¡No
importa lo que se gaste en anuncios! Quiero servir á esa gente lanzándoles en el mercado su artículo con éxito.

Se trataba de una medicina, un reconstituyen-
te; bueno—opinaba Perrín—para estos pueblos
anémicos y palúdicos: *Extracto de coca*, de que
serían Perrín y C.ª agentes y únicos deposita-
rios por mayor para Venezuela, Colombia y las
Antillas.

Crispín estudió, se documentó, hojeó dicciona-
narios, enciclopedias, libros de Medicina, obras
de Botánica, revistas de ciencias, y con aquella
honrada convicción con que servía los intereses

de la casa, ya apertrechado, listo, consciente, se dispuso á poner manos á la obra. Y como las ideas negras le estaban atormentando, creyó que nada podía sustraerlo á la tortura de pensar como el estudio, el análisis, la importancia del *Extracto de coca*. Cerró, pues, el libraco de su escritorio y se dió á escribir, en blanco pliego de papel, con su mejor letra:

EXTRACTO DE COCA
PLANTA SAGRADA DE LOS INCAS

"La *coca* está clasificada como uno de los mejores tónicos antideperdidores dinamogénicos. Con el uso de la *coca*, el cuerpo humano adquiere una constitución atlética que le permite afrontar todas las inclemencias exteriores, procurando una prodigiosa resistencia á la fatiga. ¿Quién no recuerda la historia de esos correos indios que recorrían enormes distancias, dejando atrás caballos reventados y jinetes extenuados y el famoso sitio de La Paz (República de Bolivia), en el que sólo los soldados que tomaron la *coca* resistieron la fatiga y el hambre?"

Al llegar aquí pensó que sería bueno ilustrar su exposición con nombres de celebridades, lo que por otra parte le serviría para mostrar á los ojos de Perrín su erudición, adquirida á costa de velas, y prosiguió:

"Estos hechos, absolutamente comprobados,

excitaron la curiosidad de los indagadores: Unanue, Gosse, Mantegazza, Nieman, Wolher, Demarle, Rossier, Moreno y Maiz, Lippmann y Gaceau han estudiado la acción fisiológica y terapéutica de esta planta; y están todos conformes en que la *coca* cura la cloro-anemia de los linfáticos; sirve para la fatiga cerebral en los hombres de negocio; triunfa de los céfalos y de los vértigos, y estimula todo el sistema nervioso cerebroespinal."

Se detuvo, leyó, y como todo autor, incluso el ser mitológico llamado Supremo Arquitecto del Universo, encontró buena su obra. Pero fué á seguir y no pudo. La imagen de María, á bordo del trasatlántico, agitando su blanco pañuelo, en el adiós de la despedida, lo conturbó de nuevo. De nuevo escuchó el acento del criado: "La señora ha salido desde temprano al campo." De nuevo sintióse abandonado, sin ternuras en torno, repleta el alma de aquella angustia, de aquella intensa necesidad de amar, y ante la miseria y la soledad de su corazón corrieron por sus mejillas dos mudas lágrimas.

Allá, en Macuto, en presencia del mar, y al abrigo de las palmas, las cosas pasaban de otro modo: un alma de mujer rejuvenecía, vivía otra vez vida de adolescencia, de rayos de sol y de alegría, de sonrisas que concluyen en besos, de encantadoras futilezas, de primer amor. La pasión de María lo señoreaba todo en su alma.

Sintióse feliz; gozosa de juventud, gozosa de amar y de ser amada. Este sentimiento ahora lo conocía ella. Por una divina ceguera no se explicaba que aquel amor fuese culpable y su publicación inconveniente. Le venían ganas de gritar, por sobre el estruendo de las olas, en aquella playa testigo de su felicidad, que amaba, que adoraba, que era dichosa. Todos los hombres, todas las cosas le parecían buenos. El amor fué para ella un Leteo; apenas saboreó aquellas mágicas linfas lo olvidó todo: su matrimonio, su familia, su pasado, su porvenir, las conveniencias, todo. Cuántas veces, en las noches templadas, alzando el cuello de la chupa de Brummel, casi en público, lo amonestaba, inocente, con frase de ingenua ternura, casi maternal:

—Cuidado si te resfrías, Julio.

¡Cómo le quitaba, de un papirotazo, los granos de polvo de la ropa! ¡Cómo le hacía el nudo de la corbata, riñéndole por la menor negligencia! ¡Qué! ¿Se olvidaba de su dandismo? ¿No era Brummel? Y se reía á carcajadas, por naderías, como una chicuela.

Encalabrinada, rijosa, mimosa, no comprendía lo que no fuera su derecho á la vida y al amor. ¡Cuánto hubo dé reñirla doña Josefa para que no desatendiese al reclamo telefónico de Crispín!

La servidumbre conyugal sólo se la recordaba la campanilla del teléfono, á las doce, todos los días.

Doña Josefa, la excelente doña Josefa, con su experiencia de matrona madura, ducha en achaques de mundo, sabe que á la sociedad no puede dársele de patadas, porque la sociedad paga en la misma moneda; y los mil pies de la multitud hacen daño, aunque calcen zapatitos de raso y botas de charol. Doña Josefa, que no en balde leyó bibliotecas íntegras de novelas y paseó de fiesta en fiesta y de salón en salón sus arrobas sofocantes, encontraba inconveniente por extremo la situación, y deseaba regresar á Caracas lo antes posible. Pero la influencia de Rosalía se interputo á cada instante entre la decisión de la señora y la felicidad de María.

—Déjala, mamá, déjala. Hace bien. Es un desquite. ¡Ha sido tan desgraciada, la pobre!

Brummel, por su parte, se dejaba querer; pero ya saciado el deseo, empezó á encontrar demasiado engorrosa y llena de almíbar la aventura. Él juzgaba las cosas de otro punto de vista.

Buen comediante, su orgullo consistía en hacerse aplaudir, en deslumbrar al público. Ya conocido y comentado un triunfo suyo, satisfecho de paso, si podía, su capricho de semental, lo demás le importaba un pito. El éxito íntimo, la posesión, era para él lo de menos. Le bastaba con rendir el corazón de una mujer, aunque fuese rendimien-

to el más platónico, y con que su triunfo donjua-
nesco transcendiera al público, no por ruin con-
fesión del galante, sino por estudiadas indiscre-
ciones propias ó ajenas. Su alma inquieta de ena-
morador militante necesitaba el asedio, la em-
boscada, la sorpresa, la actividad del táctico ó
del guerrillero en campaña. La trinchera asaltada,
la ciudadela rendida, la capital entrada á saco no
le detenían apenas, porque su orgullo consistía,
no en el botín, sino en la gloria de la dificultad
vencida. El caso de María, ya del dominio de todos, ¿qué más le interesaba?

Ahora coronaría su triunfo, antes que llegase
el inevitable hastío, abandonando á la expecta-
ción pública, y á la propia tristeza, aquel bagazo
de amor.

Pensaba, además, en Eva. Por la primera vez
de su vida los dardos de su carcaj se embotaron.
¡Cómo! ¿Había un corazón que no claudicaba?
Eva se le metió entre ceja y ceja, y vino á ser su
pensamiento constante. Aquella aventura de María, que él juzgó más difícil, ¿no la emprendió
últimamente para encelar á la niña con la propia
cuñada? Tanto pensaba en Eva Luz, aun en medio de la embriaguez de su flamante, erótica ha-
zaña, que se preguntó á sí mismo: "¿Estaré enamorado?" Pero su vanidad, alambicando los sentimientos, le dió esta respuesta: "No, sino que
para representar bien debe uno penetrarse tanto
del papel, que se sienta á sí mismo engañado.

La verdad, ó la ilusión de la verdad, es el mejor medio de seducir. Y la ilusión no es completa sino cuando se cree uno capaz de producirla y cuando es capaz de sentir lo que halla de verdad en la propia mentira. Yo soy como el actor, que para conmover debe estar conmovido."

Nunca había sutilizado á tal punto Julio de Nájera, ni acaso pensó nunca menester de tales sutilezas para explicarse la actitud, tan desusada, que estaba asumiendo su espíritu. Era que por su alma de Lovelace empezaba á correr la fuente de puras, cristalinas é ignoradas aguas de amor. Era que de aquella caza desesperada, de aquella firmeza de la una y de aquel asedio del otro, luego de un paréntesis de indiferentismo ingenuo y glacial, empezaba á nacer en el alma de Brummel el anhelo de la cosa imposible, el suspiro por la cosa inaccesible, la aspiración al ideal, que viene á ser, en relaciones de esta índole, amanecer de amor.

*
* *

Mientras Crispín enjugaba sus gruesas lágrimas, en silencio, temeroso de ser visto por los compañeros de oficina, preparándose á continuar aquel erudito y laborioso informe sobre las excelencias de la coca, objeto de tantos desvelos, el timbre de su escritorio retiñó. Perrín llamaba.

Crispín Luz atravesó la sala, empujó los batientes forrados en reps verde y...

Perrín, de sopetón, pidió no sé qué inventario de no sé qué bancarrota.

—El inventario no he ido á hacerlo aún: no ha sido posible.

En realidad Crispín, con sus preocupaciones, se había olvidado de aquello; pero no se atrevió á confesar su descuido y buscó un pretexto que aducir.

Perrín se amostazó:

—¡Pero cómo, señor Luz, por Dios! Sabía usted mi interés en el asunto. ¿Por qué no ha ido usted á practicar ese inventario?

—He estado ocupándome del anuncio sobre la coca.

Perrín se puso las manos en la cabeza.

—¿Pero usted se ha vuelto loco, señor Luz? ¡Cómo preterir el inventario, que es de tanto momento!

—Yo... como usted sabe... la coca...

—Pero, señor Luz—vociferó Perrín, siempre asombrado—, si ése es un trabajo suplementario. ¿Por qué venir á hacerlo aquí? ¿No tiene usted tiempo de sobra en su casa?

El honorable Perrín, espejo de comerciantes, abría los ojos y se ponía las manos en la cabeza, desolado, porque el factotum de la oficina, su hombre de hierro, no le daba sino diez horas diarias de trabajo personal.

¡Cómo! ¿No tenía Crispín tiempo de sobra en casa para los trabajillos suplementarios?

Y dado el carácter de cera de su hombre de hierro, Perrín se permitió observar, con impertinencia, como si Crispín fuera algún malacabeza de su familia:

—Señor Luz, noto hace días que usted ha perdido una chaveta.

Luego, ya domesticado, jovial, añadió:

—¡Como no sea necesario recetar á usted el extracto de coca, amigo Luz!

VIII

Eva, Mario Linares y Crispín se dirigen en coche, al través de las calles ardidas de sol, hacia la estación de La Guaira.

Con el mismo desasosiego que un escolar el asueto para correr al solaz, poner de lado los enfadosos textos y zafarse de la rigidez de la disciplina, esperaba Crispín su vacancia del domingo, á objeto de volar á Macuto, á los brazos de su mujer. Por el tren de las tres, el sábado, salía de Caracas y no regresaba hasta la mañana del lunes.

Como tantos maridos hacían lo propio, y multitud de temporadistas de veinticuatro horas se apiñaba en el andén con el propósito de domínguear en Macuto ó en Maiquetía, añadíase un vagón; y como la afluencia de pasajeros lo requiriese, añadíase un par. Allí se topaban los conocidos, en las manos el juguete para los hijos ó el regalo para la esposa. Allí eran los apretones de manos, la sonrisa de saludo y de inteligencia para los habituales encuentros, en la misma guisa, en el mismo sitio, con el mismo itinerario, cada fin de semana. Y los diálogos sempiternos, por el estilo de este clisé:

—Hola, ¿qué tal? Á ver á la familia, ¿eh?

—Lo mismo que usted, sí, señor.

—Muy animado, Macuto, según parece.

—Oh, sí. Aquello es vida. El mar rejuvenece.

—Y ¿cuándo regresa usted?

—Pues yo pienso traer á mi esposa el lunes. Dejo sólo con las Equis á mi chica mayor, que tiene un divieso en la nariz y sufre de un romadizo inveterado: usted sabe.

A veces terciaba otra persona, algún señor entrado en años, con ideas de 1715. El señor abominaba de Macuto. Aquello era peor que Caracas. No había libertad. Él amaba el campo; sin la esclavitud de la etiqueta, eso sí.

—Yo, con franqueza, soy partidario de Maiquetía—afirmaba el buen señor.—Allí tenemos fiestas religiosas admirables, como la peregrinación. Nunca paso de Maiquetía. Aquello es más campo; hay menos bullicio. La familia no tiene que fincharse desde que Dios amanece.

Por fin el tren partía...

A los pocos minutos quedan atrás las últimas casucas de la barriada y no se divisa más la población. El tren empieza con empuje á trepar el monte, deslizándose, como una culebra, por la angostura de la ferrovía, pegado al talud, temeroso de despeñarse por los voladeros. Avanza,

avanza, á duras penas, con torpedad; tornavira, flanquea la montaña, caracolea, ziczaguea, engaña la aspereza de la agria cuesta, y sigue, humeante, asmático, dando bufidos.

La nariz achatada contra el cristal, pensativo, silente, mira Crispín la ascensión penosa del monstruo. Se había puesto á meditar, recordando la brusca injusticia de Perrín con motivo del inventario. Aquello lo preocupa sobremanera. ¡Ay, si por ventura se trasluciera! Su prestigio en el almacén se desmoronaría. ¡Si Schegell lo supiera! Pensó en la vida de su caprichosa mujercita en aquel Macuto socorrido en galanteos; pensó en las seniles rabietas de su madre, que evidentemente corría con botas de siete leguas hacia la decrepitud...

En asientos fronteros al de Crispín iban juntos Eva y Mario Linares, charla que charla. En un vagón de ferrocarril, en *tête-à-tête* con una muchacha tan de su agrado, ¡cómo había de tener la lengua Mario Linares!

El hermano de Eva oía, sin escuchar, á cien leguas de allí. Pero el panorama distrajo á los conversantes.

—Fíjate, Crispín—dijo á éste su hermana, sacudiéndolo, y enseñándole el paisaje, como si Crispín no llevase los ojos clavados en él.

Un torrente se desprendía, bramando y roto en espumas, de la cima; pasaba á toda carrera, con el empuje sonante de sus aguas, por debajo de un puente, y proseguía su loca fuga al abismo. Los túneles, de cuando en cuando, abrían sus negras bocas. Se divisaba un horizonte de montañas: unas más bajas, otras más elevadas; éstas más vecinas, aquéllas más distantes; cuáles azules, brumosas; cuáles claras, verdes, de largas cabelleras de vegetación, y no faltaban las crestas calvas y los peladeros calcinados del sol.

Alguien, cualquiera, acaso el caballero preferidor de Maiquetía, el vejete con ideas de 1715 que atravesaba por allí á menudo, se asombraba, sin embargo, en todos sus viajes de las *obras de los hombres* y en todos sus viajes repetía á sus vecinos, como ahora, aludiendo á la vía férrea:

—¡Qué obra más atrevida! ¡No hay sino los ingleses para estas cosas!

La temperatura, entretanto, se ha ido haciendo fresca, fría. La niebla se arremolina en torno del tren; las nubes se miran allá abajo, sobre crestones de sierra, por encima de los cuales ciérnese la mirada de los viajeros y vuela, como un hipógrifo, el ferrocarril.

De pronto, á una vuelta se fijan todos en el horizonte con interés, y de todas las bocas sale la misma exclamación:

—¡El mar!

Distante, muy lejos, allá, confundiéndose con la viva turquesa del cielo, se divisa una cosa gris, pálida, redonda, inmóvil: el mar.

El tren comienza á descender. Ya no es el

vehículo perezoso, jadeante, sino un torbellino, un alud, la montaña que echa á rodar con ímpetu loco por aquella angosta cinta ferroviaria, de curvas violentas, de pavorosos declives; la locomotora que muge y humea, devorando el espacio, sin apenas obedecer á los frenos.

—¡El Zig-zag!—exclama uno de los pasajeros. ¡Hemos llegado en tan poco tiempo al Zig-zag! Parece mentira.

Mario se apeó, como otros muchos, y trajo una copa de limonada á Eva Luz. El calor empezaba de nuevo.

De La Guaira, en sentido inverso, ascendía un tren, que cruzaba con el de Caracas en aquella estación. Venía repleto de extranjeros. Por la ventanilla empiezan á salir cabezas curiosas, rostros colorados, espaldas atléticas, figuras desconocidas. Un vapor anglo-americano acababa de llegar ese mediodía, repleto de turistas yanquis, y los yanquis subían á Caracas.

En el cafetín de la estación y dentro de los vagones ascendentes se perciben locuciones inglesas, fragmentos de conversación: hombres que piden cerveza, mujeres que se ahogan de calor, viajeros que apresuran á los acompañantes; todo el bullicio de una detención en el campo, frente á una cantina, cinco minutos.

El tren que remonta parte el primero; é inmediatamente rompe á volar por cima de los montes, hacia las playas, el que se dirige á La Guaira.

Ya el mar no es la cosa plomiza y quieta, sino el intranquilo, azul y espumecente mar Caribe. La espuma taracea los peñascos, las arenas, al pie de los cocales. Las velas cruzan el horizonte. Las casitas de Maiquetía, con sus techos rojos, se enfilan debajo del viaducto, entre los árboles. El Tajamar de La Guaira, un poco más lejos, hunde en el Océano su dorso de mampostería, á cuyo abrigo ya no se balancean los trasatlánticos, sino que allí se están, cachazudos, en apariencia de marinos monstruos.

Eva contempla el panorama con su binóculo. De pronto, volviéndose hacia su acompañante y pasándole el anteojo, dijo:

—Qué adornado aquel buque. Mire, Mario.

Mario asestó el catalejo en la dirección que Eva mostraba con la rosada punta del índice.

Uno de los *steamers*, en efecto, el italiano, lucía de gala. El verde, rojo y blanco de la enseña nacional, su cruz de nieve en fondo escarlata al centro, daba al sol de la tarde, con alegría, sus risueños colores. Izados por bramantes al aire, grímpolas, flámulas y gallardetes retozaban con las brisas.

Pasando los gemelos á Crispín para que también mirase, dijo Mario:

—Es por el nacimiento de la primogénita del Trono, quizás.

Y Crispín añadió:

—Es verdad. En el almacén oí algo.

Y empezó á recordar para su capote una frase de Schegell, á propósito de aquel real alumbramiento, sobre los matrimonios estériles. ¿Sería una alusión? ¿Contra quién se enderezaba aquella pulla buída? ¿Sería contra su hogar? Por eso sí tumbaría los dientes á Schegell de un bofetón. ¡Inmiscuirse en los asuntos ajenos más íntimos! ¡Atrevido! ¡Canalla! Si el pícaro de cajero sospechase la acritud del negociante por el bendito inventario, el hombre de hierro estaba perdido. ¡Adiós, respeto; adiós, autoridad! El hombre de hierro se partía; el brazo derecho de Perrín se gangrenaba. ¡Si Schegell supiera!

La brusca cesación del movimiento lo sacó de sus imaginaciones. El tren acababa de arribar á Maiquetía. Algunas personas se agrupaban á ver y á ser vistas; otras, á recibir á sus deudos.

—Papá, papá—gritaban los niños.

El tren siguió. La playa, los cocales, una serie interminable de casucas que aparecían y se borraban en segundos... Y se llega á La Guaira.

Nubes de mozos de cuerda se aglomeran en las portezuelas.

—¿El señor se embarca?

—Deme la papeleta para reclamar el equipaje.

—¿Macuto? ¡Ah, sí, señor! ¿Cuál es su maleta?

—Démela á mí, señor.

—A mí.

—A mí.

Los pasajeros se desmontaban con premura,

maltrechos, dando empellones, saludando aquí y allá. Y corrían, desalados, hacia el tren de Macuto, pronto á partir en aquel instante.

A María le produjo doble desagradable impresión el arribo de Crispín y de Eva, á pesar de esperarlos. La presencia de Eva, sobre todo, la contristaba. ¡No creyó odiarla tanto! Eva, allí, le produce la impresión de un enemigo que, á media noche, á mansalva, penetrase en su aposento para sustraerle algo más caro que la vida y el honor. ¡Quién sabe qué! Algo siniestro, en complicidad con la presencia de su esposo, le augura el arribo de Eva. Sufre, está celosa, y cuando al brazo de su marido se endereza al hotel, le parece el brazo leal de Crispín, aquel único sostén de su vida, como argolla de ergástula, verdadera esposa, manilla de hierro, fatídica escarpia, alcayata que la afianza en la infelicidad. Hasta sintió ímpetus de escabullirse. Él, entretanto, la reñía con dulzura, á media voz, á causa de la desatención del teléfono.

—¡Jesús, Crispín! Me lo has dicho bastante. No quieras martirizarme el día que vienes á pasar con una.

Ya en el hotel, su marido manifestó la conveniencia de regresar á Caracas. Se dijera que ella no comprendía, extrañada, azorada, tratando de entender, como si le hablasen otro idioma que el suyo.

—¡Pero estás loco! No ves que esto me da la

vida, que estoy cambiada, que me siento muy bien.

Y tuvo un arranque de retrechería. Artimañosa y carantoñera se le sentó en las piernas, lo besó en los ojos, y tirándole amorosamente de los bigotes, como hacía con Brummel, empezó á embriagarlo la zalamera.

—Tú no querrás que tu mujercita muera, ¿verdad? Me dejarás en Macuto, mi vida, ¿no?

Extrañado, encantado, radiante, feliz, Crispín prometía, cedía. ¡Cómo no! Que se quedara. Él no aspiraba sino á saberla contenta, rebosando salud.

Y luego, pensando en sus noches solitarias y tristes, el exorable esposo:

—Pero, tú sabes, María—le dijo—, es un gran sacrificio para mí. ¡Qué falta me haces! La vida es insoportable sin tu presencia. ¡Te quiero tanto!

Ella proyectaba cosas. Cuando restablecida por completo regresara todo cambiaría. Nada de aburrimiento. ¡Iban á ser tan felices!

IX

Aquel domingo fué uno de los más bellos días de Crispín. Se levantó de mañanita, se afeitó él mismo y se fué á los baños. Había poca gente á esa hora, y se lo hizo observar á Tacoa, al entrar.

—Poca gente, amigo Tacoa.

—Sí, señor. Los caraqueñitos madrugan poco.

—¿Y usted, Tacoa?

—¿Yo? Desde las cinco estoy en mi puesto.

Era hombre célebre, aquel Tacoa. Jamás, desde que Macuto existe, se conoció otro bañero. Pequeño, regordete, ventrudo, redondo, no le faltaba sino el borrico albardado para ser remedo cabal de Sancho Panza. Aquella bola de carne estaba en armonía con el edificio de baños, de fachada semicircular. Era indígena, ó quizás mestizo de blanco é indio, á presumir por su piel clara, á pesar de la curtiembre del mar y del sol; pulquérrimo, de buen natural, pulido por e trato de gentes, y no obstante su familiaridad con los bañistas, cortés y moderado. Conocía, por supuesto, á todo el mundo.

¡Á cuántos presidentes de república, á cuántos ministros, á cuántas celebridades de todo orden había él zambullido en el mar! Ellos pasaban, él no. Á menudo se dirigía á cualquier gomoso en estos términos:

—Cuando su abuelo, don Fulano, en los baños viejos...

Ó bien á algún zagalón:

—Mira tú, perillán; tu padre á tu edad era todo un hombre. No chillaba con esa algarabía como tú.

Su obligación, ahora, consistía en estarse á la puerta recibiendo los billetes y vigilar y asear el edificio.

Cuando, invadiendo los dominios de la bañadora, solía penetrar, como Pedro por su casa, en el departamento de las mujeres, las ovejas no se descarriaban al ver al lobo en el aprisco. Las que estaban desnudas ó en camisa cruzábanse las manos sobre los senos exclamando:

—¡Jesús, Tacoa!

Las que salían del agua en ese momento, reían de la indiscreción, y seguían andando, con la camisa pegada y húmeda que moldea las carnes y se frunce é introduce con lujuria entre las divinas oquedades del cuerpo femenino; mientras que otras bañistas, las piernas al aire, en calzones ó en enaguas, continuaban poniendo sobre la blanca piel la media negra.

El edificio, por fuera, simulaba un templo en rotunda. A la izquierda de un tabique entran las sacerdotistas; los bonzos á la derecha. Ambos compartimientos, semejantes; un ábside en curva reentrante, con nichos numerados para el despoje de los oficiantes, ó, dígase bañistas. Un triángulo escaleno, cuyo vértice penetra mar adentro, sirve de rompiente y de tajamar. La furia del agua y la osadía y abundancia de tiburones impiden el bañarse en las playas; y la promiscuidad de sexos la impide aquel sedimento de prejuicios de un pueblo que, aun practicándolo, teme el pecado; y cuyo concepto del honor es el mismo, ó poco menos, que el empingorotado y absurdo del siglo XVII hispano. No en balde nuestro país llamó un tiempo amo y señor á Don Felipe II, y lleva en sus venas sangre de los graves españoles, altisonantes y enfáticos en punto á casos de amor, como lo prueba tanto ó más que la Historia, todo el glorioso Teatro antiguo de aquella gloriosa nación.

Crispín entró en el agua. No sabía nadar. Agarrándose de la cuerda que sirve de apoyo, se acuclillaba, en espera de la ola. La ola en su abrazo brutal lo envolvía, lo hacía perder el equilibrio, lo revolcaba. Crispín, manoteando, braceando, sacaba la cabeza fuera del agua, los ojos irritados por la sal marina, la boca amarga

de los buches sorbidos, y los bigotes en guías
hacia las comisuras bocales, como un chino. Su
figura desmirriada, en desnudez, aparecía carica-
turesca. Los hombros enjutos, los brazos kilomé-
tricos, el estómago sumido, las choquezuelas
como nudos en las piernas como veradas; todo
aquel canijo y triste ser, los cabellos en punta,
el agua á media pierna, jugando con el gran mar
azul, resplandeciente de hermosura y de fuerza,
era un espectáculo grotesco. Reía de su impotencia y azotaba al mar como Jerjes. Luego tornaba á ponerse en cuclillas: la ola venía de nuevo, desenrollando su cauda luminosa, y otra vez
lo zambullía, entrándole por los ojos, por las
orejas, por la boca, por todas partes. Y vuelta á
golpear el agua con palmadas y sornavirones.

Otro caballero mañaneador que nadaba como
un pez y permanecía de espaldas sobre el agua,
como una boya, causó la admiración de Crispín.

—Venga, venga—le decía el nadador—. No
tenga miedo. Yo lo ayudo.

Pero Crispín no se atrevía.

—¡Oh, no! Ya he bebido bastante agua.

Cuando regresó al desayuno, su mujer se des-
perezaba en el lecho.

—Anda, floja—se permitió insinuarle—, anda,
levántate. El agua está deliciosa.

Después de la colación se fué á caminar hacia
La Guzmania, limpio de cuerpo, liviano de espíritu, extrañándose de aquella libertad inusitada y

de aquel vagueo bajo los árboles, á millas de su casa, contra sus habitudes eutropélicas. En el parque se encontró con un señor que leía. Saludáronse y convinieron en caminar juntos un rato.

—Esto desentumece, ¿eh? No es la vida sedentaria que vive uno en Caracas.

Crispín asentía, encontrándolo todo á maravila: el cielo, el mar, la montaña, el arroyo, las palmeras. Le parecía que todo aquello lo veía por primera vez. Se encontraba en excelente disposición de ánimo. Á menudo dirigía á su acompañante frases en que salía á colación la esposa.

—Mire usted, mi mujer es muy previsora; cuando venía para Macuto...

Y contaba una futileza cualquiera, en loa á las previsiones de María.

Entusiasmándose á la vista de los uveros, exclamó:

—A mi esposa le encantan. Voy á llevarle. Permítame usted.

Se puso á recoger uvas silvestres y á repletar su pañuelo y sus bolsillos.

—A la verdad son de un agridulce delicioso. ¿No las prueba usted?

El señor no probaba nada, asegurando que aquellas ácidas frutas serían buenas á lo sumo para los pájaros.

Crispín tildaba de herejía tal parecer, mordiscando las acres uvillas playeras, y gesticulando, con la dentera que produce la acrimonia de las uvayemas.

—Vamos, hombre. Una fruta excelente la uvilla. Gusta de tal suerte á María.

Ella se lo había dicho: El empleo de sus mañanas consistía en saltear uvas, entre amigas, en bandadas, como pericas. ¡Una diversión!

A cosa de las diez regresarían de la excursión matinal el señor y Crispín. Al pasar por frente de *La Alemania*, éste se detuvo. Varios ociosos, instalados en plena acera, jugaban al dominó. Crispín se dispuso á verlos; se interesó en la partida: se hizo explicar; trató de penetrar los misterios y complicaciones infantiles é insulsos de aquel insulso é infantil divertimiento, invención de algún aburrido con poca chispa, ó de algún matemático de á bordo ó prisionero, sin caletre para más.

Lo cierto es que al entrar en el Casino, Crispín participó su proyecto á María.

—Sabes, mi hijita; pienso comprar un dominó para nuestras veladas en Caracas.

Como su mujer no respondiese, él dijo:

—¿No te parece bien? ¿Te gusta el dominó? Es un juego agradable. Distrae mucho.

Y acordándose de las uvas:

—Toma. ¡Qué cabeza la mía! Ya iba á olvidar. ¡Como á ti te gustan tanto!

—¿A mí?

—Sí: ¿pues no me dices que correteas todas las mañanas por las playas salteando uvas?

—¡Ah!

—Cómo, ¡ah!

—Que no recordaba el habértelo dicho. ¡Tengo una memoria!

*
* *

Esa noche se bailaba en el Casino, y hubo de adelantarse de media hora la comida, á objeto de arreglar convenientemente los corredores, retirando las mesas del *restaurant,* sillas y butacones inútiles; encender los farolitos venecianos, puestos adrede, y que ciñen y decoran la baranda, y regar con esperma el cemento de los corredores y las tablas del salón. Se comió á trompicones. Cuando ambas primas acabaron de trajearse para la fiesta, ya los primeros arribantes concertaban piezas de baile; y de cuando en cuando se oía el registro de una flauta ó el preludio de un violín, todavía desacordes.

Se rompió con un valse; y apenas terminado, salían los bailadores fuera, á los corredores, á respirar la brisa marina, el terral nocturno; mientras nuevos arribantes se precipitaban en el salón, buscándose los mozos y las mozas.

Los graves papás, las voluminosas mamás y los maridos cincuentones se repantigan en cómodos asientos contra los muros, á mirar cómo brincan y se divierten los suyos, y á gozar de los ojos y aun del recuerdo.

Se empezó una cuadrilla. Julio de Nájera, discretamente eclipsado por el día, apareció esa noche, en el baile, en todo su esplendor. María y Mario Linares hacían *vis-à-vis* á Eva, cuyo galán era Brummel. Éste, correcto, glacial, brummélico, sin dar resquicio á la sospecha, tomaba las transparentes manos de María, en las figuras y pasos del baile, con la punta rosada de sus dedos. María, por el contrario, trató una y otra vez de estrechar con fuego, en el disimulo y mudanzas de la cuadrilla, las manos acicaladas del tenorio, espiando con discreta indiscreción en los ojos de su amante, el vuelo de las miradas celosas de Eva.

Brummel, que enamoró á María para encelar á Eva, ¿por qué se mostraba correcto, glacial, brummélico, sin dar resquicio á la sospecha, cuando la ocasión era propicia como ninguna para permitir entrever á la renuente muchachita los progresos que supo hacer el desdeñado en otro corazón de mujer? ¿Por qué no hacía alarde ni gala de su triunfo? ¿Por qué no probaba con un guiño de ojos, con un ademán de connivencia, que él sabía consolarse de la una y reemplazarla con la otra? ¿Por qué no daba celos á la chiquilla de Eva? ¿Por qué se erguía en su frac, correcto, glacial, brummélico?

Algo adivinó, ó creyó adivinar Eva Luz, sin embargo, con ese claro instinto de las mujeres en cosas de amor.

Cuando finalizó la cuadrilla, Brummel sacó su pareja á los corredores, á respirar un poco de fresco aire marino. Se acercó á la baranda y acodándose allí con familiaridad, de espaldas á la concurrencia, se puso á conversar con Eva, también de vista al mar, de pie junto al esbelto y elegantísimo de Brummel.

En el cielo cabrilleaban las estrellas. A lo lejos se oían los tumbos del Caribe.

Brummel, en voz meliflua, empezó á querellarse. Ella no era lo que parecía con su aspecto ingenuo y encantador. Debajo de aquella envoltura de seducción había un alma dura, desamorada. ¿No sabía Eva de memoria que él la amaba, ¡ay, desde cuándo!, en silencio, en tortura, con heroismo de que él mismo se creía incapaz?

—El alma de usted, Julio—dijo Eva—, no podría negar yo que es un espectáculo digno de contemplación; pero vamos á admirar juntos ahora algo menos inmaterial. Mire: mire el cielo estrellado. Los luceros nos guiñan los ojos; se están burlando quizás de nosotros.

Julio sonrió, aplaudió los rasgos de crueldad y de ingenio, dos cosas encantadoras, muy de ella, una seducción más que la hacía tan diferente de las otras mujeres. Pero él la adoraba; y ella reía• ¿Por qué?

Eva pensaba para sí: "¡Dios mío, y éste es Brummel, el irresistible Brummel, arrancador de corazones! Pero si es idéntico á todos. Si es la misma eterna canción. No merece la reputación que las tontas le dan. Le voy á probar que se ha equivocado; que yo no soy del montón: que no sirvo para pedestal de fatuos."

Julio insistía. Él la adoraba. Que ella no lo creyera no le sorprendía. Aquella maldita reputación lo perjudicaba, á los ojos de Eva, y con razón. Pero estaba dispuesto á probarle la sinceridad de su sentimiento. Que exigiera la prueba más dura. Se sentía dispuesto á complacerla, á pasar por todos los crisoles; su amor le infundía fuerzas para salir victorioso.

Era sincero en aquel instante: estaba enamorado, quizás de veras; quizás, merced á la ilusión de su teoría: para conmover es necesario estar conmovido. Pero ante la actitud de Eva quiso cambiar allí mismo, violentamente, de táctica, ponerla de lado y entregarse á María, quien pasaba y repasaba cerca de la baranda, comiéndose á Julio con los ojos. Sino que éste pensó, no sin acierto, que el no llenar mucho lugar en el corazón de Eva era óbice al advenimiento de los celos, porque salvo casos clínicos, donde no hay amor no despuntan celos.

Mientras Julio charlaba y exponía su corazón, Eva, tornando la cabeza con disimulo, miraba de soslayo, con disimulada insistencia, hacia el salón y por los corredores, como si buscara algo, en acechanza de quién sabe qué.

La orquesta empezó á preludiar otra pieza. Julio continuaba sus querellas. Eva seguía oteando, impaciente.

—No me hable de amores, Julio. Su voz es agradable; pero oiga: se parece á un piano que no produjese más que una melodía, la misma, siempre la misma.

Él sonrió, la alabó. Estuvo feliz, seductor. Pero las mujeres son las mujeres. Mario pasaba en ese instante. Eva se dirigió á él:

—Mario, hágame el favor de darme el brazo. Lléveme al salón.

Y dejó plantado en aquella baranda, sin motivo, sin explicación, á los ojos de toda la concurrencia, á Brummel, al lindo, al rufo, al jarifo, al enamorado, al dandy Brummel, sueño y encanto de tantas mujeres.

Con perfidia, con estrategia había acechado la ocasión de romper con él, así, ruidosa, desdeñosa, cruelmente. No creyó tan cerca la oportunidad; pero una vez propicia, no había por qué se escapara. La ocasión la pintan calva. Y pensó, riéndose á carcajadas en lo íntimo de su alma: "Ahí queda eso: un harapo; que lo recoja María."

LIBRO TERCERO

I

La artritis y sus secuencias victimaban á doña Felipa: á la dispepsia crónica, á los fallecimientos cardíacos, sumábase otra dolencia más cruel—concreciones en las vías biliares—, máxime en los períodos agudos del mal, cuando sobrevenía el cólico hepático. Entonces era todo berrear la vieja, correr la familia y presentarse el médico—el célebre, el solemne doctor Tortícolis—á ingerir inyecciones hipodérmicas de morfina para mitigar, por medio del narcótico, la pena, ó bien á propinar cucharadas y aun vasos íntegros de aceite de olivas, cuando el dolor no era muy lancinante.

—Es una tremenda colelitiasis, afirmaba el cuellierguido del doctor, con aquella tiesura de persona que le valió su bien llevado apodo de Tortícolis, y trayendo á cuenta la terminología médica y de farmacopea, terminología á que era muy afecto, y que hubiera debido granjearle otro apodo: el de Pedancio, por donde se habría inmortalizado el doctor Juan Peza, como Pedancio Tortícolis.

La anciana padeció en corto espacio de tiempo dos cólicos hepáticos que minaron aún más su ya usada naturaleza. Sino que la vieja, testaruda en todo, pugnaba con sus años y sus dolencias, sin ceder á morirse. Pero no digería más que líquidos y los regüeldos la ahogaban.

Se redujo á su aposento, y ya no vivía sino muriéndose, tendida ó arrellanada en un extraño mueble, mitad asiento, mitad cama, que gracias á un resorte enderezaba el espaldar, tornando la yaciga en poltrona, ó tumbaba el respaldo, trocando la poltrona en yaciga.

Flaca, nariguda, amarillenta la tez y amarillentas asimismo las esféricas escleróticas, el pescuezo como un cuello de violín, parecía doña Felipa un maniquí alámbrico y de cera, ó fabricado con pleitas de atocha.

Y desde su aposento, ya reclinándose, ora repantigándose, entre eructo y eructo, bregaba por dirigir la casa, por pedir cuentas, por cuchichear con Ramón, por seguir viviendo y mandando, á manera de comodoro herido en medio á la refriega.

Crispín, muy apesadumbrado, vivía cuanto le era dable al pie del butaque materno.

—¿Ramón?—llamaba la vieja, desadormitándose.

—No está aquí, mamá; soy yo, Crispín.

—No es á ti; es á Ramón á quien llamo.

—Anda por fuera, mamá. Pero, diga: ¿qué desea?

—Pues hablar con él. ¡Pobre hijo mío!

Y la anciana cuidábase poco de aquel otro hijo suyo que estaba allí, velándola el sueño.

Acababa doña Felipa de pasar el último ataque de cólico, y esa noche, en el recibo del corredor, amueblado con un ajuar de mimbre, que dicen de Viena, las Linares, de visita con motivo de la enfermedad de la anciana, departían, casi tan alegremente como en sus propias tertulias caseras. Á la habitación de la paciente, sita hacia el fondo, no llegaba el rumoreo de aquel buenhumor general. Crispín acababa de presentarse, diciendo:

—Mamá sigue bien. Después de tomar la poción se ha quedado dormida.

—Así puede vivir diez años más—dijo María.

Y añadió, para encubrir la brutalidad de su aserto:

—Eso dice el médico.

—¿Y Eva?—preguntó Mario Linares.

—Por allá la dejé. Probablemente venga ahora. Discúlpenla si no se presentó antes á recibirlos. ¡Tan atareada, la pobre!

—¡La pobre!—repitieron á una Mario Linares y Adolfo Pascuas.

En ese instante, cosa de las nueve, llamaron al portón, y se presentaron de visita el doctor Luzardo y su familia, rara gente.

Sabían que doña Felipa no andaba muy bien. ¡Qué lástima! ¡Una matrona de tanto mérito!

—Pocas nos quedan como ella en esta sociedad—aseguró el doctor.

Crispín abrió aún más sus grandes ojos redondos con un meneo de cabeza, que bien podía ser para dar gracias como para asentir á tan lisonjera opinión.

En el fondo, á Luzardo y á su familia se les daba un ardite de la enfermedad y de las virtudes de doña Felipa. Ellos venían á otra cosa.

El doctor, médico sin clientela, nunca practicó en serio su carrera, y arbolaba el título académico á modo de estandarte en cuyo torno, hambrienta de autoridad y honores, se congregaba la familia, "la familia del doctor". Á pesar de sus continuas declamaciones contra personas constituídas en dignidades de gobierno, el doctor Luzardo vivió siempre de empleos oficiales subalternos, conexos con sus sedicentes estudios: inspector de sanidad pública, médico de ciudad, ó algo por el estilo. Su pedantismo le hacía creerse superior á sus cargos, y pensar que si hubiera un Gobierno serio, conservador, un Gobierno en el cual los ciudadanos se apreciaran en razón directa de los méritos, el sería, por lo menos, ministro, ó consejero de Estado. Si bien al servicio de los gobier-

nos existentes—pandillas de rateros—, él podía
permitirse el censurarlos desde la eminente cima
de su honorabilidad personal. Por lo demás era
un vejete adocenado, y más doctoral que docto.

Su familia se reducía á la trimurti que lo acompañaba: la esposa y las dos hijas, contraste pe-
renne con el vejete larguirucho, acartonado, lam-
piño, pues eran las tres damas, gordas, pringosas,
rechonchas, más damesanas que damas, amorfas
y bigotudas.

Difícil precisar la edad en tales mujeres. Imposible distinguir cuál fuese la madre, y quiénes las
hijas. Aquellos tres sacos de tocino tenían cuarenta, cincuenta, sesenta años, ¡quién sabe! El
solo indicio de pelos blancuzcos del frondoso
mostacho en uno de aquellos esperpentos indi-
caba la edad provecta. Por lo demás, los mismos andares patojos, las mismas piernas cortas
y embutidas en el vientre, los mismos bustos adi-
posos, tetones, comadronescos. Junto á ellas la
voluminosa doña Josefa, encorsetada, empolvada,
presentable, decente, parecía una sílfide. Beatas
redomadas, musitando preces, desgranando ro-
sarios y pegadas á la cogulla, odiaban con odio
de sacristía á cuanto fuera lujo, gracia, coquetería, buen olor.

Se las llamaba, por mal nombre, las osas. Solteronas papandujas, las hijas, las osas menores,
no conocían el amor sino por un pecado, á que
nadie quiso inducirlas nunca. Habían ejercido no

sé qué profesorado de catecismo en no sé qué
parroquia, y de aquel vago magisterio conserva-
ban un tono de suficiencia dogmática con que
hablaban á todo el mundo, como si todo el mundo fuera catecúmeno intonso. Á la más leve ras-
cadura sobre su costra hipopotámica comparecía
en ambas la maestra de escuela, con su disciplina,
su autoridad, su maestrescolía y su grotesca importancia.

No venían por doña Felipa, de quien se les
daba un bledo, sino en la esperanza de encontrar
allí público y disfrutar la gloria de esparcir, las
primeras, cierta nueva religiosa. Así, la una de
ellas soltó de rondón:

—¿Saben ustedes? Quien arribó ayer de Nueva York es el padre Iznardi Acereto.

Como nadie conocía al padre Iznardi Acereto,
las Luzardo parecieron amostazarse, á pesar de
que tampoco lo conocían ellas. Pero triunfó la
inmanente lógica, y ante la ocasión de verter el
acopio de noticias obtenidas por medio de algún
presbítero, sonrieron con sus bocazas bigotudas.

—¿El padre Iznardi Acereto? Un padre virtuo-
sísimo, venezolano, joven: una esperanza, una
gran esperanza de la Iglesia.

Y se explayaron en consideraciones.

—¡Como Caracas no lo echase á perder! Porque en Caracas las señoras, como usted oye, las
señoras, echan á perder al clero. El padre Iznardi, que pertenecía á la Congregación X. venía

con el propósito de establecerla en Venezuela.

—Pero las Congregaciones—dijo Mario—están prohibidas por las leyes de la República. No sé cómo se las componga.

Ahí saltaron las tres euménides á un tiempo, como picadas de tábano.

—¿Prohibidas? Pues fundará la Congregación. ¡Cuente usted con que la fundará! Cuanto á las leyes y á los gobiernos, la Iglesia se ríe. Ahí están el señor arzobispo y las señoras de Caracas.

El doctor Luzardo quiso meter baza, elevando á más altas esferas la cuestión.

—¡Las leyes! Ay, amigo Linares, usted es muy joven; yo tengo los cabellos blancos: ¡vea! Las leyes no significan nada; no involucran la opinión del pueblo venezolano, que no las hace, que las ignora.

—Pero si no las hace, las acepta.

—Por eso no. El pueblo de aquí es un hato de carneros. Acepta las leyes, sí, como una tiranía.

—¿Entonces, doctor Luzardo, según usted, las revoluciones en Venezuela son protestas?

—Usted lo dice, amigo Linares, protestas contra la tiranía que le impone leyes que no comprende, costumbres que no practica, mandatarios que no elige, que no ama.

Adolfo Pascuas, mudo hasta allí, adujo una excusa cualquiera, saludó y se fué. Rosalía y María le acompañaron hasta la puerta, enlazadas por la cintura, como en tiempos de soltería, enfadadas

, de la polémica, de la controversia, del debate, de
la discusión, que de todo había en los discursos
de aquella gente que vino á erigir en el corredor
de la casa tribuna, púlpito, rostro, cátedra.

—El que tiene la culpa es Mario, que les da
cuerda—susurró María, á la oreja de su prima.

—De veras.

Crispín, sin compartir el parecer de Mario,
tampoco opinaba como el doctor. Para él las leyes eran sagradas por ser las leyes. Y cuanto al
régimen gubernamental, Crispín, hombre pacífico
y ajeno á la política, sin reatos que pudieran tor-
cer ú obscurecer su criterio en el asunto, y alec-
cionado por triste experiencia, se adscribía á los
pacifistas, repitiendo la célebre frase de D. Domingo Olavarría: "En Venezuela, el peor de los
gobiernos es preferible á la mejor de las revoluciones."

Se abstenía de terciar en el parloteo, porque
éste iba ya tomando visos de disputa, como toda
conversación en la que ingerían su dogmatismo
el doctor Luzardo y sus tres osas.

Cuanto á Mario, charlatán incorregible, pensaba: "que rabien"; sin parar mientes en la desazón
de Crispín, en la fuga de Adolfo, en el aleja-
miento de su hermana y de su prima, ni en las señas de malhumor de doña Josefa.

—Pues yo no pienso, doctor—aseguró Mario
Linares—, que las revoluciones sean meras protestas. En medio de una docena de pesimismos é

ignorancias de buena fe que no creen sino en la
eficacia del sable, otra docena de odios personales al presidente ó á sus agentes, y otra docena
de ambiciones extraviadas, pero altas, nobles,
disculpables, nuestras guerras civiles no son sino
la exteriorización de una morbosidad, el poner
por obra, con pretexto más ó menos hábil, cierto
fondo latente de banditismo.

—¿Un bandolerismo disfrazado, entonces?

—Sí, señor; un bandolerismo disfrazado.

—Pues por lo que á mí respecta, amigo Linares, creo con firmeza que mientras nos gobiernen
pícaros, las revoluciones son santas.

—¡Ah, no!—dijo Crispín, horrorizándose—la
guerra nunca es santa.

—Caro nos cuestan esas doctrinas, doctor. Vamos carrera tendida al coloniaje. Supóngase que
perdamos la Libertad; pero conservemos siquiera
la Independencia. Es el caso de México, y ya lo
ve cuán próspero. ¿Era más feliz en tiempo de
las revoluciones inveteradas que le valieron la
pérdida de sus provincias nórdicas, hoy en manos
del yanqui, y la invasión europea? ¿Qué sería de
la República y de la patria mexicanas, á no existir aquel benemérito de las Américas, aquel glorioso y épico Benito Juárez? Sin libertad pudo
ser Roma el primer pueblo del mundo. Por lo demás, es preferible el tiranicidio á la revolución.

—¿Cree usted que hay diferencia? Demos que
muera el tirano; ¿no se sublevarán unos por con-

quistar el poder, y no pugnarán otros por no desapuñarlo?

—Hay otra cosa, doctor. Esos hombres nuestros que se citan como tiranos espantables no son, ni con mucho, tales tiranos. El más brutal de todos ha sido Castro. Y sin embargo, ¡cuán lejos de un tirano, de un Rosas, por ejemplo!

—Es que los tiempos son muy otros. Ejerce la dictadura hasta donde puede. ¿Cree usted que una degollina á lo Rosas la tolerarían las potencias?

—¡Bah! ¿No toleran la matanza de los judíos en Rusia; de los cristianos en Turquía? El emperador Guillermo II, ¿no ordena impunemente el azote para los niños y madres polacos, renuentes á la germanización de las escuelas y de los hogares, por el solo crimen de hablar y aprender en polaco y no en alemán? ¿Inglaterra no hace perecer anualmente, según sus propias estadísticas, once mil niños boers, en los campos de concentración del Transvaal? ¿Y la guerra de China? ¿No se apandillan las grandes potencias para llevar la pillería y el exterminio al Extremo Oriente, en nombre de Mercurio y de Cristo, por el Comercio y por la Religión? ¿No es esa guerra una agresión cobarde é inicua, de la inicua, cobarde y agresiva Europa? ¡Bah! No me hable de las grandes potencias.

—¡Qué diferencia! ¡Qué diferencia! Vamos, amigo Linares, aquellos son países estables y cultos. ¿Cuándo se ven aparecer allí tipos como los nuestros?

—Oiga, doctor. El emperador Guillermo no me negará usted que es un soldadote sin campañas; si no bruto, brutal; un déspota anacrónico. El zar de Rusia, un pobre señor; Francisco José de Austria, un viejo chocho; Eduardo VII, un libertino...

Las osas hacían aspavientos. El doctor Luzardo se ponía las manos en la cabeza, escandalizado, pues por extraña constitución anímica, él, que no respetaba nada en su país, veneraba hombres y cosas del extranjero, sobre todo las cosas y los hombres de Europa, á los que la distancia, la vetustez ó la Historia prestaban un prestigio sagrado.

Doña Josefa, no menos alarmada, increpó á su hijo:

—¡Jesús, Mario! No dejas títere con gorra.

Crispín Luz, con su habitual signo de asombro, abría desmesuradamente sus grandes ojos de buho.

Rosalía y María, retiradas, de pie bajo una lámpara del corredor, se engolfaban en la lectura de un diario de la noche, indiferentes á cuanto no fuera la reseña de una fiesta social, á la que no pudieron asistir por la gravedad de doña Felipa.

—Por lo que respecta á nuestros hombres públicos, ¿no opina usted, doctor, que Guzmán Blanco fué un cerebro muy claro, un estadista, un reformador consciente y brillante? El mismo Cas-

tro, á pesar de sus mil errores, provenientes de
su falta de preparación y de su sobra de presun-
ción, ¿no es un innovador que dicta leyes, abre
caminos, erige monumentos, mejora el ejército,
organiza la hacienda, somete las pretensiones ex-
tranjeras, y tiene en grado heroico la virtud, ya
rara en Venezuela, del patriotismo, y la no menos
rara del amor á la gloria? Natural es que ambos,
innovadores violentos y de carácter cesáreo, con-
citen en su contra animosidades. Cuanto á Cres-
po, á pesar de sus rapiñas, fué un gobernador liberal y tolerante. Ninguno más que él prestaba
oído á la opinión pública. La Prensa fué libérrima
durante su administración. Recuerde: hasta negro
bozal se le decía, y no por eso persiguió á sus
detractores.

—Usted cambiará de opinión cuando avance
en edad—aseguró una de las osas—. Y entonces
comprenderá que esos hombres, y unos pocos
más, son los causantes de todas las desgracias de
Venezuela. ¿No protegen la masonería? ¿No de-
rrocan y suprimen los conventos? ¿No imponen
el divorcio? ¿No se roban el tesoro de la nación?
¿No encarcelan? ¿No persiguen? ¿Quiere usted más?

Las osas se alborotaban, en actitud de púgiles,
exasperadas por el disenso á sus pareceres.

Doña Josefa, ya francamente desagradada con
la impertinencia charlatana de su hijo, lo reprendió:

—Pero, ¡por Dios, Mario! ¿Qué tienes? Pareces una cotorra.

Éste comprendió que sería prudente amainar. Pero nueva embestida osuna le decidió á insistir. Estaba de veras cargante esa noche, y casi tan pedantesco en su terquedad como el doctor Luzardo.

—Acepto cuanto afirman las señoras—dijo—. Sólo añado que si á mí, á Crispín, al doctor, á cualquiera de nosotros, nos invistiesen con la suprema autoridad que, dados nuestros hábitos, ejercen los presidentes de la República en Venezuela, seríamos quizás mucho peores que los hombres á quienes censuramos con tanta acritud y á veces con tanta injusticia.

María y Rosalía no regresaban á sentarse al circulito donde peroraban mejor que conversaban Mario y el doctor, sino que permanecían engolfadas leyendo á cuatro ojos el diario que el repartidor de periódicos acababa de deslizar por las junturas de la puerta, á la salida de Adolfo... Como estaban al otro extremo del corredor, á espaldas de doña Josefa, ésta nos las veía, si bien escuchaba perfectamente el conocido rumoreo de las enaguas y el sonar del papel apañuscado, y sabía á las dos mujeres por allí cerca.

—¿Esas niñas? ¿Dónde andan esas niñas?—inquirió, sin embargo, más que otra cosa para ver de canalizar por otro rumbo la conversación.

Crispín aprovechó el receso, y se levantó, diciendo:

—Permítanme un momento. Voy á ver cómo sigue mamá.

—Nosotros nos vamos, Crispín—dijo la osa mayor.

—No se vayan. Espérenme un instante. Le avisaré á Eva para que venga á saludarlas.

A poco de allí apareció Eva.

Doña Felipa seguía bien. Pero imposible dejarla sola.

No quiere tomar lecho por nada. Y pide noticias y cuenta de todo.

Las osas comprendieron que era llegado el momento de partir. Y partieron, con el bamboleo de sus tres grasas moles. Detrás iba el régulo del doctor, amo de los tres sacos de tocino, custodio de las tres Furias, cornac que guía de feria en feria sus elefantes domésticos.

Apenas salieron:

— Yo las abomino—dijo Eva.

Y Rosalía:

—Á mí me producen un malestar casi físico.

—Son malas y torvas, porque no amaron nunca—expresó María.

Y Rosalía, aludiendo á las osas menores, tornó á embestirlas con una frase que ya había dicho á la oreja de su prima:

—Son virtudes agresivas.

Pero María afirmó que Mario tenía la culpa,

porque las exasperaba contradiciéndolas y porque daba cuerda á las teorías del doctor. Demasiado moderadas estuvieron. El cargante é imperdonable había sido esa noche Mario. Todos asintieron, menos Eva, que sonreía, sin opinar. Sonreído también de los cargos que se acumulaban sobre su cabeza, Mario dijo, en son de disculpa:

—Me encanta hacerlas rabiar, ya que han hecho rabiar á tantos. Lo repugnante de esta gente consiste, no en lo que dicen, sino en el modo como lo dicen. El doctor es cargante; pero ellas, las tres, son más pesadas que las virtudes de que blasonan.

Doña Josefa, para no ser menos que los demás, introdujo su cuchara en la olla podrida de improperios ó burlas.

—A mí se me parecen á la mujer del Nabab—dijo.

—¿A la mujer de Perrín?—preguntó Mario—, recordando que su madre llamaba "el nabab" á Perrín.

—No hombre; á la del otro, el auténtico, el de Daudet.

Como nadie recordaba aquella vaga persona de novela, se rieron.

Y Rosalía le dijo:

—¡Jesús, mamá! Siempre anda usted con sus comparaciones de biblioteca.

II

Cuando meses atrás, á poco del regreso de Macuto, María le participó la gran noticia á Crispín, éste no supo qué pensar, alelado, y se hizo repetir varias veces.

—¿Tú encinta, María? Pero, ¿es posible?

—Y tan posible como que estoy de veras embarazada.

—Pero, ¿cómo no lo has dicho antes?

—Porque antes lo ignoraba.

—Bien, mi hijita. ¿Qué tienes? ¿Qué sientes? ¿Cómo supones?...

—¡Por Dios, Crispín! Las mujeres sabemos de estas cosas.

Entonces fué cuando Crispín se alborozó de veras, llamando á su mujer "mamita", y cabriolando como genuino caprípedo. Él, tan comedido, tan discreto, sintió deseos de comunicar á todo el mundo en el almacén la noticia. Le retozaba en la boca la frase: "Oiga usted, caballero, mi señora está encinta."

A Schegell, sobre todo, se lo hubiera él gritado con la voz de Estentor, para atronarlo y confundirlo.

Cuando se lo dijo á doña Felipa, la vieja gruñó:

—Pero, ¿estás seguro?

—Sí, mamá; ¿cómo no?

—Y eso, ¿desde cuándo?

—No sé. María se viene á dar cuenta ahora.

—Mira, Crispín. Yo también soy mujer; tú no eres muy ducho...

—Pero qué quiere usted decir, mamá, por Dios. No me desespere. No amargue las más santas alegrías de mi vida.

La reticente anciana se hundía en mutismo, el ceño apretado como un puño.

Crispín salió furioso. Pero poco á poco fué recobrando el humor apacible: "¡Pobre mamá, pensó; la enfermedad la pone tan impertinente!"

A Rosendo y á Joaquín les escribió sendas cartas. ¿Cómo no? ¡Una transcendentol noticia! Les hablaba de la madre, ya no grave; pero requiriendo asiduos cuidados. Eva, la pobre, constituída en hermana de la Caridad, y al propio tiempo en ama de llaves. ¡Qué alma tan bella! Y luego la buena nueva: "La familia se aumentará dentro de poco. La angelical María dará al mundo un retoño. El advenimiento del chiquitín es esperado con ansia en este feliz hogar."

Otros sentimientos animaban á la angelical María. Aquella melosidad, aquellos agasajos de

Crispín, duplos, múltiples, desde el día en que lo advirtió del embarazo, la torturaban hasta lo increíble. Empezó por sentir lástima de su esposo; pero se le ha hecho intolerable, repulsivo. Aquella aversión es más fuerte que su voluntad y que su disimulo; no puede vencerla. Físicamente Crispín le inspira horror. «¿Por-qué, Dios mío?», se pregunta. Nada sabe sino que al ver ese regocijo, ella sufre; al sentir el calor y la respiración de su esposo, de noche, en la cama, sufre. Á veces no puede contenerse y le da un empellón cuando él, panza arriba, la cabeza en las almohadas y la boca abierta, duerme y ronca.

—¡Jesús, Crispín!, no ronques tanto. No me dejas dormir con esa música.

Él se disculpa, se torna hacia la pared, se echa boca abajo, muerde un pañuelo de seda, hace cuanto puede por complacer, por no importunar. Pero nada. Vuelta á dormirse y al ronquido.

Brummel, por su parte, con su despego, la ha hecho andar una calle de amargura. Á la casa no ha querido volver.

—No pisaré nunca más el quicio de esa gente—le dijo.

«¿Será por no encontrarse con Eva, ó por no visitarme?», se pregunta María. Citas en iglesias, caminatas al Calvario, carreras en coche á extramuros, todo lo ha osado, á todo se ha expuesto la pobre mujer enferma de amor. En el hogar de aquella pasión han ardido todos sus escrúpulos, y se fundió hasta su orgullo de hembra.

Por fortuna, Crispín, anuente, en el regocijo de su paternidad, la permite salir con Juanita Pérez. ¡Ah! ¡Juanita Pérez ha sido su áncora de salvación! Ya no se distancia de Juanita.

Juanita Pérez es la amiga complaciente, la amiga pobre, la condiscípula, compañera de antaño, hoy huérfana, venida á menos; y que desdeñada de los hombres por fea, no por misérrima como ella se figura, tiene que coser para las amigas de la infancia, condiscípulas prósperas; y que suda la gota gorda para reunir los veinte pesos mensuales, alquiler de la casita por la Pastora.

Su hermana, la mayor, más fea aún, cose que cose, apenas sale sino á la iglesia. Juanita va por las costuras, hace las compras, reparte los encargos, ensaya á domicilio el traje de prueba. A veces pasa el día cosiendo en esta ó en aquella casa; y se aprovecha para almorzar; para llevar con disimulo, en la noche, un bocado á la mayor; y acepta para vestirse los trajes viejos ó usados de las relaciones pudientes, mitad regalo, mitad limosna. Ella sabe tornarlos nuevecitos y se emperejila con tales prendas; ó bien los vende como de su manufactura en los barrios bajos. Juanita Pérez es la amiga que sirve de criada y la criada que sirve de amiga. Goza reputación de honrada porque trabaja, no pudiendo hacer de otra suerte; de virtuosa, porque para delinquir es

menester de un hombre y ninguno la invita á pe-
car; de cristiana, porque alaba la caridad que la
ayuda á vivir, y porque asiste á misa por escuchar el órgano y gozar de ese espectáculo al alcance de todos los bolsillos, además de que
iglesiea porque es el templo quizás el único rincón donde codea de igual á igual á sus amigas
de antaño.

Por lo demás, el alma de Juanita Pérez es su-
midero de rencores: contra las hermosas, porque
es fea; contra las casadas, porque es virgen; contra las ricas, porque es pobre. Ella abomina de
los hombres porque la dejan en soltería; de la sociedad, porque se cree explotada; de la vida,
porque se cree víctima de la fatalidad. Espera de
buena fe que un día el Todopoderoso, redimién-
dola de las injusticias humanas, la hará ascender
al Empíreo, al coro de los mártires, ya bienaventurados, sin desvestirla siquiera, con los faldelli-
nes de acomodo y pingajos olientes á bencina.
Juanita Pérez es la víbora que inocula su veneno
en esta guisa:

—¡Fulana es tan buena! Este sombrero me le
regaló ayer. No creo un ápice de cuanto se le
achaca. ¡Pero ay, niña, debiera ser más prudente!

Y refiere una historia íntima; de las que ella
presencia en los interiores adonde la piedad le
da acceso, de las que ella presencia, ó adivina y
enrevesa á gusto de su torva intención.

Y Juanita Pérez fué el áncora de salvación de

María. Empezó por llevar y traer papelitos y
acordar citas en las iglesias, entre Julio y la mujer de Crispín. Aquella fué una romería de templo en templo. Hoy en la Pastora, mañana en la
Candelaria, el jueves en Altagracia, el viernes en
San José. Y no faltaron á Santa Rosalía, ni á las
Mercedes ni á San Juan. Cuando Julio se fatigó
de aquel amor oloroso á incienso, reducido al
platonismo de un beso, ó á la osadía de un apretón, detrás de un pilar, mientras Juanita Pérez
musitaba sus preces ante el Santísimo, fué Juanita la que iba por el coche para las escabullidas
al Portachuelo, al Empedrado, al Camino Nuevo. Y fué Juanita, la amable, la discreta, la indispensable Juanita, la que prestó voluntaria y ge-
nerosamente su cama y su casa cuando su hermana salía á compras, lo que ahora ocurría periódi-
camente dos ó tres veces por semana.

Aquello le reportaba mejor provento, con menos ajetreo que zurcir farfalás.

Juanita Pérez valía por un tesoro; y María la
mimaba, queriéndola con mezcla de gratitud y de
avaricia.

So pretexto de costuras, María obtuvo el que
Juanita pasase todos los mediodías con ella. Pero
la intimidad y los nexos fueron estrechándose, al
punto de que Juanita, con disculpa de acompa-
ñamiento á la soledad de María, ya no comía ni
dormía sino en casa de Crispín. Á éste se en-
cargaba de hacer creer la propia Juanita que todo

no era sino caprichos del embarazo. Crispín, aunque á regañadientes, cedía.

Como la aversión que le inspiraba su esposo era invencible, y como por una fidelidad *à rebours* María sentíase incapaz de engañar á su amante con su marido, ideó el que Juanita Pérez durmiese en el lecho nupcial con ella, relegando á Crispín al canapé. Las primeras noches el esposo protestó, se incomodó, no quiso; pero María insistió, gimió, invocó á los santos, jurando que su malaventura la haría abortar. Resignándose, con un beso en la frente, golosina rara para él, Crispín aceptó el extrañamiento al diván. Poco á poco fué acostumbrándose. Él mismo llegaba ahora á mullir su yaciga. Había que encoger las piernas en aquel maldito sofá; y no rebullirse ó tartalear mucho para no rodar por tierra, puesto el ancho de la otomana. Pero, ¡qué demontre! Aquello pasaría pronto. ¡Cuestión del embarazo! «Por las que pasamos los maridos», pensaba Crispín. No tardaría en llegar el querubincito. ¡Cómo no sufrir gustoso por aquel hijo suyo! El querubincito sería un libertador de tristezas, un redentor de infortunios, nuncio de paz, heraldo, lictor, bautista de la felicidad. En el amor del nene se encendería, más brillante que nunca y para no extinguirse, el amor de los esposos.

De vez en cuando doña Felipa lo increpaba:

—Crispín: ¿por qué no pones á la intrusa en la puerta de la calle?

Y suspiraba con amargura y amenaza:

—¡Ah!—Si yo estuviese buena, esa Juanita Pérez no estorbaría aquí cinco minutos más.

El mismo Crispín se desahogaba á veces en el seno de su hermanita:

—Esta mujer siempre en la casa; presente siempre. ¡Es atroz! Se ha introducido entre María y yo como una pared. No tener un instante á solas, ni de día ni de noche, para tratar uno con su mujer. ¡Es atroz!

—¿Por qué no la despides, clara, rotundamente?

—¡Es tan amiga de María! ¡Se quieren tanto!

Y luego, suspirando, añadía:

—De todos modos es terrible. Esa mujer me suprime porque sí, porque le da la gana, mis derechos, los derechos que la sociedad y la iglesia me acuerdan.

Eva no respondía. Pero á menudo mojaba su pañuelo, después de aquellas confidencias, alguna lágrima fraterna por la acrimonia, por el fraude, por el ridículo de que era víctima su hermano.

Y pensaba: "¡Dios mío! Si tú galardonas de tal suerte la virtud, yo reniego de la virtud. ¡Qué asco!"

¡Cuántas veces, ella que presumía la verdad, toda la verdad, quiso abrir los ojos de Crispín! "Pero, no; imposible. Equivaldría á matarlo. Él, que la cree una santa. ¡Pobrecito hermanito!"

Llanto de amor, de impotencia, de vergüenza y de rabia, empapaba la funda de sus almohadas en el silencio de las noches.

III

El padre Iznardi Acereto estaba haciendo furor entre la beatería de Caracas; y aun entre la gente mundana y despreocupada, sobre todo entre las mujeres, acaso por aquel espíritu de esnobismo, llamado antes novelería, que es uno de los soportes del carácter venezolano.

Era un hombre joven, de treinta y ocho á cuarenta años, alto, fornido, coloradote, los ojos aguzados y escudriñadores, detrás de sus espejuelos de miope; el cabello corto y negro. Parecía extranjero; y se adivinaba, con verlo, que el sol de los trópicos no le requemó ni curtió de joven la piel, dándole ese tinte bronceado, amarillo, bilioso, hepático, de los que habitan ó permanecen mucho en las regiones equinocciales. Partido á Europa desde la infancia, estudió en no sé cuál seminario la carrera eclesiástica; y el destino lo condujo á Holanda, donde corrieron sus mocedades, en ejercicio de su ministerio. Luego pasó á los Estados Unidos. Después de una estada de cinco años entre los yanquis se restituía al país de su origen.

En sus modales había gracia y desenvoltura varoniles, sin aquella untuosidad de palabras, de ojos gachos y de brazos en cruz del jesuitismo. Acaso la circunstancia de haber perdurado en pueblos protestantes, librándolo de las mentiras del balandrán, lo libró asimismo de muchas otras mentiras. No acostumbrándose el cuerpo, con el uso de la sotana, á los aspectos de santidad, su alma se mantuvo igualmente libre de ficciones y posturas convencionales, por aquella correlación que existe entre el interior y el exterior de las personas, que ha dado margen á toda una filosofía del traje.

Regresaba á su país sobre todo por el ansia de verlo, y con un plan de regeneración moral por medio de la fe. Era un hombre sincero, y acostumbrado, en su lucha de propagandista católico entre protestantes, á saber del triunfo por la perseverancia del esfuerzo.

Hasta su destierro llegaban al levita ecos de los desórdenes de la patria; y como la amaba con aquel sentimiento que se despierta por el terruño, aun entre los mismos que lo denostan, cuando no se vive en él, y no se oye de lejos sino el clamor de sus tristezas, creyó el padre Iznardi en la redención de su patria por la fe y vino á realizar el gran sueño de su juventud.

Como esos médicos de laboratorio que desdeñan el ponerse á curar bronquitis y gastralgias, por más altos quehaceres científicos, él se aficionaba poco á los chischibeos del confesonario y otras minucias de la carrera, cansado de haberse visto constreñido á practicarlos, y sintiéndose con alas para mayores vuelos, en más abiertos y azules horizontes. El oficio de confesor sobre todo le repugnaba. Beatas insulsas y pecadoras sin vergüenza no eran aliciente para su alma férvida, batalladora y ambiciosa, cuya caridad consistía, no en dar centavos ni consuelos de poca monta, sino en luchar las grandes luchas en pro de muy cristianos y altruístas ideales. La rejilla del confesonario le parecía á veces la rejilla de un albañal. Decididamente carecía de vocación para convertirse en letrina de orduras morales. Á otros esa cóprida delectación. ¡Cuántas veces, á su paso por los templos, evitaba como á chinches, á esas viejas pegajosas y rezanderas que lo espiaban detrás de algún pilar!

—Padre, yo quiero confesarme con usted.

—No puedo, hija, no puedo ahora—respondía malhumorado, escabulléndose.

¡Cuántas veces quemó, sin responder, el billete de alguna elegante pecadora que lo quería hacer confidente de íntimos deliquios!

Predicar, predicaba. ¡Cómo no, si aquel era uno de sus medios favoritos de persuasión y de propaganda! Predicaba sermones abrasados de fe, de fe y de patriotismo. No era un Bossuet, ni con mucho; pero á pesar de su acento un poco extranjero parecía elocuente, como que rebosaba de talento, de osadía y de convicción. Á sus oraciones asistía numerosa concurrencia. Iba á oírsele como á un tenor en moda. Sus prédicas, sin embargo, empezaron á inquietar al arzobispado. Aquel orador no se reducía á ponderar las delicias del Empíreo ni á siniestras pinturas del Averno, admirables para emocionar almas de cocineras y gañanes, sino que osaba á más, y hasta convertía el púlpito en escuela de ciudadanos.

Misa, rezaba algunas veces, á las cinco ó á las cinco y media de la mañana, en Catedral. Se le permitía decir misa, aunque no fuese cura parroquial; pero imponiéndole esa hora tempranera, casi casi en son de hostilidad. Los fieles afluían, no obstante. Llegaba apenas clareando á la sacristía; despertaba al monaguillo, amodorrado por allí, esperándolo, ya de roquete blanco y hopa purpúrea; calábase las vestiduras de oficio en un santiamén, y en un santiamén rezaba su misa.

Cierta mañana, á poco de iniciarse el santo sacrificio, aconteció una cosa tremenda.

La tierra sacudióse de súbito como el cuerpo de un corcel nervioso. Pasaron uno, dos, tres, cinco segundos y la tierra continuaba estremeciéndose. De los altares cayeron los candelabros; las imágenes rodaron por tierra, fracasándose; las briseras y cristales de las hornacinas retiñeron, rompiéndose. Las fieles echaron á correr, dando berridos:

—¡Temblor! ¡Temblor! ¡Misericordia!

Una vieja se desmayó. El monacillo, abrazándose con los Evangelios, rompió á llorar. No se oía sino este unánime alarido:

—¡Misericordia! ¡Misericordia!

Cuando los fieles desembocaron en la Plaza Bolívar, las puertas de las casas circunvecinas ya traqueaban, abriéndose; por los balcones se despeñaban racimos de gente. Del Hotel diagonal con la Torre salía una algarada indescriptible: juramentos, exclamaciones, súplicas: en francés, en inglés, en alemán, en español. Y dominando el tumulto, surgía de todas las bocas el grito de lamentación, de impotencia, de amparo:

—¡Misericordia! ¡Misericordia! ¡Misericordia!

En medio de la universal desesperación no faltaban las notas cómicas. Una tiple de zarzuela española, recién arribada á Caracas, sin darse cuenta de la magnitud del peligro, en medio del alboroto, salía del hotel á medio vestir, furiosa, diciendo:

—Tenéis razón, caramba: América para los americanos. Aquí no se puede vivir.

De todas las calles afluía gente, las caras de espanto, en greñas, á medio despertar, fantasmáticos; unos en camisa; otros en pantalones; estos con una capa echada sobre su desnudez; aquellos arrebujados en sábanas, pálidos, como visiones.

Las mujeres en bata, sin corsé, sin medias, sin zapatos; ó bien abrigándose apenas con una colcha, con una funda, con el sobretodo del marido, con lo primero que se encontró al correr; temblando, llorando, abrazándose con los hijos, con los hermanos, con los esposos.

Toda aquella multitud algarabienta y quejumbrosa congregábase en la plaza, en torno de la estatua del Libertador, apiñada junto á Simón Bolívar, como en los días trágicos de la patria, como si fuera él, Bolívar, el Libertador, nuestro padre, el único que pudiera salvarnos de todos nuestros infortunios.

De nuevo tembló la tierra. El clamoreo resurgió más agudo, más angustiado, más suplicatorio:

—¡Misericordia! ¡Misericordia!

Los soldados huían de los cuarteles; hombres, mujeres y niños, en nuevas olas humanas fluían hacia la plaza. No se divisaba sino un mar de cabezas desgreñadas, de sombreros apabullados, de ojos fuera de las órbitas, de rostros macilentos y desencajados. Y sobre toda aquella pavorida multitud el corcel del Libertador y la figura impertérrita de Bolívar, al viento la esclavina, el bicornio en la diestra, como en alguna entrada triunfal, como recibiendo en alguna de las capitales de América, bajo lluvia de flores, los homenajes y aclamaciones de áquella gente redimida por su espada. Ése era su pueblo, su pueblo magullado y dolorido, muerto de miedo como en 1812,

cuando irguiéndose el héroe en tribuna improvi-
sada sobre las ruinas y los diez mil cadáveres de
Caracas, en aquel doble terremoto de la tierra y
de las ideas, silenció al cura agorero esclavo del
rey, y galvanizó á la multitud con este grito su-
blime: "Aunque se oponga la Naturaleza, la ven-
ceremos; y habrá libertad y habrá república."

En andas, en vilo, sacábase de las habitaciones
á los contusos y á los heridos. De todas partes
seguía llegando gente. Ya no cabían más en la
plaza. Algunos gritaban:

—¡Al campo! ¡Al campo!

Entonces pudo verse una cosa épica. En la
puerta de Catedral apareció el padre Iznardi, revestido aún de la sobrepelliz, grande, coloradote,
impasible, solemne, como si no tuviera, ¡él, tan
fogoso!, nervios. Con dignidad heroica había terminado su misa. Había cumplido su deber hasta
el fin.

El alba teñía de rosas el cielo de Oriente.

IV

De tiempo en tiempo, el Avila rugía como un león.

Esa mañana la multitud invadía plazas y jardines públicos. La vida de la ciudad se interrumpió con el pánico. Los almacenes no abrían sus puertas; los vehículos no traficaban. Sólo en las boticas, en las imprentas y en el telégrafo agolpábase, estrujándose, la gente; pero no bien se oía el estrépito de una puerta al cerrarse, ó de alguna vigueta en desequilibrio que venía al suelo, cuando todos echaban á correr, en aspaviento, alocados, sin saber adónde. Salían á luz boletines y ediciones especiales de los diarios con noticias de toda la República. El público devoraba las nuevas de Maracaibo, de Valencia, de Cumaná, de Ciudad Bolívar, de Coro, de Barquisimeto, de La Victoria, de Mérida; en angustia los que tenían parientes por allá, todos esperando nuevas fatídicas.

De repente circuló una extraña noticia. En el Observatorio Astronómico flameaba una bandera

negra. Y corrió junto con un escalofrío de pavura, el anónimo y absurdo anuncio de que á las
doce estallaría un volcán en el monte Ávila.

Todas las miradas, en el colmo del espanto, se
dirigieron á los relojes públicos; pero los relojes
públicos se habían parado al estruendo sísmico,
en la hora de la catástrofe.

La gente se arremolinaba. Unos á otros se di-
rigían preguntas imposibles de responder. Las
mujeres empezaron á llorar. Y atropándose á la
puerta de los templos, clamaban de nuevo:

—¡Misericordia, Señor, misericordia!

Era precisamente la hora del medio día. Manos
invisibles, las manos del miedo, comprimían las
gargantas; apenas se respiraba. En ese instante
hubo otro sacudimiento de la tierra, y el Ávila
rugió como un león. Hasta los más serenos fla-
quearon. Todo el mundo creía llegada su última
hora. Y no se oía por todas partes sino el alarma
de la multitud, exhalándose en opiniones, en lágrimas, en rezos.

Ya nadie pensó más que en correr á los campos vecinos. Caracas salía en éxodo. Por todas
partes se veían braceros con bultos, mujeres del
pueblo con líos á la cabeza, carretillas con hama-
cas y colchones, parihuelas con baúles; y en aquella liorna, en manos de tan abigarrada emigración,
maletas, cofres, abrigos, tiendas de campaña, le-
chos portátiles, sillas de extensión.

El cielo estaba azul; la tarde serena, y el sol, el

radiante sol de Caracas, esparcía su alegre claridad sobre todos aquellos pavores en fuga.

De Rosendo se había recibido un telegrama:
"Aquí todos bien. Gran susto. ¿Y allá?" Telegrama lacónico, de palabras bien contadas y calcu-
ladas, cosa de que no costara sino el mínimum,
que no era Rosendo hombre á poner de lado su
tacañería innata por un terremoto de más ó de
menos. Como se le repuso en seguida que no
ocurrió novedad en la familia, se aventuró á preguntar, por otro despacho telegráfico: "¿Han su-
frido intereses?", temeroso de que alguna casa de
las del patrimonio común se hubiese derrumbado
en la capital.

Cuanto á Joaquín, vino personalmente á ver de
trasladar á *Cantaura* á su madre, á sus hermanos
Eva y Ramón, á María y á Crispín. Pero imposible. Cómo transportar á la anciana, tan achacosa,
casi inválida. Sobre que ella dijo:

—No me moveré de aquí. Es inútil que insis-
tan. En Caracas nací y en Caracas moriré.

María, encinta, era otro inconveniente. Eva no
quiso abandonar á su madre; y á Ramón se le con-
venció, aunque á duras penas, de que debía permanecer con la familia, en aquellas horas de alarma y de eversión.

Por fortuna la casa poseía uno de esos corrales
enormes de las viejas mansiones señoriales del
país, construídas en tiempos de la Colonia, cuando el suelo, por la rareza de población, valía

poco, y la fortuna pública estaba íntegra en manos de un corto número dirigente, de una oligarquía. Se convino, pues, en instalarse en catres en el corral, bajo techo provisional de colchas, para resguardarse del relente. Sábanas que pendían entre catre y catre daban aspecto de dormitorios independientes al gran dormitorio común.

Cuando menos se esperaba, la campanilla del teléfono sonó. Los nervios estaban á tal punto sensibles y alarmados, que todo el mundo se puso en carrera, sin explicarse por qué. Al fin, Eva acudió al llamato. Eran el doctor Luzardo y su familia, transidos de pavor, á quienes se les echaba la noche encima sin saber adónde guarecerse. Se les permitió venir, de mil amores. Ramón era uno de los más empeñados en que viniesen.

—El miedo entre muchos toca á menos—dijo, en tono de zumba; pero traduciendo, á pesar de la zumba, su más íntimo sentir.

Cuando ya los supo instalados y más tranquilos, Joaquín partió á tomar el último tren de Los Teques. La gente, apiñándose en las estaciones ferroviarias, se disputaba los billetes á puñetazo limpio.

Por concesión especial, los trenes hacían alto á cada momento, como tranvías, para desembuchar en cada hacienda, en cada quinta, y aun á campo raso, de trecho en trecho, racimos de personas.

Cuando Joaquín llegó á Los Teques serían las seis y media de la tarde.

En Caracas no quedaban sino los que se instalaron desde temprano en las plazas públicas y que se disponían á pernoctar en las alamedas.

A eso de las siete ó siete y cuarto la tierra tembló una vez más. La obscuridad añadía espanto á la catástrofe. Todos, Eva, María, Ramón, Crispín, Juanita Pérez, la servidumbre, hasta doña Felipa, hasta las Luzardo, todos, fraternizando en el espanto, dulcificados por el pavor, se agruparon en torno de una imagen en yeso de la Virgen de Lourdes, puesta sobre un velador, y empezaron á rezar, contritos y fervorosos, el rosario.

Se oía una voz de mujer, destacándose en el silencio, como una flecha dirigida al azul:

—"Padre nuestro, que estás en los cielos"...

Y luego rezongaba el coro, lleno de unción:

—"Dios te salve María, llena eres de gracia; el Señor es contigo"...

La blanca luna, en el claro azul de la noche, ascendía por el cielo, parecida á una hostia, como en los versos de Lamartine. Un perro aulló, á distancia. Todos temblaron, pavoridos, en silencio. Una sirviente dijo:

—Cuando los perros laten...

Pero no pudo concluir.

—Cállese usted; por el Santísimo Sacramento, cállese usted—la interrumpió el doctor Luzardo, presa de terror supersticioso, el acento y las manos en rehilo.

María se desmayó. Un sudor frío empapó su

rostro. Los circunstantes se inclinaron, ansiosos.

—No es nada, mi hijita. No tengas miedo—la decía Crispín, haciendo de tripas corazón, no menos asustado que los demás.

Y Ramón, el egoísta Ramón, que la abominaba, se puso á verter para la enferma gotas de serpentaria en el agua de un vaso.

Apenas recobrábase María, nuevo temblor, más violento, más prolongado, más espeluznante, hizo poner de pies á todo el mundo, y mirar á la derecha, á la izquierda, con ganas de correr y espantándose de aquel enjaulamiento.

—Cúmplase tu voluntad, Dios mío—pronunció el doctor, arrodillándose.

Y los demás fueron cayendo de hinojos, uno á uno, y murmurando á su vez:

—Cúmplase tu voluntad, Dios mío.

María, sin embargo, no cayó de rodillas, ni se resignó á rezar: "cúmplase tu voluntad, Dios mío", sino que, desmadejándose y retorciéndose, empezó á dar alaridos, y á llevarse las manos al vientre:

—Ay, me muero; me muero.

—¡Un médico!—suplicaron varias voces al mismo tiempo.

Y todas las miradas se clavaron en Ramón. Pero Ramón, transido de pavura, alelado, sin comprender, repitió como los demás:

—Un médico.

—Yo iré, mi hijita—voceó Crispín, en deses.

pero—. Yo iré por el médico. Yo, tu marido. Yo, que te adoro.

—Sí, Crispín, por Dios, un médico. Me muero.

Cuando Crispín se encontró en la calle la sangre se heló en sus venas. No había más luz que la del cielo, una clara luna que plateaba los edificios, dándoles un tinte sepulcral, y rielando en el pavimento. El pavimento, haciendo visos al claror nocturno, parecía un charco de agua.

Ni un alma, ni un rumor. Las calles se dirían más largas. La pavura se respiraba en la atmósfera. Aquello era una ciudad de cementerio. Los pasos de Crispín resonaron á distancia; y al eco de sus pisadas, en la ciudad silente y vacía, corrió por su espina dorsal el calofrío del pánico.

Allá, en el horizonte, el Ávila rugió como un león.

Crispín se detuvo un instante; se persignó; quiso rezar. Se agarró con ambas manos á un farol de la esquina; miró hacia el Norte; miró hacia el Sur; miró hacia el Este: por dondequiera la calle recta, solitaria, muda, sombría. Bajó la vista como para no ver la soledad; pero luego volvió á clavar los ojos en la noche, y de súbito, desasiéndose del farol, ignorante de lo que hacía, echó á correr sin rumbo, pávido, como un loco, por aquella ciudad desierta.

A lo lejos, el Ávila rugía como un león.

V

Aquello no era vida. Crispín ya no podía más.

Doña Felipa con sus achaques, María con un desequilibrio nervioso, á causa quizás de los temblores, y el primogénito, el recién nacido, que subsiste por milagro, á fuerza de cuido, de desvelos, de azares, entre riesgos, ¡qué vida!

Las noches las pasa en claro el pobre Crispín, con su hijo en los brazos, y despertando con precauciones, con mimos, á la regañona nodriza para que dé el seno al chiquitín. Este ni siquiera llora. Los pies y las manos, enormes para tan diminuto ser, se agitan en el aire, la boca hace una mueca dolorosa, y vuelta á caer en quietismo cadavérico. Cuando lo atetan, mama, chupa glotonamente, y luego echa un vómito blanco manchando el babero, la camisita, los cobertores. De sus ojos fluye un pus amarillento, como si el pobrecito mirase por dos úlceras. La boca la tiene *choreta*, y enorme la cabeza, como una calabaza.

Crispín toma al infeliz disforme en sus brazos,

lo llama querubín, arcángel, primor; le besa las mejillas, la torcida boca, los purulentos ojos. Se lo acuesta en las piernas, boca arriba, y con un gotero le vierte blanco líquido, gota á gota, en las cuencas; luego seca y limpia el trasparente licor con un algodoncillo, y trata de despegar aquellos párpados obstinadamente apretados. Ante la miseria fisiológica del pequeñuelo, Crispín se llena de piedad, de ternura, de desesperación. En cuanto entra del almacén, toma al niño, lo cura, lo besa, y lo llama su amor y le aplica todos los diminutivos de la lengua y todas las mimosidades del léxico. De noche, apenas encuna ó cede el hijo, lo coge de nuevo ó lo arranca otra vez de los brazos de la criadora, y lo carga, lo pasea, lo canta, lo arrulla.

Otra de sus tristezas consiste en que, según él, María carece de sentimiento maternal. ¡Cómo se indignó con una chanza de Rosalía, á propósito del angelito; chanza que obtuvo, no la reprobación, sino el aplauso de María!

Rosalía preguntó á su prima:

—¿Qué nombre le vas á poner?

Y la madre repuso:

—El del santo de cuando nació, quizás.

Buscaron en el almanaque. Había nacido el día de Santa Ana.

—¡Admirable! ¡de perlas!—exclamó Rosalía, con cara de regocijo—. Que se llame Ano.

Y ambas se desternillaron de risa.

Cuántas veces ha increpado Crispín á su mujer:

—¡Jesús, María! Tú no amas al pimpollito.

Los nervios de María se exasperaban:

—Mira, Crispín; no me vuelvas loca. Tú estás chocho. Yo no. Y no me recrimines por todo y á cada paso. Concluiré por ver en ti un verdugo y por abominarte.

—La verdad es que tú consideras al chiquitín como una basura. Y es tu hijo; es nuestro hijo. Tal como sea debemos quererlo.

Juanita Pérez terciaba entonces:

—Pero, Crispín. Considere; tenga paciencia. María está muy mal. Sus nervios...

En Crispín empezaba á despuntar un nuevo y desconocido sentimiento de repugnancia hacia su mujer, animadversión que él, sin embargo, no quería confesarse. Pensaba: "Si no quiere al chiquitín es porque tampoco me quiere á mí. Y ¿no me desviví yo siempre por ella? En el fondo es gran injusticia la suya, sobre que no querer á un hijo es monstruoso." Pero luego se decía: "No, no puede ser. Ella sufre. ¡Ay, esos nervios! ¡La pobre!"

Su mujer sufría, en verdad; sufría mucho. Sufría porque lo abominaba á él, al esposo; porque sus caricias, sus modales, su voz, su presencia, todo él le era intolerable; y sufría, además, por el abandono de Brummel, su grande, su verdadero, su único amor. ¿No la plantaba el perillán por una mujer con hijos, por una mujer mayor que ella, por la mujer de un soldadote brutal y oloroso á caballo, por la esposa del general Cabasús Abril? No hubo medio de retenerle. Se lo habían embrujado. Todos los billetes, todas las lágrimas de María fueron inútiles. Hasta la elocuencia de Juanita Pérez hizo fiasco. Aquella Remedios, con su nombre oliente á botica, debió de haber hecho uso de su nombre. ¿Qué pócima, qué filtro, qué menjurje le hizo apurar la hechicera? María no la llamaba en sus pensamientos y en sus conversaciones sino doña Remedios, en tono despectivo y burlón. Cayó enferma. Perdió el apetito. Se enflaqueció, empezó á quejarse de dispepsia, de flatulencia, de turbaciones gastrointestinales. Sus ojos adquirieron un brillo inusitado y su aspecto se tornó en ansioso y terrible, mientras la turbación de su alma se traducía por gestos bruscos y monótonos y por llanto sin razón aparente. De noche, apenas si dormía. El insomnio sentóse á la cabecera de su cama. Por su cabeza pasaban durante las horas de vela ideas tristes, ideas negras; se reprochaba á menudo el no querer bastante á su hijo ó el haber perdido el amor de Brummel, por parquedad de mimos. Tenía la culpa de su infelicidad. Debía morir. Estaba dispuesta á no sufrir las acusaciones de su conciencia. ¿Por qué no morir; por qué no matarse? La muerte sería menos amarga que su vida.

El doctor Tortícolis, llamado á consulta, explicaba muy serio, con su énfasis habitual:

—Es un caso de lipemanía.

—Y ¿qué es eso, doctor?—interrogaba el ma·
rido.

—Eso—decía el galeno, arqueando las cejas y
apuntando á Crispín con el índice—eso es, según Marcé, una afección mental caracterizada
por delirio de naturaleza triste y una depresión
que arriba á veces hasta el estupor.

—¿Y qué le damos, doctor? ¡Sufre tanto!

—¡Ah! Será menester un régimen. Sedativos
nerviosos é hipnóticos: bromuros, cloral, inyecciones de cocaína, según aconsejan Morselli y
Buccola; ó bien tintura de nuez vómica y láuda-
no, sin olvidar las duchas y los purgantes diarios,
como opinan Belle y Lemoine.

—Pero, ¿y usted qué opina?—preguntó el pobre Crispín, con la mayor ingenuidad.

—¿Yo? Pues... tónicos: quinina, hierro, cafeí-
na, kola, peptona; purgantes, lavajes metódicos
del estómago. Pero, mire, voy á extenderle más
bien una receta.

Sacó de la voluminosa cartera un lapicero de
oro, y sobre una lámina de papel timbrado con
su nombre, dirección y horas de consulta, escribió:

Clorhidrato de cocaína, 1 gr.
Agua destilada, 100 gr.
Para inyecciones hipodérmicas de 6 miligramos.

El doctor pasó la receta á Crispín, y sobre nueva hojita empezó á extender otra prescripción:

Vino de kola, 250 gr.
Idem quinquina, 250 gr.
Idem genciana, 250 gr.
Idem colombo, 250 gr.
Licor de Fowler, 10 gr.
Tintura de nuez vómica, 5 gr.

—Esto—dijo, extendiendo la receta á Crispín—para que se le dé un vasito dos veces por día: en almuerzo y comida.

Explicó algo más al marido, prometió volver pronto y salió taconeando, muy satisfecho de sí mismo, enfundado en su negra levita y con su cuello erguido más que nunca.

Pero María no mejoraba.

Crispín se dolía de los males de su mujer, á pesar de ser la primera víctima de aquella naturaleza en desorden. Todo lo pasaba, sin embargo. Lo que no perdonaba Crispín era el desafecto de María hacia la criaturita.

—Tú no comprendes—le decía—que mientras más desgraciado, más debemos quererlo.

Pero las objeciones del esposo la ponían fuera de quicio.

—Yo no comprendo nada, sabes, nada. Ni deseo que tú me vengas con filosofías. Quiérelo tú y déjame á mí tranquila. Yo lo quiero á mi modo, sabes, á mi modo. ¿O te crees tú solo capaz de cariño, de bondad y de rectitud?

—¡Pero, María, por Dios! ¡Esas maneras!

—Son mis maneras, sabes; son mis maneras. Y te casaste conmigo conociéndome de sobra. La que no te conocía esos aires de santurrón era yo. La engañada, la víctima soy yo. Así, clarito, yo...

Durante media hora no escampaba la lluvia de agravios. Crispín se fingía el sordo, el mudo, el tonto, se desesperaba, tomaba el chiquillo, y paseándolo nerviosamente, le canturreaba en voz alta para ahogar las vociferaciones de su esposa.

> Arrorró, arrorró, mi niño;
> arrorró, arrorró, mi amor...

La canturía y la fingida indiferencia exasperaban aún más á María, sorda á la prudencia, sorda á Juanita Pérez, sorda á la nodriza, que le decía:

—No se emberrinche la señora, que le hará daño.

Crispín continuaba, el niño en brazos, cantándole:

> Riqui, riqui,
> riqui, ran.
> Las campanas de San Juan
> piden queso, piden pan.
> Las de Roque
> alfondoque.
> Las de Rique,
> alfeñique.
> Riqui, riqui, riqui, ran

Una tarde llegó Crispín á su casa más temprano que de costumbre, pálido, inmutado, una gran amargura en el rostro. Había caído en sus manos un papelito anónimo contentivo de una alusión á la infidelidad de su esposa, papelito furtivamente deslizado en el escritorio de Crispín por alguna mano traidora y con la más vil y aviesa intención. Aunque la letra no se parecía á la de ninguno de los compañeros de oficina, Crispín achacó sin vacilar la ruin empresa á Schegell. Aquella asechanza, aquel golpe traidor, en la sombra, á cuanto él tenía de más caro, aquella repentina irrupción de fango que manchaba su nombre, lo inmerecido de aquella nueva desventura, quién sabe qué instinto dormido en su alma y en sus nervios lo movió, porque levantándose de súbito aquel hombre reflexivo y pacífico, sin esclarecer suposiciones, sin vacilar ni razonar, como un impulsivo, como un sanguíneo, como un violento, se enderezó á Schegell y le fulminó, sin decir oxte ni moxte, dos tremendas bofetadas. El cajero, sorprendido de la agresión, echó á correr: los demás empleados se apresuraron á intervenir, á pedir razones; todo fué un momento alboroto y confusión el templo de Mercurio. Crispín se negó rotundamente á dar más explicaciones que esta:

—Ese hombre es un canalla.

Así lo dijo también, sin añadir una jota, al mismo Perrín. Y todo el mundo pensó, dado el carácter del agresor, que se estaba volviendo loco, ó bien que alguna razón recóndita y de peso lo obligaba á aquel extremo.

Cuando llegó á su casa, ya desfogado, el temperamento de Crispín recobró su imperio; y aunque venía resuelto á interrogar á su mujer, cuando estuvo en presencia de María ¡no se atrevió! ¡Le pareció que sería ofenderla! Nò, aquello no era posible. La duda, sin embargo, empezó á roerlo; y fué una espina más que punzaba su corazón, ya tan maltrecho y lacerado. Ahora era él quien esquivaba todo parlamento con su esposa.

Á veces encunaba al chicuelo, ó lo ponía en brazos de la criadora; y se iba sudoroso, rabioso, desesperado, hacia el interior de la casa, á los apartamentos de Eva y de doña Felipa. Pero allí la cosa no era mejor. La vieja se debatía furiosa, maldiciendo, asegurando que sus hijos todos eran unos pillastres, malagradecidos, y que la estaban matando á disgustos.

Era su cantaleta habitual.

Los caserones de Ramón se derrumbaron con el terremoto. Perrín vociferaba que Ramón, en vez de emplear materiales y obreros buenos para la fábrica, hizo una porquería y procedió como un pillete para embolsarse lo ajeno. De ahí el fracaso. Demandado Ramón, ya el tribunal había elegido una comisión de experticia.

Perrín venía desazonado desde el comienzo. La ganancia inicial iba á consistir en el producto del contrabando que se introdujera con los materiales, cuya exoneración de derechos acordó el Gobierno, en obsequio de aquella obra de utilidad pública. Pero el contrabando fué descubierto y apresado por la Aduana, lo que ocasionó las primeras desilusiones. La exoneración de los derechos arancelarios fué suspendida. Ahora las casas se derrumban.

—¡Ah, no! ¡Caramba! ¡Eso no!—gritaba Perrín.—Yo no estoy dispuesto á dejarme estafar por un gandul.

Perrín se olvidaba de la Biblia, á pesar de ser protestante, y de que con la vara con que mides serás medido.

Había demandado á Ramón y á su fiador solidario y principal pagador, es decir: á doña Felipa. Aquello fué la de Dios es Cristo. Joaquín y Rosendo corrieron á Caracas, á cual más furioso; é increpaban con rudeza ya á Ramón, ya á la vieja.

Joaquín argumentaba, cejijunto:

—Pero, mamá; lo que usted ha hecho es ilegal, es horrible, es monstruoso. Usted nos arruina. Ni usted ni Ramón tenían derecho para disponer de lo ajeno.

Rosendo afirmaba que en cuestión de intereses él no reconocía familia.

Y agregaba:

—Yo no he pasado mi vida en el monte, trabajando como un peón, para que mis hijos se mueran de hambre por las chocheras de usted, mamá, y los chanchullos de Ramón, que vivió siempre en Caracas como un millonario, sin alzar un dedo ni saber lo que significa sudar el pan que uno se come.

Tanto Joaquín como Rosendo regañaban á Eva y á Crispín, sobre todo á Crispín:

—¡Cómo es posible —le interpelaban, asombrándose—, cómo es posible que tú, viviendo en Caracas, bajo el mismo techo que mamá, hayas tolerado ó no hayas impedido este desbarajuste!

—Pero, ¿creen ustedes que mamá rinde cuentas á nadie? Ustedes la conocen.

—¡Se necesita ser bien memo!

Eva, cuando se la interrogó, dijo:

—Solía ver á Ramón en secreteos con mamá. Pero, ¡cuándo iba á suponer! Además, yo no reclamo ni exijo nada para mí.

—Ni yo tampoco—expresó Crispín.

—En lo que hacen muy bien ambos—afirmaba Rosendo—. Ustedes no tienen derecho á nada, pues no supieron vigilar los haberes comunes. Es natural que el descuido de ustedes los perjudique á ustedes; y no á quien, como yo, ha pasado su vida trabajando más que un burro.

Ramón se contentó con negar la palabra á sus hermanos. Se envolvió en su mutismo como en una toga, ofendido.

La vieja decía:

—No culpo á Ramón. El negocio era bueno. Yo no hago ni entro en tonterías. Mala suerte: he ahí todo. Además, mi deseo era ganar dinero para ustedes. Yo estoy más muerta que viva. Lo que se hubiera ganado sería para ustedes. Si hay pérdidas no se quejen tanto, pues.

Y con gesto de acritud añadía, volviéndose á Crispín:

—Todos saben cuánto he hecho por éste. Desde bien temprano lo coloqué en casa de Perrín para que llegara un día á asociársele. Pero él no ha sabido abrirse paso, ni medrar. La culpa no es mía. Si Crispín fuera socio de aquella casa, muy distinta sería la situación.

—¡Pero, mamá, por la Virgen del Carmen, no sea usted injusta!—altercaba Crispín, defendiéndose—. Yo no he hecho en mi vida sino trabajar. Fíjese, además, en que desde que usted cayó enferma soy yo quien sostiene la casa.

—Es cierto—ingirió Eva—. Además, Crispín ha sido siempre muy generoso con todos nosotros, sobre todo conmigo... y con usted, mamá.

La vieja, sintiéndose vencida, no quería escuchar una jota más y cerraba el palenque.

Terrosa la color, extenuada, marcándose en el cuello enflaquecido las cuerdas nerviosas de la garganta, doña Felipa, con sus ojos orbiculares de amarillentas escleróticas y con su nariz judaica, cuya punta se encorva hacia la barba, ya sin dientes la boca, parecía un ave de rapiña: no un gerifalte, un neblís ó un cóndor, sino más bien un gavilán ó una lechuza.

—Todos—aseguró, por último, la vieja—son culpables. Si hay pillos, lo son todos por igual. Rosendo y Joaquín, ¿desde cuándo no rinden cuentas ni envían fondos? Todos son malagradecidos y me están matando á disgustos.

VI

La popularidad, la nombradía del Padre Iznardi Acereto pasó bien pronto.

> ¿Qué fué sino verdura de las eras?

cantaría el poeta Jorge Manrique; ó bien Garci-laso:

> ¿Qué más que el heno, á la mañana verde,
> seco á la tarde?

Sic transit gloria mundi, diría el doctor Luzardo, con uno de sus más sobados latines.

El clero le juró guerra á muerte. Las damas de sociedad no encontraban en aquel sacerdote el elegante y *lozano* presbítero que imaginaron. La beatería popular lo abominó, inducida por la baja clerecía. Lo cierto es que el religioso, descorazonado, vencido por el medio ignaro y hostil, terminó por abrigar la idea del regreso al extranjero, donde se había criado y adonde se iría á enterrar, con sus huesos, sus sueños irrealiza-

16

bles de regeneración patria por medio de las doctrinas del Crucificado. Sus ilusiones estaban en derrota. Esta gente vanidosa, frívola, egoísta, sin asomos de simpatía ni de comprensión por ninguna alta empresa moral, no eran los bueyes con que pudiera ararse, para luego semillar, el erial natío. Nadie tenía confianza en nadie. Ninguno se empeñaba en un propósito cuyo beneficio no fuese inmediato. Sus compatriotas le parecían plantadores que no sembrasen sino arbustos, de cuya mezquina utilidad se aprovecharían bien pronto; y desdeñosos de los grandes, nobles y productores árboles, que mal pudieran crecer ni prosperar por ensalmo, de la mañana á la noche.

Las Luzardo lo habían introducido en casa de las Linares. Allí conoció á Mario, con quien hizo excelentes migas, á pesar de la disparidad de opiniones. Mario le producía la impresión de un botarate que malgastara su fortuna de la manera más infructuosa. ¿Por qué derrochaba Mario su caudal de energías, su almacén de ingenio, su acopio de ideas, en vanas y estériles charlas? ¿Qué enfermedad de la raza, qué morbosismo del terruño influían en aquel hombre, como en tantos otros, para impedirle canalizar, en propio bien y en bien de su semejantes, ninguna idea? ¿Por qué se amodorraba en la inacción, como si no tuviera músculos ni cerebro?

Solía concurrir después de medio día á las habitaciones de Mario—en el segundo piso de la

casa, al fondo, independientes—, donde iban á
tertuliar varios jóvenes casi de diario.

Caían las piezas á una azotea, desde la cual se
divisaba todo el Este de la ciudad; y más lejos
aún, la Silla de Caracas: en las laderas, verde, y
hacia la cúspide, azul, con su turbante de nebli-
nas al amanecer; los estribos del Ávila; chorreras
de agua avileñas que chispean al sol; casa-quin-
tas blancas, entre arboledas; el antiguo Lazareto;
las ruinas de Sarría; el Ferrocarril Central, y fa-
jas de carretera polvorienta, la carretera de Petare y Los Dos Caminos, bordeada de haciendas
y cafetales que desaparecen bajo los guamos de
flores blancas y los búcares de flores rojas.

Esa tarde se presentó el padre Iznardi Acereto
á la tertulia más desordenado y alicaído que de
costumbre. No estaban allí con Mario sino Esteban Galindo y Lucio de la Llosía, ambos muy jóvenes, entre veinte y veinticinco años.

Lucio, escribiente en un ministerio, al cual no
asistía con fijeza más que el quince y el treinta de
cada mes, á cobrar el sueldo, publicaba en los
diarios y en efímeras revistas versos y poemas en
prosa, con bastante sentimiento del arte y un nimio y vano amor de la levedad, de la gracia, de
la aquitectura verbal. En él las ideas se traducían
por sensaciones; era bueno lo que le agradaba y
malo cuanto no se acordó con sus nervios. Con
este pensar, escasa lectura y corto conocimiento
del mundo, sus filosofías eran muy epidérmicas y

de tan susceptibles cambios como sus nervios.

Esteban Galindo, más joven, pero más amigo de hondos pensares, no era escritor, sino estudiante de Derecho, ya para graduarse de abogado. Al revés de sus condiscípulos y de la generalidad de los abogados venezolanos, que fuera de los Códigos lo ignoran casi todo, Esteban Galindo cultivaba al par de su Derecho, y por su propia cuenta, estudios de Letras, de Etnología, de Sociología, de Historia, y estaba dotado, no sólo de talento, sino de una agilidad y travesura de espíritu increíbles.

—Vean ustedes—empezó el padre Iznardi, para disculpar su abatimiento—; se trata en el arzobispado de una propaganda á objeto de erigir en la cumbre del Ávila una imagen colosal de la Virgen.

—Y ¿eso le disgusta, padre?—inquirió Mario—. La idea es admirable. Ya había pensado yo en una estatua de Bolívar, de Miranda ó de Sucre en tal sitio; con más: una ciudad en la cumbre, una estación de salud y de placer. Que erijan á la Virgen, bien; pero que sea una obra de arte, no un mamarracho. En mi concepto no hay más que dos escultores modernos capaces de salir airosos de su empresa: Rodin y el belga Meunier.

—No se trata de eso, amigo mío. Usted anda por los cerros de Ubeda. Se trata del procedimiento á emplear con aquel fin.

Y el padre Iznardi explicó el proyecto clerical

de hacer una petición al Gobierno, firmada por
ex presidentes de la República, ex ministros, ministros en ejercicio de funciones; con más, caballeros y señoras de lo más granado, recomendan-
do al Ejecutivo, en nombre de la piedad social,
la erección de ese monumento.

—Pero el Gobierno—dijo Esteban Galindo—
los enviará á paseo.

—Lo mismo opino yo—repuso el sacerdote—.
Por esa y por otras razones propuse que se hicie-
ra la propaganda y la colecta entre los fieles. En
esa forma los buenos católicos que haya en el Gobierno podrían contribuir como particulares con
su dinero y con su nombre. Lo que serviría de
estímulo á otros. Ese procedimiento serviría, además, de termómetro para indicar á cuánto sube
la fe. De qué sea capaz el catolicismo nacional
nadie lo sabe; nunca se ha puesto á prueba. ¿Por
qué exigirlo y esperarlo todo *de arriba?* ¿Por
qué no contar con nosotros mismos? ¿Á qué sino
á la iniciativa individual de la Iglesia, sin asomo
de apoyo gubernamental, se deben las florecien-
tes colonias católicas de los Estados Unidos y
Holanda? Me han tildado de soñador. Me han
dicho claramente que mi ausencia del país me in-
habilita para cualquiera intromisión en la política
eclesiástica.

—Usted, de veras, quizás no conozca bastante
á Venezuela, padre—opinó Lucio de la Llosía—.
Esto es una pocilga. Convénzase.

—Puede ser, amigo mío: no conoceré á mis paisanos, en especial; pero conozco un poco el mundo, á los hombres. En el fondo de esta petición extemporánea lo que hay, créalo usted, es egoísmo artero y personal, mera baja política.

—Entonces, ¿usted no cree en la buena fe del clero venezolano?

—Pero si aquí, en rigor, no hay clero. Se carece de vocación, de fe. Observe usted: no existe un solo nombre de familia patricia en las personas del clero; no existe un solo varón eminente por la piedad, por la elocuencia, por el saber. La mayoría la constituyen mulaticos y gente de escalera abajo, que se ordenan para ascender socialmente, no por fe.

—Entonces, si el clero carece de piedad, ¿quiénes son las gentes piadosas?

—Pues los fieles...—respondió Galindo, con sorna. ¿Cómo quieres tú, Llosía, que los clérigos sean curas y creyentes, cómicos y espectadores, pastores y ovejas?

La sonrisa con que lo dijo quitaba toda amargura á la intención. El mismo padre Iznardi tomó á chanza la salida. Mario terció.

—La pregunta de Llosía—dijo— vale la pena de una respuesta. Un momento. Voy á darles mi parecer.

Hacía calor. Se inclinó sobre el muro de la azotea, y formando una bocina de las dos manos gritó á la sirviente:

—Fulana: sube un jarro de agua con hielo.

Luego, regresando á los amigos, se expresó así:

—Venezuela, desgraciadamente, es un país sin fe, no ya religiosa, sino carente de fe en cualquier orden de ideas. No se tiene fe en los principios, ni en los esfuerzos, ni en los hombres, ni en nada La suspicacia es aquí monstruosidad de que ninguno se espanta, porque todos la padecen. Como en un país de lázaros nadie se espantaría de las carnes agarrotadas, corroídas y purulentas de nadie. Y esta suspicacia, esta mutua desconfianza nos conduce á un individualismo propio de tribus bárbaras. La raza española pura se distingue, entre otras cosas, porque se paga mucho de viejas palabras y de las ideas que un tiempo fueron anexas á esas palabras. Las palabras no son inmutables; pero evolucionan más paulatinamente que los sentimientos y las ideas. El concepto del honor, de la religión, de la guerra, es hoy mucho más lato que en el siglo XVII, pongo por caso, aunque la palabra, permanece la misma. Así de ese apego á las vanas palabras deriva en mucha parte el conservantismo de los españoles.

—¿Adónde diablos te engolfas, Mario?—interrumpió Esteban Galindo. Tú también te pagas de las palabras, como nuestros abuelos de España, no ya de su sentido, sino de su música. Eres un gárrulo, á la española.

—Por favor, Estaban, déjame concluir.

—Bueno; pero no pontifiques. Mira que te pareces al doctor Luzardo.

—Pues bien—dijo Mario, con fuego—, quiero manifestar que nosotros, en cierto modo, ya no nos parecemos ni siquiera á España, sino á los salvajes. ¿Entiendes? A los salvajes. No tenemos memoria nacional, ni para el bien ni para el mal: cosa de salvajes; somos más supersticiosos que crédulos: como los salvajes; somos de un individualismo feroz, como los salvajes, y nos devoramos en guerras canibalescas: como los salvajes. ¿Entiendes?

—No, tú no ibas á decir eso. Ibas á probar que en Venezuela no hay fe en nada.

—Es verdad. Pero tu interrupción me hizo perder el hilo.

—Bien, explícate... aunque sea como los salvajes.

Todos se sonrieron. Mario prosiguió:

—Caracas—dijo tecleando sobre las rodillas del padre Iznardi—, por superficialidad, por el influjo del librepensamiento militante, por el contacto con el exterior, por la sucesión no interrumpida durante treinta y tantos años de gobiernos liberales, quién sabe por qué, es una ciudad escéptica en la más alta acepción de la palabra.

—Cosa deplorable—expresó el padre Iznardi Acereto.

—Deplorable, sí, señor. Los campos y villorrios, por primitividad, por ignorancia, por incultura,

son descreídos en materia de religión, ó más
cierto: indiferentes al culto. Quedan las ciudades
de segundo orden, como Valencia y Maracaibo,
que son los verdaderos focos religiosos del país,
lo mismo que algunos pueblos remotos del mar,
como Mérida, en la cima de los Andes, donde se
conservan íntegras muchas costumbres é ideas de
las primeras décadas del siglo XVIII, lo mismo
que en ciertas provincias de nuestra vecina Colombia. Coro, la muy noble y leal en tiempos
coloniales, tiene ahora una población casi toda
judía: la semilla católica no prospera en tal medio, como es de suponerse. Y por lo que respecta á Ciudad Bolívar, es un antro de merca-
chifles corsos y alemanes de la peor ralea, que
no adoran ni tienen más ideal sino el becerro
de oro.

—¡Cómo nos pintas!—exclamó Lucio, el poeta
de fruslerías y levedades japonesas en prosa y
verso, que no pensó nunca en los problemas nacionales, como si habitara en la luna.

—Nos pintó como somos, querido Llosía;
como somos.

El padre Iznardi, con sincera pesadumbre, suspiró.

—Sí—dijo—, somos muy desgraciados. Usted
tiene razón: aquí no se cree en nada. Aquí se
ríe todo el mundo de los más nobles entusias-
mos. En Caracas, lo único en Venezuela de que
yo puedo hablar, la sonrisa y el chiste—el mal-

dito chiste, mejor mientras más vulgar—son la
ducha que aterida los propósitos más puros, más
altos.

Para asentir á la opinión del sacerdote, preguntó Mario:

—¿No recuerdan ustedes cómo se rieron con
carcajada homérica en Caracas, años atrás, cuando cierto personaje anduvo de pueblo en pueblo
haciendo la propaganda de su candidatura á la
Presidencia de la nación, por el medio pacífico
de discursos é inocentes comilonas?

—No tan inocentes sus ágapes ni sus perora-
tas—insinuó Esteban Galido—. Iba preparando
sotto voce, la guerra.

—Muy bien hecho—soltó el poeta de las ánforas y otras bujerías, deseoso de dar su nota
personal, como si se tratara de un *Pequeño poema en prosa*—. Muy bien hecho. Yo soy partidario de la guerra. Por la paz, en las democracias,
no llegan al poder sino los zarandajos, los aduladores, las medianías, ó las francas nulidades como
Ignacio Andrade.

—Es verdad—dijo Mario—. Y por la guerra
no arriban sino los desalmados y los bandidos.

—¿Cómo...?

—Como nadie... No especifico. Al contrario,
pienso que hoy Castro, lo mismo que ayer Guzmán, no son de lo peorcito.

—Di tú que con esos hombres en el Poder es-
que Venezuela ha sido más respetada.

—Sí, señor—añadió el irónico Esteban Galindo—: la agresión italo-anglo-tudesca de 1902 fué una gran prueba de respeto dada al país.

—Pero, ¿qué consiguieron? ¿Crees tú que con Andrade ó Rojas Paúl en el Capitolio hubiéramos salido mejor librados? Ya ves hoy á las potencias haciéndole zalemas á Castro y tratando de conseguir con genuflexiones lo que no pudieron obtener con amenazas.

—Lo cierto es—dijo Mario—que ahí están los yanquis, á la puerta: *con su intención como una garra*, según el verso de nuestro amigo Carías. Y si no abrimos ojos ellos nos enseñarán, á pesar nuestro, á tener fe... Por lo menos en el músculo y en el dólar.

—Es terrible—suspiró el padre—; pero si continuamos en guerras canibalescas y en apatía fatalista, así será. Ya lo dijo un paisano nuestro: los ríos son de quien los canaliza y navega; las tierras de quien las ara y cultiva.

—La culpa es del clima, de la raza.

—No, por Dios, no—dijo el padre, desolado —. El clima es cien veces más hostil en el norte de Europa que en el centro de América. Si ustedes vieran fabricar una casa en Amsterdam ó en Haarlem, pongo por caso, sabrían lo que es esfuerzo y lo que significa triunfar sobre la Naturaleza. Lo primero que hay que fabricar es el subsuelo, que no es tierra, sino un barrizal inmundo y deleznable. Supónganse. Y por lo que

respecta al frío, ¿no se le ha burlado? ¿Por qué
no se burlaría el calor entre nosotros? ¿No lo
hicieron ya los árabes en Granada y en Córdoba,
por medio de palacios umbríos, con surtidores y
palmeras? Si en Europa hay caloríferos, ¿por
qué no habría en América refrigeradores?

Esteban Galindo no pudo contenerse y echó á
reir ante el entusiasmo del cura por los refrigeradores de soñación y por los palacios moriscos.

—He ahí la risa caraqueña de escepticismo—
indicó Lucio de la Llosía, no menos sonreído é
incrédulo.

La charla iba á tomar giro menos empingorotado y sociológico; pero la irrestañable garrulería
de Mario no quiso perder la ocasión de ahondar
un poco más en temas tan de su agrado.

—La cuestión raza—insistió Mario—es mucho
más grave, á mi ver. Es el gran problema del país.
No hay unidad de raza, y, por consiguiente, carecemos de ideales nacionales. No contemos á los
mestizos, en quienes predomina ya un elemento,
ya otro; elementos que la educación morigera ó
desarrolla, según los casos. Pero de tres venezolanos, blanco, indio y negro, dígase: ¿cuál es el
lazo de unión, aparte el de la lengua y el de la
nacionalidad? Los ideales son distintos en cada
uno: lo mismo en arte, que en política, que en
todo. Carecemos de alma nacional.

—Es muy cierto—aseveró Galindo, quitando
la palabra á su amigo—. Por eso yo me río de

ciertos pujos de progreso: de los pujos guberna-
mentales por fabricar acueductos, tender puentes
y erigir monumentos. En cambio, se ocupan poco
de la instrucción, y nada ó casi nada de la inmigración. ¿A quién preocupa, además, el predo-
minio ó la desaparición entre nosotros del tipo,
la sangre y los ideales caucásicos? Puentes, acueductos y monumentos los destruirá la ignorancia
criminosa en la primera revuelta. ¡Y otra vez á
construir en los paréntesis de paz! ¿Se empuja
así al país hacia adelante? ¿Y la gente? Como en
cada guerra civil mueren muchos, los mejores,
los más valientes, la flor de la raza, va restando
lo incoloro, lo enteco, lo pacato, lo cobarde, lo
ruin, lo enfermizo, lo nervioso, lo anémico, lo
insignificante. ¡Y haga usted calzadas y puentes
y ferrocarriles! ¡Y viva el progreso! ¡Y viva la
patria!

Desde la azotea, como para subrayar la amarga
ironía de Esteban Galindo, se percibía en lonta-
nanza una leve columnita de humo, en la serena
tarde, azul y dorada. Era el ferrocarril del Este
que corría allá, muy lejos, en carrera tendida
hacia Petare. Lucio de la Llosía, salido á fuera, á
respirar el ambiente puro, cansado del aire apes-
toso á cigarro de la habitación donde se parlo-
teaba, quiso apuntar el telescopio al horizonte;
pero no pudiéndolo manejar con la destreza con
que manejaba consonantes, tomó un anteojo de
larga vista, siempre á mano para gozar del bello

paisaje, y se puso á seguir con el anteojo el vuelo torpe, como de avutarda, del ferrocarril.

El tren avanzaba por la planicie. Las esmeraldas del Ávila, claras hacia las cimas, heridas aún por el sol de la tarde, tornábanse obscuras malaquitas en laderas y quebradas. Al abrigo de unos raquíticos y asoleados bambúes, allá, lejos, se distinguían figuras, cerca de la estación: era un grupo de señoritas y mancebos elegantes que jugaban al *lawn-tennis*.

Más arriba, por una vereda, rumbo al monte, subía una negra, las faldas arremangadas, los pies descalzos y un haz de chamiza á la cabeza.

Ya era tarde. La parlería duró mucho. El padre Iznardi se dispuso á partir.

Con melancólica amabilidad, al despedirse resumía sus ideas de regeneración patria diciendo entre consejo y chanza á sus amigos:

—Ya saben: lo primero, abandonar la indiferencia, la cruel y estéril rechifla, creer y enseñar á creer en Dios. Que nuestro pueblo tenga fe en el Altísimo. La fe en los hombres, en el propio esfuerzo y en la felicidad vendrá después.

Y Esteban Galindo, sin poder contenerse, rezongó:

—Amén.

VII

Perrín era inexorable con Ramón y doña Felipa. Y la inexorabilidad del filistino constituía una de las mayores tribulaciones de Crispín. Nunca le habló una jota el comerciante de aquel embrollo; pero el dependiente imaginaba que Perrín no debiera llevar las cosas tan á punta de lanza, tratándose de la madre y del hermano del mismo celoso y fidelísimo servidor á quien antaño bautizó con justicia: «el hombre de hierro».

Doña Felipa y Ramón tildaban á Crispín de sinvergüenza y de bobalicón porque no dimitía el cargo, separándose de Perrin y C.ª ¡Pero qué difícil, cuán dolorosa tal deposición! ¡Equivaldría á trastrocar su vida! ¡Se había connaturalizado por tal suerte con sus hábitos de servidumbre! Su naturaleza misoneísta se horrorizaba á la mera idea de un brusco cambio de existencia. Y ante el pensamiento de sentirse fuera de aquella jaula comercial, ensayando las propias alas, en el espacio abierto, lo invadían temores de ignotos peligros.

"Además—pensaba—¿no estamos al borde de
la ruina? ¿Cómo escoger este momento para renunciar á lo seguro por satisfacer nuestra vanidad?
¿No he contraído yo un compromiso ante Dios y
ante la sociedad, para con mi mujer y mi hijo?
¿Qué derecho tengo de, por vanidad, exponer el
sosiego de la una y el porvenir del otro? Por
otra parte, ¿no es á mi madre y á mi hermano á
quien ese hombre demanda y enjuicia? ¿Qué hacer, Dios mío? ¿Qué partido tomar? ¿Resolver-
me? ¿Y si yerro? Aparta, Señor, de mis labios
esta nueva copa de cicuta."

Acerbo debía de ser el trago en realidad para
Crispín. En su corazón cundían sentimientos encontrados: el de satisfacer á su madre y á Ramón,
renunciando á toda concomitancia con el perse-
cutor de aquellos seres queridos; el de apego invencible á la casa y á las ocupaciones en que
transcurrió su juventud; el temor de comprometer
con una intemperancia ó ligereza de carácter el
porvenir de su mujer é hijo; y, por último, un sentimiento de punto ó de vanidad. ¿No afirmaba
Schegell que la dictadura de Crispín en el almacén—eran sus palabras—estaba en vísperas de
expirar? Lo cierto es que Perrín, cuando no le
tocase el asunto de Ramón, descubría un ápice
de desvío del antiguo factotum. No lo llamaba
tan á menudo, á propósito de cualquier cosa,
como antes. Otro timbre—el correspondiente al
empleado de inmediata inferioridad á Crispín,

en el escalafón de la casa—, empezaba á resonar con frecuencia. ¿Sería que Perrín adiestraba á un probable sucesor, á un futuro hombre de hierro? Schegell aseveraba que sí. Crispín empezó á ver con ojeriza al émulo, y llegó á tanto la cosa, que en el almacén se formaron dos partidos: los crispinistas y los parciales del probable sustituto, capitaneados por Schegell.

Aquellas eran cuestiones de honrá para Crispín. ¿Cómo abandonar, pues, la casa?

Y sin embargo...

Sufrir, sufría, por el conflicto entre sus deberes, porque era menester pensar en el trance ingrato, porque debía tomar resolución, y él no estaba acondicionado á resolverse.

Ya no esperaba el crepúsculo. Al sonar las cinco, junto con todo el personal salía del almacén, la cabeza como un volcán, cojitabundo, inquieto. No iba á su casa directamente, sino que ascendía de la esquina de La Francia al Principal, calle derecha hasta la Santa Capilla, hasta Mijares, hasta las Mercedes, iglesia y Virgen de su devoción y preferencia. Penetraba en el templo, y allí, en la penumbra, en la soledad, arrodillándose, rezaba con fervor, implorando á Dios la salud de su hijo, la salud de su madre. Pedía al Señor asimismo que tornase de ríspido en dulce, el tornadizo carácter de María, y para él menos fragosa la cuesta, y de no tanta ponderación la cruz de la vida.

Luego, al anochecer, volaba á su hogar. Su placer consistía siempre en tomar al chiquitín, curarlo por sus manos, calentarlo á su pecho, y mecerlo y arrullarlo como estuviese el chiquillo impertinente. Á pesar de los achaques, el niño se aferraba á la vida. Ya gruñía como un porquezuelo. Cuanto al solemne doctor Tortícolis, cuando se le interrogaba movía la cabeza con gesto dubitativo ó de evasión.

—Pero bien, doctor, ¿vivirá?—inquiría Crispín con el mismo desasosiego de los primeros días.

—Ya usted ve: va viviendo. Es un milagro; pero se cumple.

—¿Y qué será menester, doctor, para que viva?

—Pues... que no se muera.

Y como la brutalidad de la respuesta llenaba de pesadumbre al pobre Crispín, el médico, humanizándose, añadía:

—Se ha hecho cuanto indica la ciencia. Se le ha aplicado para la oftalmía el agua blanca; para la fiebre, antitérmicos en proporciones dosimétricas; para la diarrea, salol, tannalbina, y hasta pensé un momento en lavados intestinales con agua noftalada. Ya usted lo ve mejor. En último caso recurriríamos á la dieta hídrica.

Crispín, desentendiéndose de la habitual fraseología del gran Tortícolis, le imploraba, en angustia:

—Sálvelo, doctor, por la Santísima Virgen. Yo no soportaría ese golpe.

Y clavando los ojos en el pequeñuelo, é ima-
ginándoselo tendido exánime, entre cirios, dentro
de blanco ataúd de raso, angustiábase al punto
de que el dolor asomaba en perlas á sus pupilas.

—¡Oh, no! Sería muy cruel. Yo no soportaría
ese golpe; imposible.

No se le había podido bautizar.

—¿Cuándo lo hacemos cristiano, doctor?—interrogaba Crispín.

Pero el médico se oponía al remojo.

—No hay que pensar en eso, por ahora. Más
tarde.

Y luego, apeándose de su solemnidad, añadía:

—Vale más pagano vivo que cristiano muerto.

María no sacaba ahora la cabeza fuera de las
habitaciones ni para comer. Rosalía y doña Josefa solían venir á verla, aunque no con la frecuencia de antes, huyendo el contagiarse de murria
en aquella mansión de infelicidad. Juanita Pérez
era la única fiel, la sola que soportaba con servil
paciencia, y á trueque de un mendrugo y de una
pitanza, la acrimonia de María. En calidad de
compañera asalariada, más bien *nurse* que amiga,
sufría las asperezas de la enferma. Su hermana
mayor tuvo que hacerse de una criada para cumplir las antiguas obligaciones de Juanita.

María sufría como nunca, y las personas allega-
das á ella no sufrían menos ante aquella mujer
pálida, surcada de arrugas prematuras, que se
acusaba asimismo continuamente de ser causa de

su infelicidad y de la infelicidad de los suyos;
que veía ó creía ver de noche, ya en sueños, ya
en insomnios, fantasmas, muertos, ángeles, llamas
de infierno ó sangre de alguna degollina. María
rehusaba todo alimento, creyéndose indigna de
la vida y declarándose pronta á matarse de ina-
nición. Era un martirio para todos, máxime para
Crispín. Cada vez que su mujer se juraba indigna de alentar y causa de la infelicidad doméstica,
el marido se figuraba que aludía á culpa conyugal, á la falta deshonorante de que la acusó el anónimo. Pero otras veces negábase á dar asenso á
tales suposiciones, por considerarlas descabelladas.

Sentía á menudo vivos impulsos de interrogarla.
La sorda sospecha, nunca desvanecida totalmen-
te, separaba su corazón de aquella mujer, á quien,
sin embargo, se empeñaba en creer y aun creía
inocente.

En ocasiones, Crispín, huyendo á las reyertas
con su mujer, y temeroso de lanzarle en el calor
de una disputa el secreto á la cara—porque no
quería, porque no podía, porque prefería la duda
á la seguridad de la falta, porque temía lanzárse-
lo, no fuera María, en cólera y por desventura, á
confirmarlo—, escabullíase del aposento connu-
bial; y como en las piezas de su madre no encontraba sino recriminaciones y animadversión,
se marchaba cabizbajo, pesaroso, vencido, al corral. Allí, en la obscuridad y el silencio noctur-

nos, se echaba sobre las piedras del lavadero. Miraba al cielo, testigo de su amargura, y meditaba en el derrumbamiento de todas sus ilusiones, en presencia de las estrellas.

Cuando la servidumbre extinguía las luces de la casa, cuando ya todos estaban durmiendo, él se descalzaba para no hacer el menor ruido, y con sus zapatos en la diestra, y deslizándose por el caserón en quietud, iba á echarse en el canapé adonde lo recluyera el desafecto conyugal, á veces sin desvestirse, temeroso de despertar al niño ó para evitar las amonestaciones de su mujer.

Una ocasión quedóse dormido sobre las piedras del lavadero. Cuando se despertó estaba hecho una sopa. El fino relente nocturno, ó un si es no es de garúa, lo había calado hasta los huesos. Al día siguiente amaneció con fiebre y una fluxión de pecho. Tuvo que tomar cama, y como la enfermedad degenerara en pleuresía, debió por algún tiempo permanecer en reclusión.

Poco á poco, al cabo de muchos días de padecer, fué recobrándose. Cuando pudo tenerse en pie, descolorido, esquelético, pensó lo primero en restituirse á sus tareas del almacén. Pero allí estaba el imprescindible y tieso doctor Tortícolis, con su cuello de ocho centímetros de altura y su eterna levita de ceremonia, que lo previno, diciéndole:

—Si usted quiere salvarse, amigo mío, debe someterse á un tratamiento higiénico. Váyase inmediatamente al campo, á Los Teques. Nada de trabajo intelectual. Descanso, mucha alimentación, mucha superalimentación: comer, llenarse y seguir comiendo. Mantequilla á pasto. Tomar sus copitas de coñac, beber leche fresca y buen Burdeos. Y las medicinas que le indiqué: cápsulas creosotadas y Wampole.

É inclinándose al enfermo, le agregó al oído:

- ¡Ah! Y nada de contacto sexual.

Crispín Luz sonrióse melancólicamente. Luego preguntó:

—Pero, ¿cómo me voy al campo, doctor? ¿Y el almacén? ¿Y el niño?

—Nada. Nada. Lo primero es la salud. Al niño lléveselo. El campo le probará. Lo mismo que á la señora. Todos esos pulmones han menester de oxígeno.

—Pero, ¿al campo, doctor? ¿Solos? ¿Sin usted?

—Tranquilícese. Yo iré á verlos de cuando en cuando. Además, en Los Teques hay excelentes facultativos. Yo les indicaré allá un buen médico, discípulo mío de Patología interna. ¡Supóngase!

Días después partían Crispín, María, la inseparable Juanita Pérez, el niño y la nodriza, para *Cantaura*.

VIII

El aire puro de las montañas; las aguas vivas
que formando chorreras caen de las cumbres y
se empozan en cristalinos pozos; la leche al pie
de la vaca; las caminatas al sol; el ajetreo y la
despreocupación del campo, iban reponiendo á
María, devolviéndole el sueño, barriendo las alu-
cinaciones nocturnas, tornándola poco á poco,
física y moralmente, á su primitivo ser.

(*Mens sana in corpore sano*—recordaría el
doctor Luzardo.)

Comía, engordaba; iba despercudiéndose, per-
diendo el marfil añejo de la piel. Su hígado, su
estómago, toda su maquinaria funcionaba con re-
gularidad. Los nervios asumían más sumisa actitud. Las ideas negras, según ella misma las llamaba, rompían á volar como fuga de cuervos. La
historia de sus lamentables amores no le embar-
gaba el ánimo de continuo, como entre las cuatro paredes de su habitación en Caracas. Con la

salud recobraba, sin darse cuenta, longanimidad y mansedumbre, y su corazón poníase tan rozagante como su cara.

El mismo chiquitín, aunque apenas sacaba la nariz fuera de los corredores, dió en curarse de los ojos, en volverse un mamoncito de primera; en una palabra: se resolvió á sanar y á vivir, aferrándose con sus manazas al seno de la nodriza, y reclinando cómodamente la cabezota de hidrocéfalo en el regazo del ama.

Sólo Crispín no mejoraba. Seguía flacucho; la fiebre lo invadía á la tardecita; sudores copiosos empapaban su piel y las ropas de su lecho. El menor esfuerzo lo agobiaba. Comer, no comía, á pesar de la prescripción médica. Parecía un espectro de puro flaco. El pescuezo le bailaba dentro del cuello de la camisa, ya holgado en demasía para aquella magrura. Las manos huesudas, largas, falángidas, nudosas de coyunturas, sólo pellejo y huesos, se dirían las de un esqueleto. Los pómulos salientes, rosados por la fiebre, los hundidos ojos, las arrugas, el pergamino del rostro, toda su descarnada figura inspiraba compasión. A veces, repantigado en un butaque, en el corredor de la casa, ensayaba disipar su tedio con la flauta; pero no bien soplaba un momento en el orificio, postrábase desfalleciente.

—Es como si levantara un peso de mil kilos— decía.

Y entonces, Juanita Pérez, por lanzar una saeta

y para distraer la morriña del pobre Crispín,
agregaba:

—Ah, sí. ¿Como si hubiese cargado á alguna
de las Luzardo, no es cierto?

—Cuando me cure—decía á su mujer—haremos un viaje por mar. Iremos á Trinidad, á Ciudad Bolívar. Quiero embarcarme en un gran vapor. Quiero conocer el Orinoco, Di, María,
¿debe ser curioso, no es verdad? ¿Recuerdas
El Soberbio Orinoco, de Julio Verne, que leíamos juntos?

Memoraba su luna de miel, corrida en aquella
misma casa de *Cantaura*, poco tiempo atrás. Se
la pasaba recordando su primer amanecer en la
montaña: á Petronila, coquetona y endomingada,
echándole maíz á las gallinas; á Juana la cocinera, que le dió una camaza de leche recién orde-
ñada; á Juan, el hijo de Juana, que hendía leña
en un rincón de la cocina y que le presentó un
ramo de flores. Y luego la carrera de María hacia la cama, cuando la sorprendió en camisa, casi
desnuda; y la vocecita de la esposa, que decía:

—Si es que me da pena, Crispín. De veras, me
da pena. Tú, vestido; y yo así.

A menudo la llamaba:

—¿María?

—¿Qué quieres?

—Siéntate junto á mí; ven.

La esposa aproximaba una silleta á la mecedo-
ra de Crispín.

—¿Te acuerdas, María, de nuestra luna de miel? ¿Te acuerdas del viaje á caballo? ¿Te acuerdas del ramo de flores y de la camaza de leche que te llevé á la cama aquella primera ma-ñanita de campo? ¿Te acuerdas?

María se acordaba, ¡cómo no!, de aquel pasado de ayer. Pero, ¡por cuántos vericuetos y precipicios había discurrido su alma desde entonces! ¡Su pobre corazón sufrió tanto! ¡Qué enfermo debía de estar, ahora se lo explicaba ella, ahora que su corazón convalecía! Fuera de las cuatro paredes de su casa, lejos de cuanto mantenía latente en su ánimo la fresca y emponzoñada herida de amor; sin el obligado pensamiento de su amargura, gracias á distracciones y novedades de la vida campestre, curada físicamente por las montañas, y moralmente por el tiempo—gran doctor—, María, después de la crisis, tornaba á la conciencia de sus deberes domésticos.

Dióse cuenta de la enfermedad de su marido; y pensó en la viudez y en la libertad como cosa probable. En lo íntimo de su alma algo se alegraba y sonreía ante la idea de la futura redención. ¡Volver á ser libre! ¡Ah, qué felicidad! Ahora, con su experiencia de la vida, ya no erraría al emprender otra vez rumbo. La idea de la viudez le sonreía y le angustiaba al propio tiempo. Hubiera querido hallarse viuda súbitamente, un día al amanecer, sin drama, sin peripecias. Le sucedía lo que á la persona que va en casa del dentista. Quiere sacarse la muela para evitar el dolor; pero imposible de suprimir una pena sin otra. La persona titubea. Quisiera sentirse libre de la carie sin pasar por el martirio de las pinzas.

Los esputos de su marido le inspiraban un asco atroz, lo mismo que el pestífero aliento. Lo asistía, no obstante, sin forzarse en desechar, como hasta hacía poco, la idea de manumisión. Sí; pronto ya no sería más esclava. Necesitaba, pues, apurar aquel tósigo, ya cercano á las heces. Había que cumplir ese deber conyugal, «el último», pensaba ella.

Al chicuelo tampoco lo quería como una madre debe querer, como ella se sentía capaz de amar á otro hijo suyo. Sin embargo, acaso porque fué acostumbrándose al retoño; merced acaso al apego invencible por los renuevos que Naturaleza pone en el corazón de los padres, en obsequio de la especie, para salvarla de la extinción; acaso por no escandalizar con lo desusado é inhumano de su flaco sentimiento de maternidad, lo cierto es que ya no abominaba en agrias parlurías del pequeñín, sino más bien se aficionaba ó fingía aficionarse del sinventura; y hasta deseaba con sinceridad, en ocasiones, que viviera y creciera.

Cuanto á Crispín, ya no dudó de su mujer; y no sólo desechó como infame la idea de infidelidad, sino que el natural queredor, bueno, del infeliz fué reaccionando, poco á poco, á medida

que la esposa perdía en rispidez. Y como ésta,
convenciéndose cada día más del inevitable y
próximo fin de su marido, le mostraba cada vez
mayor solicitud, como si quisiera reparar todas
las injusticias anteriores, el optimismo de Crispín,
el ciego y absurdo optimismo que tan caro le cos-
taba á su inexperiencia, y que no desaparecía ni
con sufrimientos, ni á las puertas de la tumba,
terminó por imponerse.

Las tardes iban todos á un colladito accesible,
cercano, á contemplar las puestas del sol. Era un
capricho de Crispín. Apoyándose en el brazo de
su esposa, y á veces también en el brazo de Juanita Pérez, caminaba el pobre enfermo, paso entre paso, penosa, trabajosamente. Por fin se llegaba; y sentándose en las sillas que Juan y Petronila conducían desde la casa, admiraban aquellas
fiestas policromas del cielo.

Desde allí se divisaba un horizonte de montañas, lujuriantes de vegetación; un rompecabezas
de montes y quebradas imposible de descifrar.
Parecía absurdo querer salir de aquella cumbre
sino volando por encima de crestones y cañadas
de la cordillera. En lo profundo de las quiebras
la obscuridad se escondía. Luego las laderas iban
clareando, hasta las cumbres, que chispeaban
como esmeraldas al sol del crepúsculo. Y allá en
la lejanía, sobre el último picacho, la gloria del
Poniente. El sol, arquero velado de su broquel,
á veces no se descubre; pero irradia en todo e

cielo de Occidente luces divinas: nácares, conchas
rosadas, surtidores de gualdos fuegos. Ya son fin-
gidos ánsares albicantes, palomas carmesíes, dra-
gones de oro, flamencos de rosa; ya son lagos de
ópalo, fuentes de topacios en fusión, cascadas de
róseas gemas; y arquitecturas grises y pizarrosas,
por cuyos ventanales y boquetes surgen llamas
de incendio; torres de amatista, pilares de alabas-
tro, cúpulas de cornalina. Triunfa en el vasto azur
la gama del oro: en la joyería asiática del crepúsculo predominan crisólitos, crisoberilos, rubí-
celas, jacintos y topacios, rosas de fuego y lirios
de sol. Impera en el Poniente la gama íntegra
del amarillo, desde el jalde profundo hasta el dia-
mante de aguas atopaciadas.

Joaquín y la señora de éste solían venir por las
mañanas. El hermano acompañaba al enfermo en
el corredor, ó bien, del brazo, lo sacaba al sol y
á caminar un poco por los senderos, bajo los ya-
grumos, los guamos, los guayabos y los membri-
llos, ó por entre los cafetales, ahora maduros.

—Respira este aire—le decía Joaquín—. Esto
va á ponerte bueno muy pronto. Me pareces muy
débil.

El enfermo tosía con ruido extraño, como si
dentro de su pecho se quebrasen en añicos cosas
frágiles y sonoras.

—Deseo curarme pronto. Mi anhelo es hacer
un viaje por mar. Nunca me he embarcado. Será
delicioso eso de que uno esté como en su casa,

y, sin embargo, adelantando y sobre el mar.

Pero no había que andar lejos. Se fatigaba mucho. La conducta de su mujer; "el retorno—como él pensaba—del antiguo afecto"; el que su mujer lo atendiese con solicitud y sufriese y perdonase sus impertinencias de enfermo, lo tenía conmovido.

—María es una santa—decía á su hermano—. ¡Estuvo tan mal de los nervios, la pobre! Pero el campo la ha transfigurado en corto tiempo. Yo también me pondré como un Hércules, como tú, Joaquín.

María aprovechaba los paseos matinales de Crispín para salir ella con la concuñada. Iban, de preferencia, á bañarse juntas á un pozo rebosante de frígida agua cristalina. De la cima de un monte se desprendía el chorrerón bullente con gran estrépito; caía en una piedra cóncava, como la taza de gigantesca fuente, y formaba allí la más deleitosa bañera. Luego el agua del pozo corría un trecho dentro de un canal por la Naturaleza labrado en la roca, y se despeñaba á su turno sobre otra piedra formando nueva cascada y nuevo pozo. De allí desparramábase hasta perderse en varias venas de agua, en acequias, por entre los cafetales.

Las mujeres llegaban, se zambullían, y chapuceando y riéndose como ninfas, pasaban una hora feliz, dentro de aquella agua fresca, á la sombra de los árboles, entre cantos de capanegras, paraulatas, azulejos, turpiales y cien pájaros más que allí cantaban y anidaban de continuo, por donde se conocía el pozo con el nombre de *pozo de los pájaros.*

Joaquín Luz no creía en la gravedad del hermano. Cuando la esposa de Joaquín hacía hincapié en los esputos, en los pómulos róseos, en la fiebre no interrumpida, en los sudores nocturnos, en la demacración, en los hombros puntiagudos, éste, de la mejor buena fe, la tranquilizaba.

—No, mujer. No lo creas desahuciado. Crispín siempre fué enclenque y canijo. Cuando niño, por cualquier cosa le daban unas bronquitis del diablo. Yo le he visto peor. Verás cómo sana.

La señora, más incrédula, gesticulaba, respondiéndole:

—No, Joaquín. No haya ilusiones. Está malo; está tísico, el pobre. Yo no permito que los muchachos nuestros vayan mucho por allá. Para mí es caso perdido.

IX

Una mañana se presentó Joaquín Luz á caballo, más temprano que de costumbre, vivaz, dando. voces:

—María; Crispín.

—¿Qué es? ¿Qué hay?

—Es necesario prepararse á partir inmediatamente.

—¿Partir? Pero, ¿por qué?

—La guerra acaba de estallar. El general Hache se alzó anoche en el Guárico.

—Pero, ¿nosotros por qué hemos de partir?—preguntó Crispín, extrañándose de la actitud y premura de su hermano—, ¿por qué hemos de partir cuando aquí todo está en calma, y lo estará aún por mucho tiempo?

—Crispín, ¡por Dios! Tú no sabes lo que dices. Oye: acabo de recibir comunicación y órdenes terminantes del Comité revolucionario de Caracas. Mañana al amanecer me alzo yo, aquí.

18

—¿Tú? ¿En *Cantaura?* Pero, ¿estás loco? ¿Y tu mujer? ¿Y tus hijos?

Y como Crispín estaba viendo los granos de café, rojos, maduros, cimbreando las matas, y la cosecha en vísperas, no se explicaba el absurdo abandono de la finca; y con su buen sentido en alarma, increpó á su hermano:

—¡Es un crimen, Joaquín! La cosecha, la finca, todo va á perderse. Es un crimen. Cuando pudiéramos ponernos á flote con la venta del café y un poco de economía. Nos vamos á arruinar. ¡Qué locura!

—No es locura. *Cantaura,* tarde ó temprano, vendrá á caer en manos de Perrín. La cosecha, además, es mediocre. El último desyerbo de este año, como ves, no lo hice. ¿Á qué gastar dinero, con la guerra encima y para beneficio de Perrín? Además, empeñé mi palabra. Un golpe de fortuna en la política puede salvarnos á todos. La intempestiva es la guerra. Mejor hubiera sido dentro de dos ó tres meses; pero, ¿qué hacer?

—¿Y su familia, Joaquín?—preguntó María, en alarma.

—Hoy mismo sale para Caracas. Ustedes se alistarán para irse también volando. Yo debí alzarme esta mañana; son las órdenes. Pero imposible reunir la gente. Será á la noche ó al amanecer. Prepárense, pues, á tomar el tren de la tarde.

Y torciendo su caballo, se perdió á la carrera entre los cafetales.

María empezó á empaquetar á toda prisa, ate-
rrorizada, viendo por todas partes fusiles apunta-
dos sobre su pecho y espadas prontas á tajar su
cuello. Juanita Pérez chillaba. Crispín se enfure-
cía. ¡Tan bien que les iba á todos en *Cantaura!*
¡Qué lástima! ¡Condenada revolución! Y nadie
había soplado una jota de guerra.

Joaquín les dejó, al partir, la proclama del jefe
insurrecto, publicada en Caracas y circulando ya,
de fijo, en todo el país; una proclama impresa,
repartida con antelación al alzamiento, ampulosa,
como buen documento subversivo, en donde se
juraba derrocar la tiranía, salvar la patria y difun-
dir, á bayoneta limpia, la felicidad. Allí se invitaba á los venezolanos, con toda la altisonancia
de nuestro altisonante lenguaje político, á cumplir la tremenda obra de redención; á los venezolanos, sin diferencia de banderías; á los hombres de buena voluntad, sin exclusivismos parti-
darios. "Redentores", se apellidaban á sí mismos
los rebeldes. Y la revolución se titulaba grotes-
camente la "Revolución Redentora".

Á la postre se convino en que ambas familias
partirían al siguiente día, imposible como era el
viaje con la premura que Joaquín deseaba.

Esa noche, apenas obscureció, fueron llegando
y congregándose los *redentores*. Eran los pobres
diablos de peones y campesinos comarcanos, im-
provisada carne de cañón, futuras víctimas, incapaces hasta de saber descifrar la proclama de

guerra, aquel documento enrevesado que los en-
tusiasmaba, sin embargo, aunque ignorando por
qué. Iban presentándose con sigilo, uno á uno ó
en grupos, con precauciones de conspiradores de
teatro, el arma debajo de "la cobija" ó manta; y
se instalaban en los corredores y contornos de la
casa, ó en los patios de la Trilla. Los más caute-
losos ocultábanse á dormir entre los árboles.

Apenas amaneció estaban descuartizando varias yuntas de bueyes; y trescientos montañeses
asaban en puyas de palo, al fuego vivo, trozos de
carne. Los más precavidos se comían un pedazo
y guardaban lo restante como bastimento en la
marusa ó morral y hasta en capoteras de lienzo
blanco, ya morenas de puro sucias. Vestía la mayor parte calzoncillo y calzón, franela y blusa
por toda muda; en la cabeza sombrero de cogollo, de alas tendidas; y alpargatas en los pies.
Otros iban de camisa, y no faltaban algunos de
paltó. Los había fajados con cinturones dobles,
en cuyo vano guardaban el dinero, si lo tenían;
otros ceñían á la cintura una simple correa con un
bolsillo de cuero. De la correa ó del cinturón de
cada quien pendía, en su vaina, un cuchillo de
monte, más ó menos largo; y ostentaban algunos
en el cinto revólveres y puñales. Los más previ-
sores se habían terciado un guaral, á manera de
tahalí, á cuyo extremo colgaba una taparita con
aguardiente ó con café, según la temperancia de
cada uno. Á veces al extremo del bramante ceñi-

do á la bandolera no colgaba una taparita de café
ó aguardiente, sino un cuerno de toro, hueco y
ya preparado para servir de vaso.

Algunos, fogueados en antiguas guerras, se
burlaban de los novicios, daban consejos, ó referían cuentos militares, cosas de guerra; y lucían
viejos sables con talabartes de cuero flamante ó
adornados con vistosos tahalíes, ya de lana, ya de
estambre. Las espadas eran curiosas, dignas de
un museo; de tamaños, condiciones y orígenes
diversos: desde las puntiagudas y angostas como
aguijones ó pinchos, hasta las de tarama de plata
y ancha hoja, llenas de majestad y ponderosas,
capaces de competir con Durandal.

En punto á curiosidad en armas de guerreo no
había que parar mientes; allí se hermanaban ter-
cerolas de cañón doble, para cargar con cartu-
chos, y carabinas de un cañón, de las que se dis-
ponen con guáimaros, pólvora y taco. No esca-
seaban winchesteres, y los menos parecían los
máuseres, restos salvados de antiguas rebeliones.
Lo que sí portaban todos eran *cobijas* y *machetes*,
abrigo y arma indispensables é inseparables del
campesino de Venezuela.

Joaquín Luz se presentó, por fin, á caballo, seguido de ocho ó diez jinetes más: el Estado Mayor; jinetes que ostentaban espadas y winchesteres de estreno. Era, indisputablemente, un bello
espécimen de hombre Joaquín Luz: de apostura
varonil, robustas espaldas, erguida cabeza y des-

envoltura de ademanes. Su charla jovial, su risa franca y hasta su negra barba cuidadosamente recortada, le granjeaban voluntades entre los campesinos. A la simple vista se comprendía que aquel hombre, muy superior á aquella horda, tenía que ser el comandante. Vestía blusa de casimir azul marino, cuellierguida y abotonada á semejanza de un dormán. La blusa, de pliegues verticales, se ajustaba con cintura de la misma tela. El pantalón era del mismo color y paño; y ceñía por fuera del pantalón, hasta la rodilla, polainas de charol, usadas, con hebillas metálicas. Montaba un caballo brioso, crinudo, de color zaino. Sobre las piernas del jinete, al desgaire, la "cobija" de bayeta azul y roja, igual á la del más pobre campista, caía á ambos lados, junto á los estribos.

Las dos familias estaban ya en la casa de la hacienda liando los últimos paquetes para partir esa mañana misma. Acercóse Joaquín al grupo del corredor, sin desmontarse; echó hacia atrás el sombrero alón de terciopelo azafranado; se ladeó en la montura; dijo algo al oído de su mujer, que lloraba como una Dolorosa, fué besando á sus hijos, á quienes Juan, el criado, suspendía hasta los labios paternos; abrazó á Crispín, se despidió de María, de Juanita Pérez, de Juana la cocinera, de Petronila, de Juan, de todos; y súbito, abriendo su caballo hacia el patio, después de la última despedida, le dirigió la palabra á su gente, campechano, como buen camarada.

—Muchachos—les dijo—, supongo que todos irán contentos. Que ninguno vaya contra su voluntad. El que no quiera acompañarme que lo avise; es tiempo todavía.

Los más próximos al improvisado cabecilla respondieron:

—Sí, queremos.

—Todos queremos.

Alguno hasta gritó:

—¡Viva nuestro jefe!

—¡Vivaaaa!—repuso el coro.

La esposa de Joaquín lloraba á lágrima viva. Los hijos, los mayorcitos, emocionados por el prestigio paterno, rompieron asimismo en sollozos.

Entusiasmado con los vivas y con la sumisión de su hueste, Joaquín, empinándose en los estribos, la arengó:

—Bien, compañeros. Partamos á la guerra. Nuestra causa lo exige. Nuestra patria lo necesita. Abandonemos nuestros hogares, hagamos el sacrificio de nuestras vidas para derrocar la tiranía é imponer la legalidad y la justicia. Las armas las tiene el enemigo. A quitárselas. ¡Viva la Revolución!

No se oyó sino un solo grito, sonoro, ardiente, entusiasta:

—¡Vivaaaa!

El cabecilla había espoleado su caballo, y ya se perdía entre los árboles seguido de jinetes y peones.

La esposa del insurrecto, abrazada con su primogénito, continuaba llorando.

—¡Pobre Joaquín!—suspiró.

—¡Pobre Venezuela!—subrayó Crispín—. Él no. Él es feliz. No ven ustedes cómo le sigue esa muchedumbre, adonde la lleve: al bien, al mal, á la muerte. Parece un señor feudal.

A las dos horas, poco más, de haber partido Joaquín oyóse de nuevo tumulto de tropa. Uno de los niños que salió al patio, dijo, candorosamente:

—Debe de ser papá, que se devuelve.

Pero no; no era papá que se devolvía. Era tropa de línea: eran fuerzas del Gobierno, acantonadas en Los Teques, que acababan de saber el alzamiento ocurrido en *Cantaura*, y corrían á sofocar la insurrección.

—Vete, Juan, que te cogen—gritó la vieja cocinera á su hijo, único ser con pantalones que, aparte Crispín, había quedado para transporte de la familia y vigilancia de la hacienda.

Corrió; pero no tan rápido que no le vieran.

—Allá va uno desgaritado—observó un teniente.

—Párese, amigo—le gritaron.

Y como el prófugo no se detuvo sonó una descarga: ¡poum, poum, poum!

Por fortuna Juan corría como un gamo y logró emboscarse con rumbo al conuco suyo.

Los soldados lo persiguieron.

El comandante de la fuerza, entretanto, muy atento, muy respetuoso, tranquilizaba á la familia, presa de la mayor angustia. No había por qué alarmarse. Él no era un verdugo. Pero recomendaba el viaje á Caracas lo antes posible. Los malhechores cundían en tiempo de guerra.

Juana, la cocinera, queriendo granjearse la voluntad del oficial, le obsequió con una taza de café, que éste se puso á apurar con la mayor confianza.

Los soldados, de su cuenta, huroneando, entraban y salían por todas partes. Petronila, muerta de miedo, se guindaba de las faldas de María. Juanita Pérez ofrecía en sus mientes una promesa á Santa Rita, abogada de imposibles, si la sacaba con vida de aquel trance. Crispín maldecía la guerra. La esposa del cabecilla fingía serenidad. Los muchachos lloraban. El oficial, sorbo á sorbo, apuraba su café.

De repente un traqueteo y una llamarada, á lo lejos, solicitaron la atención. Los soldados habían incendiado un rancho de paja, contiguo á la Trilla.

A poco llegaron otros soldados, arrastrando un cuerpo. Era Juan, expirante, acribillado á tiros.

La pobre madre, la vieja cocinera, al ver á su hijo sanguinolento, exánime, rompió en alaridos.

—Eso no es nada, vieja—dijo un soldado.

Perdido el miedo, colérica, desesperada, desafiadora, la pobre anciana, mostrando el puño cerrado, épica en su dolor, rugió:

—¡Asesinos!

Otro soldado, dirigiéndose al moribundo, como si el móribundo estuviera para chanzas, dijo, con sonrisa idiótica ó malvada:

—Anda, buen mozo, aliéntate para que sirvas á la Patria.

La vieja, al oirlo, gruñó, desesperada:

—¡La Patria! ¡Maldita seal

El oficial, siempre muy relamido, se empeñaba en consolar, demasiado vivamente, á Petronila.

Crispín, agitando su cuerpecito endeble, apostrofó á los militares, hecho una furia; pero el esfuerzo y la excitación lo hicieron caer en la poltrona, sudoroso, jadeante, descolorido.

La soldadesca partió, por fin, llevándose cada quién una gallina, un pantalón, una almohada, el cántaro del tinajero, los cazos de la cocina, cualquier cosa, lo que hubieron á mano.

Al pasar sacudían brutalmente los arbustos de café. Los granos, olorosos, maduros, rojos, caían por tierra, perdiéndose como inútil llovizna de redondos y encendidos corales,

X

No bien hubo regresado á Caracas, Crispín se puso peor. Ya no le fué posible abandonar el lecho. El grave Tortícolis no cumplió la promesa de visitar al enfermo en la campaña.

Restituído el paciente á Caracas, cuando el médico lo vió, cuando lo auscultó, cuando pudo comprobar los progresos de la tuberculosis, salió de la pieza del doliente sobándose las manos, arqueando las cejas y poniendo la boca en figura de o.

—Increíble en tan corto lapso. Ambos pulmonos averiados, perdidos. Cavernas así.

Y el médico, en ademán de exageración, hacía un círculo con índices y pulgares.

La noticia corrió por la ciudad, entre los conocidos. Los amigos de la casa, los parientes, los compañeros de almacén, acudían á demandar nuevas, á saludar, á poner de relieve su cordialidad.

De día en día Crispín se agravaba. Aquello

era una carrera tendida á la eternidad. El pellejo parecía pegado á los huesos. De la nariz á las comisuras bocales se plegaban dos arrugas enormes que lo avejentaban de treinta años. El pelo, no cortado con la periodicidad antigua, crecía en mechones, y los numerosos y prematuros hilos de plata se apretaban en hacecitos albicantes, en la fronda obscura y lacia de los cabellos. Su mirada orbicular de buho parecía salir de una calavera.

Rostros olvidados, antiguas sirvientes, rondaban la casa, pretextando inquirir nuevas del paciente. Hasta mujeres desconocidas, beatas de aspecto untuoso y desolado, se aventuraban en el zaguán y los corredores. Las beatas, como las moscas, buscan lo manido, se placen en los verdores de la descomposición y se interesan mucho, sin que nadie se lo pida, en la salvación de almas ajenas. La casa hervía, pues, en personas de esas que andan en solicitud de ocasiones para rezos, misas y cuchicheos de sacristía.

La pobre María, en angustia, cuidaba de su marido como la más amante de las esposas, y apesarábase, con ingenua sinceridad ahora, por aquella vida en fuga. Las cosas apremiaron tanto, que un día se trató de llamar al sacerdote para que prestase los últimos auxilios espirituales á Crispín.

—Todavía no—opinaba María, deshecha en llanto. Él está aún entero. Vivirá mucho tiempo más. Además, no cree en su fin. Sería angustiarlo. Yo no me atrévo.

Pero las Luzardo se alborotaban, se encabritaban como potros cerriles. Tratábase de salvar un alma. Fuera contemplaciones.

El viejo espíritu de la Inquisición las poseía: la salvación por el martirio. ¿Qué venía á ser la tortura sino un bien, puesto que el alma se redimiese de culpas? El dolor purifica. Á confesarlo.

La osa mayor, humanizándose, limando sus geniales asperezas, trataba de convencer á María.

—¡Pero tú no ves, niña! Está agonizando. Puede perder de un momento á otro el conocimiento. Piensa en su alma, ' en su alma que es lo principal.

—Yo no me atrevo á decírselo—lacrimeaba la esposa.

Horripilándose ante la probabilidad de que muriese el enfermo, y hábiles en estratagemas religiosas, las Luzardo sugirieron un plan.

—Dile, María, que has hecho una promesa á la Virgen del Carmen para que lo cure. Dile que tú, que Rosalía y doña Josefa, que nosotras todas, vamos á confesarnos y á comulgar ese mismo día.

A la postre, vencida por los ruegos y las excitaciones, se aventuró María á dar aquel paso.

Cuando expuso el mentido plan y le trató de la promesa, Crispín abrió desmesuradamente los ojos y dijo melancólicamente:

—Ya comprendo: piensas que estoy muy malo.
Pero no. Yo te aseguro. No puede ser. ¿No es
verdad? Yo no me estoy muriendo, María, ¿di?

Se iba angustiando con sus propias palabras.
La esposa rompió á sollozar.

Con el llanto de la esposa, el enfermo, ya en
angustia, se desesperó. Pavorido, empezando á
darse cuenta, temiendo comprender el extremo
de su caso, y en la necesidad de agarrarse de
una brizna de esperanza, preguntó, llorando, á su
mujer:

—Di, María, yo no me estoy muriendo, ¿no es
verdad?

Y como en acto de contrición repetía:

—Yo soy católico, apostólico, romano. Yo me
confesaré. Que me traigan al padre Iznardi. Pero,
no, yo no estoy tan malo, ¿no es verdad?

María empezó á tranquilizar aquella angustia
de moribundo que la transía de piedad y de
dolor.

—No, Crispín, no creas que estás malo; no lo
creas. Te confesarás mañana, pasado, cuando
mejores, de aquí á un mes.

—Yo soy católico, apostólico, romano—repetía el enfermo, como en la esperanza de que por
ser católico, apostólico y romano la muerte lo
respetaría.

Convino en confesarse; más, acaso, en busca
de muletas para su voluntad desfallecida que en
la comprensión clara del último trance; más bien

como una morfina, á cuyo influjo había acostumbrado á adormecerse, que en el deseo de purificar su alma para que sin mácula volase al regazo
del Señor.

¡Purificar su alma! ¡Tanto daría blanquear la
nieve ó perfumar la más oliente rosa! Había con-
servado ileso el candor de su alma, á pesar de
la vida. Como un cadáver en hielo, como un feto
en alcohol, su corazón en la llama de la fe se
conservó sin podrirse.

No se le pudo traer al padre Iznardi, como pedía. El padre Iznardi, puesto en entredicho por
la Superioridad eclesiástica, acababa de partir
para Europa, á la carrera, descorazonado, vencido, prófugo, triste, muertas ya sus ilusiones de
regeneración patria por medio de las doctrinas
de Jesús.

El doctor Luzardo hizo venir, en defecto del
padre Iznardi Acereto, á un clérigo español: capuchino de cabeza rasurada, luenga barba y aire
duro; un fraile con fama de virtuoso, pero he-
diondo á tabaco; el aspecto de voluntariedad y
soldadesco, sin una chispa en los ojos del sacro
fuego que ardía en los de Francisco de Asís, sin
aquella fraternidad inteligente de este santo poeta que se llamaba á sí mismo hermano de los pájaros y de las estrellas.

Cuando el confesor penetró en la pieza mortuoria, Crispín Luz se debatía en un ataque de
asfixia. Al ver al enfermo, el capuchino creyó

que se escapaba aquella alma de sus grasientas manos; y en la brutalidad de su religiosismo estrecho, mugroso y carnicero cayó sobre la víctima.

—Persígnese, hermano.

Pero el hermano mal podía persignarse.

Alzando la cabeza de entre las almohadas, lívido, el cabello erizo, los ojos saltones, las narices palpitantes, irguió el busto, mientras cabeceaba y manoteaba, desesperándose, en busca de aire.

—Persígnese, hermano. "Yo pecador"... Vamos, comienza: "Yo pecador"...

Nadie había tenido tiempo de retirarse. El doctor Tortícolis, en son de protesta, empuñó su sombrero y se fué. Rosendo, herido por la actitud del clérigo, dijo, en tono de reproche:

—¡Padre, por Dios! Déjelo, que se ahoga.

El fraile fulminó una mirada feroz hacia el punto de donde surgía la voz de amargura, la voz fraterna y compasiva.

El enfermo, tras un esfuerzo último, dejó caer la cabeza y permaneció un instante exánime.

—María, María—murmuró, por fin, con acento imperceptible.

—Aquí estoy, Crispín—repuso la esposa, tomando entre las suyas la flaca mano del enfermo.

El fraile insistió:

—Hermano: olvide las vanidades del mundo.

Rompa los lazos de la tierra... Piense en Dios que lo aguarda. La misericordia del Señor es infinita. Vamos, hermano: "Yo pecador"...

Hizo una seña con la cabeza para que los circunstantes se alejasen, y fueron saliendo sobre la punta de los pies: María, Eva, doña Josefa, Rosalía, Juanita Pérez, la esposa de Joaquín, las Luzardo, Rosendo, Ramón, Mario, Adolfo Pascuas y el doctor Luzardo.

Cuando el enfermo se dió cuenta de que todos lo abandonaban, se angustió horriblemente y empezó á clamar:

—¡María, María, por Dios! Mi hijo...

El fraile salmodiaba con energía:

—"Yo, pecador, me confieso á Dios Todopoderoso y á los bienaventurados"...

El enfermo no decía nada.

—Vamos, repita, hermano.

Entonces Crispín, el acento entrecortado por los sollozos, murmuró:

—Ahora no, padre. Mi mujer... mi hijo... quiero...

Lo que el infeliz quería, de seguro, era abrazarlos, verlos en torno; era no morir, no morirse sin hablar, sin decir algo que le estaba oprimiendo el pecho.

El fraile proseguía, impertérrito:

—"... y á los bienaventurados siempre Virgen María y San Miguel Arcángel..."

Desde la pieza contigua, adonde se refugiaron

deudos y amigos, no se percibía sino un confuso
cuchicheo; sordo rumor que, sin embargo, tala-
draba los oídos y las almas.

Y de súbito, cerniéndose por sobre las vagas
lamentaciones y los sollozos del expirante, se oyó
clara, concisa, enérgica, la voz del fraile:

—Resígnate. Dios va á recibir tu alma. No lo
llames sino á él.

Acaban de sonar las cinco. El Este, cubierto desde temprano de masas de sombra, se agrisa un poco. La lluvia, fina y constante, buena para distender nervios y apocar espíritus, no cesa desde medio día. La ciudad, velada por el velo opaco de la llovizna, parece amodorrada, bostezante, jaquecosa. Nadie transita las calles. Los raros transeuntes á quienes la necesidad ó el deber echa fuera, al arroyo, se acogen al amparo de los umbrales y de los portones. A repartir el pan de la tarde, un panadero cruza, calado el impermeable, de amarillo desvaído, sobre su burro pelicano, entre dos serones cenizos.

A la puerta de la casa de Crispin Luz, los caballos negros de un coche funerario, impacientes, contra su costumbre, cabecean; y se rompe un instante la monotonía del aguacero con el campanear de los frenos contra los pretales metálicos.

Caballeros vestidos de luto se agolpan á la

puerta, bajo los paraguas, en silencio. Apenas expira en los aires la campanada última de las cinco, los caballeros se abren en filas y se descubren, en acera y zaguán, último adiós y postrera reverencia al que pasa dentro de urna forrada de paño negro y en hombros de seis empleados de la agencia funeraria.

Ya en el coche el ataúd, se le enguirnalda en torno con guirnaldas de flores. Al través de los cristales, opacos por la lluvia, las flores parecen marchitas.

Rompe á andar el carro fúnebre, con su fruto podrido adentro, y la comitiva lo sigue. Los señores dan saltitos para evitar los pozos de agua.

De la casa mortuoria sale un lamento, como de mujer que se hubiese torcido un pie.

A las nueve de esa noche ya había cesado de llover. Los relacionados se apresuran á cumplir el triste deber del pésame con la viuda y familia de Crispín Luz. Crispín Luz fué, en concepto de cuantos iban llegando, "un modelo": buen hijo, buen esposo, buen padre, buen hermano, buen caballero, buen ciudadano, "un modelo", en fin. Y para algunos el principal mérito del muerto consistía en haber sido por años empleado de confianza en la casa Perrín y C.ª

El señor Perrín, acatarrado, no pudo asistir al
entierro; é imposible exponerse á la humedad
esta noche. Pero en su reconocimiento hacia el
hombre de hierro, durante varios años de facto-
tumismo, el señor Perrín ordenó á sus dependientes:

—Es necesario que ustedes concurran en cuerpo á los funerales del señor Luz. Fué un emplado
"modelo".

Y allí estaba esa noche toda la casa Perrín y
Compañía, menos el jefe.

—Imposible que el señor Perrín se expusiera
á pillar una pulmonía—expresaba uno de los pequeños aprendices de Mercurio, como si el
señor Perrín fuese una cantatriz.

El probable sustituto de Crispín, el que venía
reemplazándolo en la confianza y los quehaceres
del almacén, decía:

—La Casa se ha portado admirablemente.
Paga los gastos del entierro.

—Sí—añadía otro—, y eso á pesar de la desavenencia del señor Perrín con Ramón Luz.

—¡Y la coronal—exclamaba un tercero.

—Es de siemprevivas de porcelana, y vale por
lo menos $ 50.

—No exageremos—dijo Schegell, concienzudamente, metiendo baza—cincuenta pesos no
cuesta; pero está facturada en $ 33,50.

Las charlas se localizaban por grupos. Al entrar se buscaba á alguno de los deudos del fene-

cido; se le veía y se era visto por él; se le dirigía
alguna frase, por el estilo de este clisé: "Lo
acompaño en su sentimiento"; ó se le palmeaba
en el hombro como fraternizando en el dolor; ó
bien se le estrechaba la mano con intención, el
aspecto compungido, ó con gravedad cómica,
mientras se le veía en los ojos fijamente con miradas de pesadumbre ó de conmiseración. Y se
pasaba luego á cualquiera de los grupos adonde
se encontrasen personas amigas, á conversar un
rato de todo, hasta del muerto.

En uno de estos grupos de gente moza—amigos de Ramón y de Eva—, Lucio de la Llosía dejó
caer estas palabras, saboreando de antemano la
sensación de importancia que produce el divul-
gar cosas nó sabidas:

—El afortunado es Brummel.

—¿Afortunado, por qué? ¿Se ha repetido alguna otra escena como la de Macuto?—preguntó
alguien.

Y Esteban Galindo insinuó:

—Para su reputación de Tenorio basta con
aquélla.

Lucio de la Llosía se amostazaba interiormente
porque la parlería de los demás estaba impidien-
do el que su noticia cayese con la gravedad que
él deseaba. Tuvo que soltarla de rondón.

—Pues, señores: Brummel se embarca hoy en
La Guaira para Europa.

—¿Para Europa, él?

—Sí, hombre—dijo Llosía—; va como *attaché* de la Legación en Francia.

—¿*Attaché* de la Legación?—corrigió la mala lengua de Galindo—. *Attaché* de la ministra, dirás tú.

Ramón, que se acercaba al grupo en ese momento, y que por la gravedad de Crispín y el poco callejeo de esos días no estaba al corriente de las novedades, preguntó:

—¿Y quién es el nuevo ministro en Francia?

—Cabasús Abril.

Ramón se alarmó.

—¡Válgame Cristo! ¿El general Cabasús Abril? ¡Pero si es un burro! No rebuzna por milagro. ¡Cómo es posible!

Entonces le explicaron. El secretario de la plenipotencia sería un empleado que sí sabe de esas cosas, y manejaría el pandero. Cuanto á Cabasús, no era más que figura decorativa, de muy mal gusto, por cierto. Desterraban á Cabasús con una Legacía por temor de que se fuera á la revolución. Y como la generala no podía separarse del querubín de Brummel, se lo llevaba de *attaché*.

—¡Bonita pieza, la generala!—dijo Esteban Galindo—. No se apuren ustedes: dentro de poco figurará en París en colecciones de tarjetas postales y en alguna de esas posturas íntimas que sólo Cabasús y Brummel creen conocer.

—¡Excelente Gobierno!—gruñó Ramón, enfurecido. ¡Qué hato de pillos!

Y levantando el índice de la derecha, en tono profético, añadió:

—Cuatro meses le doy de vida. Esto se desmorona, se lo lleva el diablo. Ya huele á muerto.

El petulante de la Llosía, aunque no sabía inglés, pronunció á trompicones esta frase de Shakespeare, cuyo significado conocía, y juzgó oportuno:

—*There is something rotten in the State.*

La casa resplandece. Faroles ó girándulas, distanciados de un metro, penden en ringlas de las lumbres; y de las girándulas cuelgan á su vez, y mariposean en el aire, cintas negras. Fundas de lienzo blanco, listadas por negra franja de gro mate, disimulan la alegría de espejos y de cuadros, mientras que en el corredor de entrada hileras de sillas fúnebres, á ambas manos, aguardan las actitudes hipócritas de la condolencia

En el gran salón de la casa no había sino hombres. Las mujeres se refugiaban en la antesala, en torno de la viuda y de las amigas íntimas de la viuda. En la atmósfera flotaba un ambiente de creolina y de éter: el fenol desinfectante y el reactivo de los soponcios y de los ataques de nervios.

—¿Cuántos niños te quedan, María?—preguntaba una señora á la viuda, tuteándola, á pesar de una amistad muy de superficie.

—Uno, un varoncito.

—No es mucho—observó la buena señora.

—¡Pobre Crispín—gimió la viuda, sin pizca de ironía—tan atareado siempre!

Y refería, la milésima vez aquella noche, la vida y los quehaceres de su marido. Y la señora olía, mientras conversaba, las sales de un pomo.

Eva, hacia el interior, en servicio de su madre, á quien ya fué imposible ocultar la realidad, venía en frecuentes carreritas, sobre la punta de los pies, al comedor, adonde Rosalía, Ana Luisa Perrín y algunas otras íntimas se habían reducido á conversar. Allí estaban también Adolfo Pascuas, irreprochable en su traje negro, con cara de hastío, en un rincón, mudo, solo; y Mario Linares, muy nervioso, siguiendo con los ojos la figurita de Eva cada vez que ésta se alejaba, y empeñado, cuando la niña regresaba, en consolarla y distraerla, charlándole á la oreja con una solicitud que hacía cambiar sonrisas de inteligencia entre Ana Luisa Perrín y Rosalía.

Por fin los visitantes comenzaron á partirse.

Rosendo en la sala, Ramón en el corredor, y en el saloncito María y doña Josefa, asesoradas de Juanita Pérez, despedían el duelo. Bien pronto no quedaron sino las personas de la familia.

Cuando el portón de la calle traqueó para cerrarse definitivamente esa noche, ya extinguidas las luces, María comprendió por primera vez lo irremisible de la ausencia de su compañero; y á pesar de la infelicidad de su matrimonio, á pesar de sus vanos ensueños de viudez y de libertad, á pesar de todo, rompió á llorar de veras con llanto generoso é irrestañable.

APÉNDICE

JUICIOS CRÍTICOS (1)

Ce roman fut écrit en 1905 dans la prison de Ciudad Bolívar où l'auteur était détenu pour ses opinions politiques; il parut à Caracas, en 1907, et fut réimprimé en Espagne il y a trois ans. Il va être publié de nouveau à Paris (2).

Les deux premières éditions, bien que favorablement accueillies par la critique, n'ont pas eu les succès que le livre méritait. A Madrid notamment, parmi de nombreuses productions aussi hâtives qu'éphémères. «l'Homme de Fer», a été, sinon confondu, du moins insuffisamment mis à part.

Les espagnols se contentent d'ailleurs volontiers d'être les fournisseurs intellectuels de l'Amérique, dont les besoins sont plus considérables que ceux de la Péninsule et qui rémunère généreusement les romanciers et auteurs dramatiques, ces derniers surtout. Ils admettent difficilement la réciproque.

(1) Hemos recogido en esta nueva edición de «El Hombre de Hierro" una docena de artículos, firmados por escritores conocidos y pertenecientes á diferente s nacionalidades, entre los muchos que teníamos á la vista. Eso probará el éxito de la novela, cuya edición definitiva publicamos.—(Madrid, 1916.)

(2) Habiéndose pedido á M. J. F. Juge e artículo que escribió cuando apareció la primera edición de "El Hombre de Hierro," el señor Juge lo ha aumentado y publicado en el "Bulletin de la Bibliothèque de l'Amérique", correspondiente á Marzo de 1913, de donde lo tomamos.—(Madrid, 1916.)

Rares sont les écrivains américains dont le nom est parvenu a dépasser un groupe restreint de littérateurs et d'initiés. M. R. Blanco-Fombona est de ceux-lá (1). Il est considéré aujourd'hui comme un des meilleurs poètes de langue espagnole.

En France, il est connu surtout par ses œuvres en prose. De nombreux articles publiés dans les revues parisiennes, et surtout un volume de contes traduits en français sous le titre de *Contes Américains,* l'ont fait apprécier comme un des hommes qui connaissent le mieux le mouvement intellectuel de l'Amérique latine et comme un conteur délicat, un esprit d'observateur et pénétrant, en même temps qu'une âme tendre qu'aucune émotion ne laisse indifférente.

Ce sont ces mêmes qualités, mais singulièrement développées et élargies, que nous retrouvons dans ce roman qui va être publié pour la troisième fois, EL HOMBRE DE HIERRO, L'HOMME DE FER.

C'est l'histoire d'une vie, d'une pauvre vie d'honnête homme, misérable et bon, où l'on trouve beaucoup de dévouement, beaucoup de travail et beaucoup de souffrance.

Crispín, premier employé de la maison Perrin et Cie, a épousé María qui ne l'aime pas, qu'il n'aime guère d'abord, mais dont il s'éprend de plus en plus. A mesure que sa passion augmente, les sentiments de sa femme se transforment. Elle passe de l'indifférence à la froideur et de la froideur à la haine. Elle se prend à détester son mari de tout

---

(1)   Œuvres de M. R. Blanco-Fombona.

Prose: "Cuentos de poeta", contes (1900).—"Más allá de los horizontes", voyages (1903).—"Cuentos americanos", contes (1904).—"El Hombre de Hierro," roman (1907).—"Letras y letrados de Hispano-América, études de critique et d'histoire littérarie" (1908).—"La evolución política y social de Hispano-América", étude de sociologie et d'histoire (1911).—"Judas Capitolino", étude politique (1912).

Vers: "Patria" (1895).—"Trovadores y Trovas" (1899).—"Pequeña ópera lírica" (1904).—"Cantos de la prisión y del destierro" (1911).

Traduits en français: "Contes américains" (1903).—"Au delà des horizons", poèmes (1908).

cœur et, tandis que Crispín ruine sa santé pour apporter plus
d'aisance chez lui, sa femme se donne à un bellâtre profes-
sionnel, qui, bien entendu, la méprise, une fois son caprice
satisfait. Crispín a bien quelques soupçons qu'une lettre
anonyme a fait naître, mais la confiance est plus forte que le
doute. Puis, un fils lui est né, qu'il attendait avec impatience, et il oublie ses souffrances en berçant dans ses bras le
petit être informe qui est son enfant. Mais Crispín a trop
présumé de ses forces. Le travail opiniâtre auquel ils s'est
livré pendant longtemps, a achevé de l'épuisier. Il meurt à
la peine, et c'est alors seulement qu'on commence à lui ren-
dre justice. Sa femme, peut-être parce qu'elle éprouve quelque remords, peut-être aussi parce qu'elle se sent seule et
que l'abandon lui pèse, pleure celui qu'elle a trompé et
dont elle a hâté la fin, et elle le regrettera, pendant quelque
temps du moins.

Tel est, brièvement raconté, le sujet du roman. Il est
mince, mais l'auteur l'a voulu ainsi. Il n'a pas cherché a ex-
citer un intérêt de curiosité, il n'a pas voulu nous faire
attendre avec impatience une conclusion sans cesse retardée.
Il a placé le dénouement au premier chapitre. M. Blanco-
Fombona ne s'adresse pas aux clients habituels des romanciers feuilletonnistes. Son livre est fait pour le lettrés et il a
tout ce qu'il faut pour leur plaire.

L'Homme de Fer est á la fois un roman psychologique et
un roman de mœurs. C'est une étude de deux individualités:
Crispín et sa femme María, et c'est aussi la peinture de Caracas et de la société caraqueña.

Crispín est un brave homme et un pauvre homme. C'est
un cœur aimant et tendre, une âme naïve et droite. Il incarne
tous les bons sentiments de la bourgeoisie. "Il était ponc-
tuel, sobre, chaste, économe." Il aurait fait un excellent petit épicier. Mais il est timide quand il est dans le monde; il
est doux, il est faible. Il est tout désigné pour être une vic-
time et il en est une en effet. D'abord, dans sa famille, sa
mère ne l'aime guère et lui préfère ses frères, dont l'un

est un viveur sans scrupule et l'autre un robuste propiétaire
rural. Toutes les foix qu'il y a des taloches à recevoir, Crispín est lá.

Devenu grand, il est entré comme teneur de livres chez
Perrin et Cie et son zèle, sa régularité lui ont fait peu à peu
gravir tous les degrés de la hiérarchie commerciale. De
modeste employé, il est devenu le second de la maison,
l'homme de confiance, le bras droit du patron, "l'homme de
fer" de Perrin et Cie. C'est l'employé modèle, venu au bu-
reau le premier, parti le dernier. Il connaît toutes les affaires
de la maison; il est fier de sa puissance; il l'aime avec
passion. Cet homme si probe dans la vie privée a moins de
scrupules en affaires. Tous, ou presque tous les moyens lui
paraissent bons quand il s'agit d'augmenter les bénéfices de
Perrin et Cie. Il ne se demande pas si une entreprise est
honnête. A-t-elle des chances de succès? Sera-t-elle fruc-
tueuse? Oui? Alors il faut la tenter. Les affaires rendent
Crispín impitoyable.

Elles ne lui font pourtant pas oublier ses autres devoirs.
Comme il fut le modèle des fils, il est encore l'époux mo-
déle. Sans doute, ce n'est point l'homme auquel rêvent les
jeunes filles, mais en revanche il représente le type parfait
du mari que les mères prudentes cherchent pour leurs enfants. Crispín est loin d'être beau: maigre, long, maladif, il
a les yeux enfoncés et ronds; il joue de la clarinette; il
ronfle; il ne sait pas causer avec esprit. Il est insupportable
et sa femme le trompera. Il a des qualités solides, sans doute,
et c'est quelque chose; mais il a de petits défauts.

Je dissais que Crispín était un petit bourgeois, mais c'est
un petit bourgeois de province, aux idées arriérées; il est
religieux et practiquant; il croit à la vertu, à l'honneur, à la
pudeur aux lois. Il est même patriote! Quand je vous disais
qu'il était insupportable!

La femme de Crispín, María, forme un parfait contraste
avec son mari. C'est une âme étrange que la sienne, une petite âme malavide, faite pour souffrir et pour faire souffrir.

Elle est triste, elle pleure sans savoir pourquoi. Elle reste parfois des heures enfermée toute seule dans sa chambre. D'autres fois, au contraire, elle chante et rit sans motif apparent. Elle s'est mariée un peu au hasard, ou plutôt on l'a mariée au petit bonheur, pour se débarrasser d'elle. Avec sa nouvelle condition, son inégalité d'humeur n'a fait que coître. Les petits travers de Crispín achèvent de l'exaspérer. Bientôt son mari lui fait horreur, et il n'y aura plus rien de commun entre elle et lui. C'est une femme incomprise qui naturellement cherchera à s'expliquer. Elle s'en remetra du soin de déchiffrer son âme à Julio de Nájera, un bellâtre, prétentieux et sot. Elle croit éprouver pour lui une grande passion, et peut-être l'éprouve-t-elle. Elle s'abandonne sans réserve, oubliant toute prudence, au point que bientôt, personne, sauf son mari, n'ignorera sa faute. Une fois délaissée, elle reste quelque temps abattue, puis son courroux se tourne contre Crispín et contre son propre fils sur lequel elle reporte un peu de la haine que lui inspire son mari. Seule la mort de celui-ci peur modifier ses sentiments. La solitude l'accable. Elle comprend la solidité de l'affection qu'elle vient de perdre. Dans son malheur, elle éprouve un grand besoin de tendresse et elle reporte sur son fils un peu de l'affection posthume qu'elle ressent pour son mari.

M. Blanco-Fombona a voulu étudier une âme malade, et il faut reconnaître qu'il l'a fait avec beaucoup de bonheur. María est un personnage aussi vivant que Crispín, peut-être même plus intéressant. Les figures secondaires du roman ne sont pas moins dignes d'intérêt. Si le Dr. Tortícolis est une caricature de médecin un peu trop facile, et si le "Brummel" de l'endroit, Don Juan mâtiné de grec, quoique bien dessigné, n'est pas un type très original, en revanche les autres sont vigoureusement esquissés. C'est Perrin, le brasseur d'affaires sans scrupule, le métèque riche et insolent; c'est le jeune ménage de viveurs, toujours à la recherche d'un nouveau plaisir; c'est le grand propiétaire terrien, Joaquín Luz, le frère de Crispín. Voici encore doña Felipa, la mère

autoritaire et dure,, mais faible pour son fils favori qui la
vole et la ruine; doña Josefa, l'éternelle lectrice de romans,
qui voit le monde à travers les récits de ses auteurs favoris;
un moine farouche, un prêtre moderne aux idées libérales,
belle figure un peu idéalisée, mais fort attachante; d'autres
encore, des hommes d'affaires, des employés, des dévotes,
une foule d'hommes et de femmes esquissés en quelques
traits ou étudiés plus longuement, mais tous bien vivants et
très nets.

*
* *

C'est que El Hombre de Hierro est aussi et peut-être
surtout, un roman de mœurs. Nous y trouvons une peinture
très fouillée de la société de Caracas. Le monde des affaires est presque au complet. Riches négociants, petits
employés passent sous nos yeux et nous dévoilent les se-
crets de leur vie. Nous voyons comment il faut s'y prendre
pour lancer un produit pharmaceutique; nous apprenons
comment, sous le couvert de la philanthropie, on peut faire
de bonnes affaires. Le pêt à usure, la vente à tempérament,
les opérations louches, toutes los *affaires*, sont convenable-
ment exploitées là-bas comme ici et nous n'avons rien à nous
envier ni à nous reprocher les uns aux autres. A quoi bon
voyager, si tout est partout pareil? Là-bas comme chez nous,
comme ailleurs, nous voyons les employés pleins de morgue
devan leurs inférieurs, serviles devant le maître, calculer,
combiner, intriguer pour gagner les faveurs, prêts à tout
sacrifier pour arriver ou pour conserver le poste conquis.

La haute société paraît peu dans ce roman. Nous enten-
dons parler parfois de quelque grand personnage politique,
nous voyons les effets produits par une décision du pouvoir.
Mais politiciens et hauts fonctionnaires restent dans la cou-
lisse. Il y a cependant sur D. Cipriano Castro et ses dif-
férends avec les puissances étrangères, quelques pages fort
curieuses dont on ne peut que conseiller la lecture à tous

ceux qui désirent se faire une opinion exacte sur l'ex-pré-
sident de la république de Vénézuela. Si l'on veut quelques
renseignements sur les mœurs politiques de lá-bas, il faut
lire plutôt dans les *Contes Americains* de M. Fombona,
le joli récit intitulé *Democracia criolla.*

Le peuple, en revanche, tient dans EL HOMBRE DE HIERRO
une place assez importante. Non pas que M. Blanco-Fombona noux présente des individus, ouvriers ou paysans,
comme il l'avait déjà fait dans *El Canalla San Antonio* et
Democracia criolla. Peut-être l'auteur a-t-il cru que ces
gens simples et rudes ne sauraient offrir matière à l'analyse,
et que c'est tout au plus si leur extérieur barbare, leurs al-
lures pittoresques fournissent un sujet de conte ou de nouvelle. Ou peut-être tout simplement a-t-il voulu les réserver
pour nous les présenter plus tard dans un livre qu'il leur
consacrera spécialement. Toujours est-il que dans son
ouvrage, c'ets la foule seule qui paraît. M. Blanco-Fombona
connaît l'art de faire mouvoir les masses, de les grouper, de
les précipiter ou de les retenir et de faire non seulement un
tableau pittoresque, mais encore de mettre en relief quelque
trait essentiel de la psychologie d'une race.

Voici, par exemple, comment, de l'autre côté de l'au, éclate
une révolution à la campagne:

"La proclamation du chef des insurgés, imprimée a Caracas, circulait déjà dans tout le pays. Cette déclaration, dis-
tribuée quelque temps avant le soulèvement, était pleine de
mots ronflants, comme tout bon document subversif; on y
faisait le serment de renverser la tyrannie, de sauver la patrie et de répandre le bonheur dans le pays, baïonnette au
canon, on y invitait les Vénézuéliens, avec toute l'emphase
de notre emphatique langage politique, à accomplir l'œuvre
terrible de rédemption; on faisait appel à tous, sans dis-
tinction d'opinion, à tous les hommes de bonne volonté
sans parti pris d'exclusivisme. "Rédempteurs", ainsi s'appe-
laient eux-mêmes les rebelles. Et la révolution s'était don-
né le nom grotesque de "Révolution Rédemptrice"...

„... Le soir tombait à peine quand les *rédempteurs* arrivèrent. C'étaient des paysans et des journaliers des environs,
pauvres diables, chair à canon improvisée, futures victimes,
incapables de déchiffrer la proclamation de guerre, ce document entortillé qui les remplissait d'un enthousiasme dont
ils ignoraient le motif. Ils arrivaien mystérieusement, un par
un ou en groupes, avec des précautions de conspirateurs de
théâtre, cachant leurs armes sous leur couverture *la cobija* (1). Ils s'installaient dans les corridors ou dans les dé-
pendances de la maison. Les plus prudents allaient se
cacher sous les arbres pour dormir.

Au petit jour, ils abattirent et dépecèrent plusieurs
paires de bœufs, puis ils firent cuire les morceaux de viande,
embrochés sur des baguettes, devant un feu pétillant. Les
plus prudents en mangeaient une partie et gardaient le
reste, les uns dans des musettes, les autres dans des sacs de
lin tout noirs de crasse. La plupart portaien pour tout cos-
tume des caleçons et des culottes, une flanelle et une blouse;
sur la tête, un chapeau de paille aux larges ailes; aux pieds,
des espadrilles. D'autres étaient en bras de chemise, d'autres
même en paletot. Il y en avait de sanglés dans des ceinturons
doubles, où ils mettaient leur argent quand ils en avaient;
d'autres portaient autour du corps une simple courroie avec
une poche de cuir. A la courroie ou au ceinturon, un cou-
teau de chasse plus ou moins long était suspendu dans sa
gaine. Quelques-uns avaient des revolvers et des poignards.
Les plus avisés portaient en bandoulière, en guise de bau-
drier, une ficelle au bout de laquelle se balançait une petite
calebasse remplie d'au-de-vie ou de café, selon les goûts
de chacun. Parfois la calebasse et le café ou l'eau-de-vie
étaient remplacés par une corne creuse préparée pour servir de verre.

---

(1) La "cobija" que portent les paysans vénézuliens est une sorte de couverture
de laine, percée d'un trou au centre pour laisser passer la tête, et qui les protège de
la pluie et du vent. En Argentine le même vêtement est appelé "poncho", en Colom-
bie "chamana".

Quelques-uns, que les anciennes émeutes avaien aguerris, se moquaient des novices, leur donnaient des conseils ou racontaient des histoires de batailles. Ils portaient de vieux sabres avec des ceinturons de cuir flambant neuf, ou des baudriers de laine tressée aux couleurs voyantes.

"... Joaquín Luz arriva enfin à cheval suivi de huit ou dix autres cavaliers, formant l'état-major, tous munis d'épées et de winchesters, flambant neuf. Joaquín Luz était véritablement un bel homme; il avait une prestance virile, de robustes épaules, la tête redressée, le geste aisé. Sa parole, facile et joviale, son rire franc, et jusqu'à sa barbe noire, soigneusement taillée, servaient à lui gagner les sympathies des paysans. Au premier coup d'œil, on comprenait que cet homme, très supérieur à cette horde, devait être le commandant. Il portait une veste de cheviotte bleu marin, au col droit, et boutonnée comme un dolman, un pantalon de même étoffe et des jambières de cui verni. La "cobija" bleue et rouge, négligemment jetée devant la selle, pendait à côté des étriers.

„... Il dirigea son cheval vers la cour et adressa la parole à ses gens, sur un ton familier, en bon camarade.

„—Enfants, dit-il, j'aime à croire que tout le monde est content de partir. Que personne ne vienne à contre-cœur. Ceux qui ne veulent pas me suivre n'ont qu'à le dire; il en est temps encore.

„Les plus rapprochés du chef improvisé répondirent:

„—Nous voulons partir.

„—Nous les voulons.

„L'un d'eux même cria:

„—Vive notre chef! Viva!

„—Vivaaaa! reprit le chœur.

„Enthousiasmé par les acclamations et l'obéissance de sa troupe, Joaquín se dressa sur ses étriers pour la haranguer:

„—Bien, camarades. Partons pour la guerre. Notre cause l'exige. Notre patrie le demande. Abandonnons nos foyers, faisons le sacrifice de notre vie pour renverser la tyrannie et imposer la légalité et la justice. Les armes sont aux mains des ennemis. Allons les lui prendre. Vive la Révolution!

„On n'entendit qu'un cri sonore, ardent, enthousiaste:

„—Vivaaaa!

„Puis le chef éperonna son cheval et disparut parmi les arbres suivi de toute sa troupe, cavaliers et fantassins.

„... Deux heures au plus après le départ de Joaquín, on entendit de nouveau le bruit d'une troupe... C'étaient des soldats d'infanterie, les forces du gouvernement cantonnées à Los Teques, qui venaient d'apprendre l'insurrection de *Cantaura* et qui accouraient pour l'étouffer.

„—Va-t-en, Juan, on va te prendre, cria la vieille cuisinière à son fils, le seul homme demeuré pour surveiller la "hacienda".

„Juan s'élança, mais sa fuite ne fut pas assez rapide pour l'empêcher d'être vu.

„—En voilà un qui s'en va, fit observer un lieutenant.

„—Arrêtez, l'ami, cria-t-on.

„Et comme le fugitif courait de plus belle, on entendit une décharge: poum! poum! poum!

„Heureusement, Juan courait comme un cerf, et il réussit à gagner les bois. Des soldats s'élancèrent à sa poursuite.

„Pendant ce temps, le commandant de la colonne, très empressé, très respectueux, tranquillisait la famille en proie à la plus atroce angoisse. Il n'y avait pas de quoi s'alarmer. Il n'était pas un bourreau. Toutefois, il conseillait de partir pour Caracas le plus tôt possible. Les malfaiteurs abondaient en temps de guerre.

„Juana la cuisinière, voulant gagner les sympathies de l'officier, lui offrit une tasse de café, que celui-ci accepta très simplement.

„Les soldats furetaient pour leur compte. On les voyait entrer et sortir de tous les côtés. Petronila, à demi-morte de frayeur, s'accrochait aux jupes de María. Juanita Pérez faisait mentalement un vœu à Santa Rita. La femme du chef rebelle affectait le calme. Les enfants pleuraient. L'officier buvait son café à petites gorgées.

„Soudain on entendit un crépitement et une vive lueur brilla au loin. Les soldats venaient de. mettre le feu à un *rancho* de paille voisin de la Trilla.

„Bientôt d'autres soldats arrivèrent, traînant un corps inerte: c'était Juan, expirant, criblé de balles.

„La pauvre mère, la vieille cuisinière, en voyant son fils sanglant, évanoui, éclata en cris.

„—Ce n'est rien, la vieille, fit un soldat.

„N'ayant plus rien à craindre, furieuse, désespérée, provoquant les soldats, la pauvre vieille leur montra le poing et rugit:

„—Assassins!

„Un autre soldat, s'adressant au mourant, lui dit avec un sourire idiot ou méchant:

„—Allons, mon garçon, prends courage pour servir la patrie.

„La vieille, en l'entendant, eut un grognement désespéré:

„—La patrie! Maudite soit-elle!

„... Les soldats partirent enfin, emportant l'un une poule, l'autre un pantalon, celui-ci un coussin, celui-là la cruche du filtre, cet autre la cuiller à pot, tout ce qui leur tombait sous la main.

„En passant, ils secouaient brutalement les caféiers.

„Les graines odorantes et mûres tombaient à terre et se perdaient comme une petite pluie inutile de coraux rouges et ronds."

M. Blanco-Fombona excelle encore dans les tableaux de moindre ampleur. Citons entre autres l'enterrement de Joaquín Luz qui est un morceau tout à fait réussi.

*
* *

Il semblerait que de la lecture de El Hombre de Hierro dût se dégager une impression assez pénible. La société qui nous y est dépeinte se compose d'ordinaire de coquins, de jouisseurs, de malades ou d'imbéciles. La bonté est une faiblesse, la vertu une niaiserie. Le dévouement est exploité, l'honnêteté est ridiculisée. Tout ce tableau si sombre nous est présenté simplement, sans éclat, sans fracas, sans récrimination. C'est la vérité même, "l'amère vérité". A nous de conclure; tant pis si nous disons avec un des personnages: "Yo reniego de la virtud. ¡Qué asco!"

Pourtant le livre ne nous laisse point cette sensation d'accablement qu'on éprouve à d'autres lectures. C'est que l'impassibilité de l'auteur est loin d'être complète. On sent souvent en lui l'homme qui a des croyances et qui veut les faire partager, et par là le livre nous plaît davantage. Monsieur Blanco-Fombona aime son pays, et il le défend contre les injustes critiques dont il est l'objet. Il en aime la beauté du ciel, la richesse du sol. Il l'aime pour tout l'avenir énorme qu'il sent en lui. S'il dit de dures vérités à ses compatriotes, c'est parce qu'il éprouve pour eux une grande tendresse, parce qu'il les voudrait plus puissants, plus actifs, plus unis. Il croit en somme qu'on peut espérer quelque chose puisqu'il prend la peine de donner des leçons.

On s'est demandé parfois, s'il existait une littérature américaine. Quelques-uns le croient, d'autres le nient, affirmant qu'il n'y a qu'une littérature espagnole qui se développe en Espagne et Amérique. Cette dernière opinion ne me paraît pas justifiée. Sans doute, les divers états de l'Amérique latine ne possèdent pas encore une personnalité artistique très marquée. Ils sont pourtant bien différents de l'Espagne.

"Le peuple américain n'est plus le peuple espagnol, il est

un résumé d'indiens, de nègres et d'européens de toutes les castes, bien que prédomine dans ce nouveau produit de l'humanité, l'être, le sang, la langue espagnole. Spencer nous tient pour des êtres hybrides, avec tous les défauts de l'hybridisme, tandis que Reclus nous considère comme des rejetons de toutes les races. Il reste vrai que par l'heureuse prédominance chez nous du sang et dé´ la culture espagnols, nous sommes de la famille des peuples ibériques, et nous avons le droit de nous considérer comme des éléments de la race latine; de ce qu'on peut entendre aujourd'hui par race latine" (1).

On lira avec intérêt et profit ce que, sur cette question, qui a soulevé déjà bien des polémiques, écrit M. R. Blanco-Fombona. Sans aucune prétention doctrinaire, mais en nous exposant simplement les faits et en les faisant suivre de l'explication qu'il croit la meilleure, il apporte des précisions intéressantes.

L'influence française sur les écrivains et les artistes américains n'est pas niable. "La France possède dans l'Amérique latine une véritable colonie intellectuelle" a dit un écrivain américain. Mais ce n'est, nous assure M. R. Blanco-Fombona, qu'un cas particulier d'un phénomène généralisé· "Cette influence est excusable chez nous hispano-américains, dit-il, car nous sommes en politique les fils de la grande Révolution française, la langue française nous est familière dès l'enfance, et pour arrêter ce courant qui vient de Paris, nous ne sommes poussés ni par la haine, comme l'Allemagne, ni par la foi religieuse comme l'Espagne, ni par la rivalité et l'orgueil traditionnels, comme l'Angleterre" (2).

Cette influence et sensible, non seulement sur la pensée, mais encore sur le langage même; si l'on en croit certains critiques, il est en train de se former en Amérique une sorte

---

(1) R. BLANCO-FOMBONA: "Letras y letrados de Hispano-América".—Un vol París, librería P Ollendorf, 1908.

(2) Ouv. cit , pág 130.

de *néo-espagnol* qui serait du français par la syntaxe, comme aussi par un grand nombre de termes, philosophiques ou techniques, qui passent en espagnol avec une désinence légèrement modifiée.

Les questions grammaticales ont en Espagne une grande importance, et, alors qu'en France personne ne se scandalise ni même ne s'étonne de ce qu'on emprunte à la langue anglaise la terminologie sportive, par exemple, les intellectuels de la péninsule surveillent avec un soin jaloux l'usage de la langue castillane et s'efforcent d'écarter tout élément nouveau qui viendrait troubler la pureté de sa tradition.

On ne peut que louer un pareil zèle aussi bien que la tâche proposée. On peut se demander cependant s'il n'y aurait pas un meilleur emploi à faire de l'activité et de l'énergie nationales. L'important n'est pas qu'on appelle le jeu anglais football, ou "futbol", ou encore même "balompié", ainsi que le nomment quelques-uns. Si la chose est étrangère, l'aura-t-on rendue nationale en changeant son étiquette? Et parviendra-t-on même à la changer? Le résultat est douteux et, dans tous les cas, d'importance médiocre.

Il est certes essentiel pour un peuple de conserver ses traditions, mais il est dangereux de ne pas chercher à s'adapter aux circonstances. M. R. Blanco-Fombona observe une sage attitude. Il constate les modifications et la lente transformation subie en Amérique par le castillan. "Les plus éminents parmi les écrivains nouveaux de l'Amérique, dit-il, ceux qui cultivent avec le plus de fortune la belle langue *néo-espagnole*, ne construisent pas leurs phrases en français, ni à la française, bien qu'ils n'aient pas l'horreur des gallicismes et qu'ils en aient hispanisé un grand nombre. Notre castillan diffère du vieil espagnol en ce qu'il est plus flexible, plus riche en tournures, qu'il possède un vocabulaire plus abondant" (1).

---

(1) Ouv. cit., pág. 131.

Mais de là à croire et à affirmer que le castillan d'Amérique, comme l'a écrit Rémy de Gourmont dans le *Mercure de France* "est du français par la syntaxe", la distance est grande et n'est pas près d'être franchie.

M. Blanco-Fombona ne veut être ni espagnol, ni français, mais américain. Un critique académicien, M. Gonzalo Picon-Febres (1), veut à toute force le rattacher à la tradition espagnole et estime que tout ce qu'il y a de naturel, de spontané, de durable chez l'auteur de El. HOMBRE DE HIERRO, vient d'Espagne, que le reste, qui n'est qu'imitation et artifice, est d'origine française. Pourquoi ce qui vient de France est-il artificiel? Et ce qui vient d'ailleurs spontané? M. Picon-Febres ne le dit pas, et c'est dommage, comme aussi il est regrettable pour la thèse qu'il soutient, qu'il cite parmi les écrits les plus vivants de M. Fombona, trois contes *Historia de un dolor, Juanito, Molinos de Maíz*, qui, tous les trois, sont bien dans la manière française, puisqui le premier fait songer à Maupassant, les autres à Daudet.

M. Picon-Febres serait bien en peine d'étayer son affirmation. Quels sont les maîtres péninsulaires de M. Blanco-Fombona? doit-il quelque chose à Valera, à Galdós, à Pereda, à Palacio Valdés? pour citer parmi les romanciers modernes ceux qui sont considérés comme les maîtres.

Tous les écrivains de tous les pays ont contribué à la formation intellectuelle des hispano-américains, les espagnols comme les autres, mais, qu'on le veuille ou non, pas plus que les autres. M. Blanco-Fombona, et ce n'est pas un de ses moindres mérites, n'imite personne, ne se confond dans les rangs d'aucune école. On ne peut dire de lui ce qu'on a dit de tant d'autres: il n'est ni le Verlaine, ni le Galdós, ni le Taine américain. Il n'a adopté aucun système étranger, ne s'est astreint à aucune discipline extérieure, n'a observé aucune de ces lois plus ou moins nettement établies et qui régentent pendant quelques années les idées esthétiques.

---

(1) "La Literatura venezolana en el siglo XIX."—Caracas, 1906; pág. 253.

Il n'est ni romantique, ni naturaliste, ni décadent, ni symboliste. Il a profité de la part de verité que renferme chaque système dont aucun n'a pu retenir cet esprit indépendant.

Avant tout, il cherche la vérité; il la sent avec intensité, parce qu'il a une âme qui vibre, qui se passionne; il l'exprime en poète, parce qu'il est un poète.

Ce ne sont pas là des qualités communes et, avec des hommes tels que l'auteur de *Cuentos del Poeta*, des *Cuentos Americanos*, surtout de EL HOMBRE DE HIERRO (puisque nous ne nous occupons ici que de ses œuvres en prose), on ne saurait, sans injustice, affirmer qu'il n'existe pas de littérateurs américains. Mais y a-t il à proprement parler une littérature ou des littératures américaines? C'est là une question qu'on ne peut trancher encore. Si pour la traiter on se décidait à faire connaissance avec les écrivains de l'autre côté de l'eau, le plaisir serait grand et le profit ne serait pas mince. Un auteur comme M. Fombona est un homme de la meilleure compagnie.

J.-F. JUGE.

II

Tiempo hacía ya que no llegaba á mis manos un libro de Venezuela. Antaño me informaba del movimiento mental de ese país *El Cojo Ilustrado*. Mis impresiones últimas se quedan en las marmóreas y finas prosas de Díaz Rodríguez, en las ágiles y fuertes ideologías de Coll, en el diletantismo frugal de Domínici. ¿Y ese gallardo Blanco-Fombona? Ya en otra ocasión he dicho lo que de sus excelencias pienso. Hoy trato de él, de un libro suyo que acabo de recibir: un "novelín", EL HOMBRE DE HIERRO. Diré algo de lo bueno que de él tengo que decir. ¡Lo' malo, que se lo digan *los otros!* Diré las cosas con gran cuidado, con mucho cuidado. Porque, si le ofrecéis una rosa, él va directamente á buscarle las espinas. ¡Así es él! Un día le llamé joven, y no fué de su agrado, ¡oh Dios mío! En cambio, me llamó viejo, y no me desagradó, ¡oh Dios de él!

Hoy he de asegurar que he leído con placer y sin sorpresa su nueva obra, su *De profundis.* Un *De profundis* muy distinto del que escribiera el poeta inglés, pues es más bien un *Gaudeamus.* Así debía ser, pues se trata de diversas complexiones espirituales. El novelín de Blanco-Fombona es una madama novela. Y el poeta que conocéis, lleno de gustos exóticos, y saboreador de raros manjares, presenta ahora la consabida "tajada de vida" que deben haber estado esperando hace tiempo los aficionados á lo sólido y masticable... Y la tajada de vida que Rufino sirve es nacional á pedir de boca. Ahí tenéis, señores. Encarcelad á doscientos imbéciles; ya veréis el jugo que podréis sacar. Mas del ruiseñor enjaulado, ya os lo dice la experiencia. Y no os quejéis mucho los que esperabais los colores y los perfumes del verso. La roja flor de la granada es hoy fruto, sabroso fruto. Partidla con cuidado, que tiene su tanino y os podéis macular. Y comed el grano de color, guardándoos de la parte amarga.

Si doña Josefa de Linares leyese EL HOMBRE DE HIERRO —¡infeliz hombre de carne, de poca carne!—no dejaría de llamar á la mujer de éste, á la heroína de la novela, una madama Bovary. El bovarismo de María es flagrante. ¡Y tan universal! A este respecto no hay sino estar con la teoría de Jules de Gaultier. La Bovary caraqueña es de todas partes, de todos los climas, y su cabello y sus ojos pueden ser de cualquier color, ¡oh!, murmuradores de las morenas y de las criollas.

El Rufino de los círculos y de los bulevares de París, el Rufino de las aventuras de Holanda y de Italia, una vez devuelto á su natal tierra, saca el provecho mental á la vida ambiente. Y á mí me place la obra venezolana como la obra europea. Sabe muy bien Rufino que entre la ambrosía y una arepa—en Nicaragua se llaman tortillas las arepas—yo vacilaría. Sobre todo, con el aditamento de un buen queso blanco, americano, y de madrugada, y en una hacienda... Y de todo esto hay en ese libro, y paisaje, y vida criolla y republicana, con política y todo. La prosa, como él la usa, siempre fácil y libre, y hasta libertina, con un si es no es de casticismo castellano, que viene de raza. ¿No es acaso Caracas una ciudad académica?

No creo que la psicología de los personajes no sea un tanto observada. Seguramente el autor ha conocido á más de uno de sus tipos, pues la vitalidad de tales denuncia la existencia del modelo. Con todo, supongo figura de excepción la de la pecadora esposa del "hombre de hierro", en un medio en donde las tradiciones de honestidad de los buenos tiempos se conservan para ventura de los hogares y tranquilidad social.

Á pesar de la chatura burguesa del asunto, el lírico que hay en Blanco-Fombona se revela en señaladas páginas poemales, de armoniosa belleza y de emoción honda, como la que comienza: "De tiempo en tiempo el Ávila bramaba como un león." Son párrafos "bien rugidos", mi querido Rufino.

No sé por qué, ó sí sé por qué, toda obra de este nervioso y brillante venezolano me parece obra de combate. Aun en sus poesías de artista errante, de trovador aventurero, ó de rimador caprichoso, encuentro siempre el gesto del combatiente. Es á causa de su temperamento, de sus ímpetus, quizás excesivos. Y la culpa no la tiene Zarathustra, sino el ordenador de las almas y de las mentes, que pone el destino

de los hombres en las corrientes de sus nervios, en las cé-
lulas de sus cerebros, en los hornos más ó menos caldeados
en que se inician sus voliciones.

Si su mucha savia le exaspera entre las asperezas inevita-
bles de la existencia, halla un ejercicio de renovación moral
y de gimnasia de la mente, en largos y dilatados revuelos
de fantasía, ó en el auto-dominio de la voluntad por el método en la labor de su predilección. Hay que saber que ese
caballero atorbellinado que parece tuviese escrito en su es-
cudo como simbólica palabra el "whim" emersoniano, acos-
tumbra, entre los placeres y los combates, dedicarse á verter su alma en la blancura del papel, por la punta de su pluma. Alguna vez he dicho que su tiempo, más que el actual,
habría sido el de los artistas y hombres del Renacimiento
italiano. No se debe apurar mucho de la equivocación de
su muerte y del anacronismo de su nacimiento, supuesto
que, como lo parece, lleva consigo y por todas partes su
ensueño, que tiene la rica aleación de una envidiable voluntad.

Siempre será el mismo, en consulados entre los bárbaros
del Norte, en las alegrías venecianas y florentinas, en los
cafés de París, ó en las vagas y terribles Baratarias que le
han causado momentos de tragedia. Por lo menos, demues-
tra á la continua su agitación de humano activo, su deseo
de conquistador, su amor al himno y su necesidad de la
acción. Me imagino que habría sido muy del agrado de sus
compatriotas D. Francisco de Miranda y D. Simón Bolívar.

Rufino es de los que han nacido para realizar grandes cosas ("más allá del Bien y del Mal", si gustáis); y las reali-
zará, como no llegue antes el instante que corta el vuelo de
los más fuertes cóndores, ó impide el salto de los más hermosos leones.

RUBÉN DARÍO.

Palma de Mallorca, Enero de 1907.

III

A Joaquín Camacho Roldán.

Para los venezolanos, EL HOMBRE DE HIERRO es una novela, únicamente una novela; y para los que la leemos aleja-
dos del ambiente donde pasa su acción, es un libro signifi-
cativo y acre, un esbozo de Sociología, casi un tratado de
historia contemporánea, que nos explica, quizás sin preten-
derlo su autor, las causas y efectos de la enfermedad nacional que padece Venezuela en grado máximo, como tipo
del grupo de países que en América sufren la misma dolencia: relajación de la voluntad creadora de ideales sanos
y fuertes que sostengan y vigoricen los lazos sociales y las
aspiraciones de un pueblo que tiende á llenar una misión
en el continente.

En una nación abúlica todo es espasmódico, efímero,
voltario: la libertad y la tiranía, la riqueza y la miseria, el
bien y el mal, la gloria de los grandes y la fortuna de los
advenedizos. Las instituciones son fábricas movedizas que
conduce un soplo revolucionario; los principios conservadores tienen aún más débil consistencia; la paz es tregua de
beligerantes y la discordia el elemento vital de las ambiciones enconadas; nadie obedece y todos nacieron para el
mando; cada cual delibera y muy pocos son los que pien-
san; los sentimientos arrastran en carrera ciega á las ideas
y las ideas descubren la falsedad de fórmulas verbales.

Sólo un sentimiento no cambia: el que sostiene en los corazones la discordia. Los hombres parecen incapaces de la-
borar con instrumentos fecundos el bien de la patria y la
felicidad propia. La violencia es el camino de los que triunfan y el anhelo de quienes quedan vencidos.

La Naturaleza, áspera y cruel, colabora en la obra de en-
sañamiento y muerte. Una ley horrible de selección destruye

de tiempo en tiempo á los mejores por la salud del cuerpo y el entusiasmo aventurero de las almas, dejando en pie á los más débiles. Las virtudes que hacen insignes á los pueblos: el amor por las glorias del trabajo, el reposo sereno del pensamiento, el patriotismo elevado y juicioso, la probidad y el desinterés, el respeto por la ley y el derecho, el culto de los mejores sentimientos humanos, todo desaparece para dejar un sitio inmenso á la *heroicidad*, que, al contrario de la antigua exaltada por griegos y romanos, es en estos pueblos enfermos una grotesca figura que en lugar de clarines de gloria escucha chirimías de feria.

Donde tan fácil es pasar del Capitolio á la cárcel, sucedióle al señor Rufino Blanco-Fombona por malas artes, que de enemigos había de ver trocar su silla de gobernador de un estado venezolano por la prisión en la misma sede de su Gobierno.

Magnas obras han sido compuestas en el silencio desapacible de las prisiones. En una de éstas escribió Blanco-Fombona su HOMBRE DE HIERRO, libro nervioso y pujante que revela un gran talento literario y un espíritu de atrevidos impulsos y no escasa médula pensante.

Las páginas escritas en los calabozos en que se hallan sus autores, sea por amigos de la libertad ó porque la justicia de los mortales así lo ha dispuesto, han sido casi siempre amargas y vindicativas.

De los poetas, unos sintiéndose incapaces de zaherir á sus carceleros ó á sus jueces, se han vengado en la humanidad—con ironía soberana —, componiendo libros inmortales para que resalten eternamente el mezquino móvil de los condenadores y la genial creación del encarcelado.

Otros poetas, como Pellico, han preferido seguir los impulsos de su temperamento de románticos y tiernos revolucionarios. El autor de EL HOMBRE DE HIERRO, naturaleza indómita en la cual se adivina el choque de dos estirpes mediterráneas; corazón de "ave de presa", que á la manera de Cellini abandona la copa que cincela para ocurrir á un reto

donde los aceros vibran en la obscura callejuela, ó para jun-
tarse á las asambleas populares; el poeta de aventuras dra-
máticas y versos de un sabor queveduno aprovecha el en-
cierro forzado, mientras sus pasiones arden en espera de la
libertad, y se dedica á componer un libro amargo, incisivo,
penetrante, saturado de acre poesía y de un pesimismo pro-
fundamente humano.

Audaz y valeroso escritor se revela el poeta en el asunto
y en los detalles de su libro: "La verdad es la senda", dice
con Tolstoï, y una vez que la presiente la sigue, la acecha y
la trae palpitante, casi sangrienta, para exhibirla en su mesa
de vivisector sin miedo.

El Hombre de Hierro es de aquellas novelas que desen-
cadenan borrascas aun en pueblos hechos á ver la explota-
ción de todos los temas viables para el artista. Sólo que la
forma peculiar de la novela tiene la virtud de ocultar el alcance de ciertas verdades y ciertos detalles. El arte del poeta, la forma cambiante empleada en sus páginas, la natural
tendencia en los lectores á no achacar las opiniones de los
personajes al novelista; las salvedades que pone al concepto
atrevido que heriría á muchos si de otro modo se expusiera, y algunas consideraciones más que pudieran traerse á
cuento, quitan á una novela gran parte de lo que en ella
provoca la ira ó la protesta de una sociedad determinada.

El cuadro que nos muestra Blanco-Fombona es descon-
solador, aunque la impresión de tristeza que, sin duda, deja
anuncie que han de ser aprovechadas sus verdades y aplicado el bálsamo que necesitan úlceras descubiertas con tal
entereza por el novelista en el cuerpo prematuramente podrido de una nación desbordante de espíritu, mas extermi-
nada en su voluntad por la discordia que llevan consigo todas las miserias y todos los vicios.

Aquel hombrecillo apocado, impotente y triste; aquel
personaje secundario que es *virtuoso*, sin que la vida le per-
mita ser *fuerte*, es el tipo que representa en la novela la
parte selecta de la sociedad, copiado á grandes pinceladas

en veces de una seguridad magistral, por el autor de EL HOMBRE DE HIERRO. El pobre *Crispín Luz,* trabajador incansable, corazón bondadoso, al cual se complacen en causar heridas los necios y los perversos, que no son virtuosos, pero sí fuertes; el abnegado sin medida; el paciente, el buen hijo, el manso ciudadano que ignora el ludibrio de su nombre, burlado por su esposa y que muere entre la mofa de sus amigos y parientes, carece del espíritu aventurero de su pueblo, desconoce la heroicidad, virtud excelsa de los suyos, es un predestinado de la tisis, un infeliz que simboliza la bondad ridícula.

Es una caricatura, y, por lo mismo, el parecido con el original es digno de sincero elogio. Blanco-Fombona analiza á su personaje con deleite, casi pudiera decirse que es cruel con el insignificante *Crispín Luz;* á este dolorido innominado se complace en exhibirlo, como por ironía hacia los representativos, hacia los personajes principales. El personaje secundario es en Wagner, en Tolstoï, en Maeterlinck—para citar tres grandezas de mi siglo—un ser casi inconsciente, humilde y puro, que, á la manera de las flores, aroma los senderos por donde transitan los *héroes.*

Blanco-Fombona hace centro de la acción de su novela á un ser sin pasiones visibles, sin energías para ser héroe, y á su lado, de comparsas en el drama, aparecen los politicos trapisondistas, los elegantes pervertidos, las mujeres frívolas y las adúlteras, los mercaderes hipócritas, los ministros vendidos, los hermanos que despojan al hermano; los que se arrastran por conseguir la pitanza; los que viven de miserables expedientes; los caballeros de industria; los intrigantes; los que asesinan en nombre de la restauración de la patria. Gentes todas que carecen de vigoroso resorte moral para vencer en la lucha por la vida como buenos. Con todo, Blanco-Fombona encuentra un hombre lleno de fe en altos ideales, en el cual encarna la aspiración suprema que el poeta siente hacia el bien de la patria. Ese espíritu noble, candoroso y apostólico, es un sacerdote, el padre *Iznardi*

Acereto. "Era un hombre joven, de treinta y ocho á cuarenta años, alto, fornido, coloradote, los ojos aguzados y escudriñadores, detrás de sus espejuelos de míope. El cabello
corto y negro. Parecía extranjero..." En un seminario de
Europa había estudiado la carrera eclesiástica y sus mocedades pasaron en Holanda y Estados Unidos. "Regresaba á
su país, sobre todo por el ansia de verlo; y con un plan de
regeneración moral por medio de la fe. Era un hombre sincero, y acostumbrado, en su lucha de propagandista católico
entre protestantes, á saber del triunfo por la perseverancia
del esfuerzo."

Regresó á la patria, cuyos desastres resonaban en su corazón, con el alma fervorosa de quien anhela emprender la
obra de regenerarla con la palabra evangélica y con la acción
pacificadora y pura. El novelista, con acierto innegable, nos
muestra el padre *Iznardi* en un momento trágico y gran-
dioso de su vida.

Una mañana, á poco de empezar el sacrificio de la misa,
"la tierra sacúdese de súbito como el cuerpo de un corcel
nervioso". Los fieles, con lívido rostro y la plegaria en los
labios, se arrojaron tumultuosos, con el pavor de los reba-
ños, á la plaza, adonde, á cada sacudida de la tierra, se
veían llegar nuevas olas humanas en busca de sitio seguro
contra el desplome de los edificios. El temblor se repetía á
intervalos, y el terror de las gentes iba creciendo. Algunos
gritaban:

—Al campo, al campo.

"Entonces pudo verse una cosa épica. En la puerta de la
catedral apareció el padre Iznardi, revestido aún de su sobrepelliz, grande, coloradote, impasible, solemne, como si
no tuviera él, tan fogoso, ¡nervios! Con dignidad heroica
había terminado su misa. Había cumplido su deber hasta el
fin."

El capítulo donde relata el autor las derrotas que sufrió
la fe del padre *Iznardi Acereto* es de lo más interesante del
libro. Pudiera calificarse de página de historia política y po-

nerse de epílogo á la obra *Al margen de la Epopeya*, de otro venezolano, de la cual he hablado porque se presta á consideraciones útiles.

El apostolado del buen sacerdote no tuvo eco bienhechor.

"Lo cierto es que el religioso, descorazonado, vencido por el medio ignaro y hostil, terminó por abrigar la idea de regreso al extranjero, donde se había criado y donde se iría á enterrar con sus huesos sus sueños irrealizables de regeneración patria por medio de las doctrinas del Crucificado. Sus ilusiones estaban en derrota." "Esta gente vanidosa, frívola, egoísta, sin asomos de simpatía ni de comprensión por ninguna alta empresa moral, no eran los bueyes con que pudiera ararse, para luego semillar el erial nativo. Nadie tenía confianza en nadie. Ninguno se empeñaba en un propósito cuyo beneficio no fuese inmediato. Sus compatriotas le parecían plantadores que no sembrasen sino arbustos, de cuya mezquina utilidad se aprovocharían bien pronto, y desdeñosos de los grandes, nobles y productores árboles, que mal pudieran crecer ni prosperar por ensalmo, de la mañana á la noche."

El presbítero solía concurrir á la casa de uno de sus amigos, y allí nos lo presenta Blanco-Fombona en palique con *intelectuales* de mayor ó menor fuste. Véase cómo con un rasgo el inquieto poeta nos describe en un tipo á todos sus congéneres del Continente.

"Esa tarde se presentó el padre Iznardi Acereto en la tertulia, más desanimado y alicaído que de costumbre. No estaban allí con Mario sino Esteban Galindo y Lucio de la Llosía, ambos muy jóvenes, entre veinte y veinticinco años: Lucio, escribiente en un Ministerio, al cual no asistía con fijeza más que el quince y el treinta de cada mes, á cobrar el sueldo; escribía en los diarios y en efímeras revistas versos y poemas en prosa, con bastante sentimiento del arte y un nimio y vano amor de la levedad, de la gracia, de la arquitectura verbal. En él las ideas se traducían por sensaciones; era bueno lo que le agradaba, y malo cuanto no se acordó

con sus nervios. Con este pensar, escasa lectura y corto co_
nocimiento del mundo, sus filosofías eran muy epidérmicas
y de tan susceptibles cambios como sus nervios."

El padre *Iznardi* y sus amigos dicen cosas de insondable
tristeza.

"—Usted, de veras, quizás no conozca bastante á Vene_
zuela, padre—opinó Lucio de la Llosía. Esto es una pocilga.
Convénzase"...

Iznardi.—"Pero si aquí, en rigor, no hay clero; se carece
de vocación, de fe. Observe usted: no existe un solo hom_
bre de familia patricia en las personas del clero; no existe
un solo varón eminente por la piedad, por la elocuencia,
por el saber."

Mario.—"Venezuela, desgraciadamente, es un país sin fe,
no ya religiosa, sino carente de fe en cualquier orden de
ideas. No se tiene fe en los principios, ni en los esfuerzos,
ni en los hombres, ni en nada. La suspicacia es aquí mons_
truosidad de que ninguno se espanta porque todos la pa_
decen. Como en un país de lázaros nadie se espantaría de
las carnes agarrotadas, corroídas y purulentas de nadie. Y
esta suspicacia, esta mutua desconfianza nos conduce á un
individualismo propio de tribus bárbaras."

" · ¡Cómo nos pintas!—exclamó Lucio, el poeta de frus_
lerías y levedades japonesas en prosa y verso, que no pen_
só nunca en los problemas nacionales, como si habitara en
la luna.

»—Nos pinto como somos, querido Llosía: como somos."

"—Muy bien hecho—soltó el poeta de las ánforas y
otras fruslerías, deseoso de dar su nota personal, como si se
tratara de un *pequeño poema en prosa.*

„Muy bien hecho. Yo soy partidario de la guerra. Por la
paz, en las democracias, no llegan al Poder sino los zaran_
dajos, los aduladores, las medianías, ó las francas nulidades,
como Ignacio Andrade.

„ · Es verdad—dijo Mario—, y por la guerra no arriban
sino los desalmados y los bandidos.

„— ¿Cómo?...

„—Como nadie... No especifico. Al contrario, pienso que hoy Castro, lo mismo que ayer Guzmán, es de lo mejorcito."

"—La culpa es del clima, de la raza.

»—No, por Dios; no —dijo el padre desolado—. El clima es cien veces más hostil en el Norte de Europa que en el Centro de América..."

La culpa —digo yo, sin tener el honor de haber asistido á la tertulia de Mario —, la tiene principalmente esa índole belicosa que nos legó la larga y heroica lucha por la independencia; índole cruel é inconsciente que no hemos sabido corregir á tiempo y que se ha vuelto fondo de nuestro carácter nacional, vicio ontológico, de EL HOMBRE DE HIERRO nos toca bien de cerca á los colombianos; también nos duelen las llagas que á Venezuela duelen. Sólo se me permitirá que haga un distingo entre las causas del mal fratricida en uno y otro pueblo.

En Colombia hemos guerreado por una que los conservadores llaman Causa (con mayúscula), y los liberales Principios. Nos hemos devorado á ciegas por *ideas* que no han florecido con el riego de la sangre inocente. Porque se enseñe al padre Astete y porque no se enseñe á Bentham en las escuelas, hicimos una de las más dolorosas y de las más nefastas; porque se iban á cerrar unos conventos en Pasto tramamos otra, y porque el general Mosquera había llevado su *ilegalidad* hasta comprar un buque cuando España atacaba á las Repúblicas del Sur, casi nos lanzamos á los campos de batalla. Las discusiones filosóficas nos han encendido la sangre; las disputas teológicas, bizantinas y necias, han envenenado nuestra vida. Hemos formado dos bandos de rojos y azules, perfectamente deslindados, con sus credos santos, con sus lábaros y con su intolerancia; hemos pertenecido durante muchos años á una ú á otra de las agrupaciones sectarias. Nos hemos batido con furia por odio, por el grande odio. Pero no hemos seguido en los combates á un caudillo, sino una idea; nunca nos hemos batido invocando el nombre de un guerrero. La guerra entre nosotros no fué negocio, fué locura, fué odio de escuelas filosóficas, de doctrinas rivales, de banderas enemigas.

Y hoy... hoy parece que empezamos á curarnos; que despertamos del sueño espantoso, imbécil, amargo, doliente en que hemos vivido. Un hábito de juicio, de arrepentimiento, de infinita tristeza, penetra en las almas, y al ver cómo derrochamós el tesoro de libertad que nos conquistaron los magnos libertadores, al medir el vórtice en que sumergimos la vida nacional, al considerar lo estéril de nuestras contiendas, al profundizar nuestras desgracias, sentimos una inconsolable vergüenza ante el mundo, ante nuestros hermanos de América y con la fe del padre *Iznardi Acereto* pedimos á Dios bueno, al Dios de las naciones desventuradas, que salve de la discordia á este pueblo noble y generoso. Levantaremos la escuela para enseñar el amor al trabajo, á la ciencia y para predicar sin tregua el amor á la paz, á las virtudes tolerantes.

No pretendemos realizar en un día nuestro ideal nuevo. Tendremos que transigir en los sentimientos y en las ideas; olvidar unas veces, resignarnos otras. La obra es lenta y necesita de apóstoles convencidos, de altos espíritus que la proclamen con la sinceridad de evangelistas. No todo nos vendrá por añadidura: los viejos resabios levantarán la cabeza maligna, pero los vamos á ahogar apenas se atrevan á tentarnos; las ideas, las fórmulas, los principios que nos llevaron á la discordia, surgirán más tarde —porque ellos no hicieron el mal, sino los hombres—, mas resucitarán renovados, serenos, purificados. Y si Colombia no es capaz de volver sobre sus pasos, de comprender sus destinos, de someterse al reposo como suprema aspiración de su vida, que entonces perezca, porque no merece la existencia ni la libertad; que el yanqui la despedace de nuevo y sus hijos dispersos vaguemos como descendientes de la nación maldita, que ignoró la verdad cuando la verdad vino á ella.

Perdone Blanco-Fombona esta digresión. Su libro vale

mucho y enseña más. Un crítico menos inquietado por los problemas nacionales que el autor de las presentes líneas, dirá de EL HOMBRE DE HIERRO lo que ahora apenas se inicia con ferviente aplauso. Es propio de los libros hermosos y oportunos sugerir páginas de diversa índole. Quizá yo he visto la parte transcendental de EL HOMBRE DE HIERRO antes que la meramente literaria.

MAX GRILLO.

Bogotá, 1907.

IV

El ingenio de Rufino Blanco-Fombona ha recorrido los distintos géneros literarios con vuelo de triunfo. Cultivando la poesía, el cuento, la crítica, los estudios históricos, ha obtenido siempre una fresca cosecha de aplausos. Con EL HOMBRE DE HIERRO nos brinda el primer fruto de su labor de novelista, en la cual se muestra tan hábil y feliz como lo fué anteriormente manejando la difícil forma del cuento.

EL HOMBRE DE HIERRO es una novela intensamente venezolana, cimentada en la perspicacia de una observación sutil, que escudriña los más recónditos detalles de la vida para infundir en el conjunto la evidencia de la verdad.

Aquella crítica que ha creído ver en Blanco-Fombona un espíritu del Renacimiento, no supondría acaso que con fortuna, con amor y con tino pudiese penetrar en el corazón de la vida nacional. Pero Blanco-Fombona es ánte todo y sobre todo un alma muy venezolana, muy apto para comprender el espíritu ambiente, que flota en el ámbito patrio como resumen y compendio de las pasiones, de los defectos y de las cualidades colectivas, y para pintar con mano sabia y vigorosa de artista las lacerias, las tristezas, las alegrías y los sentimientos que nos circundan, que junto á nosotros se deslizan gimiendo ó cantando, como fuentes de diversos rumores.

Las personas inclinadas á generalizar los detalles, juzgando un todo por el asomo de una parte y aplicando con zurda inteligencia el *ab uno disce omne*, encontrarían tal vez acritudes y virulencias de sátira social en EL HOMBRE DE HIERRO; ya el autor lo previno, advirtiendo que no quiso encerrar en el marco de su novela á todas las personas que se agitan en nuestro medio, y de seguro que tampoco todas aquellas que él observó. Se atuvo á la enseñanza del conde moscovita, la cual promulga que "la verdad es la senda"; y á riesgo de resultar ríspido en ocasiones por la crudeza de la frase, prefirió eso al posible fraude de verdad, y á los baños y envolturas de almíbar sazonado en cordial disimulo con atroces venenos: tal lo requería y debía imponerlo su temperamento vigoroso de impulsiones.

EL HOMBRE DE HIERRO es la novela de Crispín Luz, lastimoso engendro humano, de cuerpo enclenque, arruinado por la diátesis, y de alma más enclenque y ruinosa todavía, en donde la voluntad ausente no puede vibrar una sola chispa enérgica. Esclavo sumiso y mudo de los caprichos maternales, se rinde al yugo de servidumbre temerosa que le impone Perrín, el extranjero enriquecido, y rueda por una pendiente dulce y falaz, hasta el matrimonio con María, empujado por Pascuas el tahur y por las malicias truhanescas de Rosalía, la virgen corrompida como una cortesana. El viento del querer ajeno sopla y él gira con dócil ideal, cual veleta en el campanario. Cabeza de turco familiar, zurrado por las culpas ajenas en los retozos del hogar, sigue siendo durante toda su vida el blanco á donde vuelan las más enconadas saetas del destino, el punto en donde baten todos los conflictos con implacable persistencia. Engañado por su mujer, zaherido por su madre, menospreciado ó vilipendiado por todo el mundo, *el hombre de hierro* de Perrín y Compañía sólo es un estaferno de dolor, junco de infortunio que abaten las brisas raudas contra los légamos putrefactos de la orilla. Su fisonomía moral está pintada con rasgos de firmeza; y del grupo de todos los personajes él se destaca con evidencia de vida plena, á mostrar las roñas de su espíritu carcomido por la abulia y la estupidez, mientras se desmorona su carne mordida por los virus héticos.

Resaltan después en el libro la figura de María, alma bastante simple con subsuelos de neurosis, incapaz de razonar la culpa en cuyos deliquios halla una efímera felicidad, y la figura de la anciana doña Felipa, testaruda y atrabiliaria como un sargentón, y la de Rosalía, hembra complicada, que encuentra en burlar el pecado un goce pecador, barragana de su propio esposo, emporio de malicias verdes, de corrupciones sentimentales y de irónica honradez, que desdeña el vicio real porque saborea intelectualmente con fruición sus mieles enfermizas.

Un pedazo de vida arrancado á la realidad y expuesto en las páginas del libro á nuestros ojos es el *novelín* de Blanco-Fombona. El estilo personalísimo del autor añade un encanto más delicado á la obra: estilo de concisiones, fresco, cantante, como un manantial, abundoso de imágenes puras, bastante correcto en su desenfado, y que se amolda con una agilidad vivaz y fuerte á las circunstancias de la narración. Por él corren, como en alas de una brisa libre y grata, los perfumes de las montañas nativas, el canto acorde de las aves del trópico, que ensalzan, entre la púrpura de los ramajes florecidos, la gloria de la luz. Y un estremecimiento profundo, latido de las entrañas de la Patria, corre bajo los floreos de la dicción, denunciando que un corazón de patriota ferviente presidió el nacimiento de la novela.

JESÚS SEMPRÚN.

Caracas, XII, 1906.

V

Com mais ou menos viço, mais ou menos perfume, mais ou menos variedade de fórmas ou de colorido, com mais ou menos differenças de matizes, viceja em toda a parte a flôr litteraria. O seu habitaculo comprehende todas as latitudes e longitudes e até dos frígidos e brancos Esquimaus, exploradores curiosos já trouxeram especimens de uma litteratura oral, de gente que ainda não sabe escrever, mas que na sua bruteza sente e se commove ante a natureza e a vida. Na nossa America a flor litteraria não tem ainda nem o exquisito e variado das fórmas, nem a singularidade dos perfumes, nem o explendor particular ou o peregrino colorido de algumas das flôres caracteristicas da flora indigena. Mas embora incomparavelmente menos notavel e distincta do que essas, não é já de todo indigna da nossa estimação. Flôr de transplantaçao, especies e variedades exoticas aqui apenas acclimadas, o seu defeito é que ainda se lhe sente demasiado a enxertia. Nada, porém, que com mais demorada e intensa cultura, adubos mais crassos, cruzamentos com especies ou variedades similares da terra, maior influencia do sólo e do ambiente desta na sua evoluçao, essa mesma venha um dia a rivalizar, na opulencia da floraçao ou na exquesitice do perfume, e ainda em outros caracteres com os typos exoticos de que provém ou com os magnificos exemplares da flora botanica patricia.

A America foi colonisada exactamente na época do maior florescimiento das litteraturas mais das suas. O periodo da colonisaçao aqui è a era de Camões, de Cervantes e de Shakespeare. E com quanto os conquistadores e colonisadores, nos seculos XVI e XVII, do que certamente, menos se occupariam, e preoccupariam, seria de letras e litteratura, nao era natural que esse aspecto da civilisaçao das suas maispatrias ficasse de todo sem nenhuma influencia nas colonias.

Tanto naó ficou que, relativamente bem cedo, aqui se começou a fazer litteratura, e os primeiros poetas americanos, de nascimiento ou de residencia, entram a apparecer desde o seculo XVI. Os esforçados e aventúreros conquistadores ibericos, villaos ou fidalgos, soldados ou mesteiraes, padres ou seculares, letrados ou idiotas, gente de toda a condiçao, e principalmente da peior, conquistando, guerreando, pelejando, entre si ou com o indigena, no meio das guerras, dos alvorotos, dos motins, em plena conquista ou nas lutas civis, ainda assim nao deixaram mirrar de todo e morrer a semente de cultura que, mesmo a despeito delles, com elles vinha. Tambem a borboleta nao sabe que leva em si a pollen fecudo de que vao desabrochar novas flores.

Em Venezuela, nao obstante ser uma das terras da America mais trabalhadas pelas agitaçoes da conquista e estabelecimiento dos hespanhoes, e ainda posteriormente pelos alvorotos da independencia e infinitas lutas civis que alli, até hoje, a seguiram, nao morreu entretanto essa semente. Ella alli vingou em romancistas, em poetas, em publicistas.

No livro, forçosamente escasso e limitado de Manoel Ugarte, *La joven literatura hispano-americana* (Paris 1906), figuram nada menos que doze escriptores venezuelanos de prosa e verso, com enxertos que os recomemdam mui favoravelmente.

A esses o autor do romance de que me vou occupar accrescenta os de Cesar Zumeta e Carnevalli Manreal; este, segunda a opiniao de outro litterato venezuelano que cita "é o primeiro escriptor vivo de Venezuela".

Sao mais dous bons documentos da litteratura venezuelana, um romance EL HOMBRE DE HIERRO, do Sr. Rufino Blanco-Fombona e um livro de historia diplomatica *La segunda misión á España de Don Fermim Toro*, pelo Sr. Angel Cesar Rivas.

O primeiro, de pura litteratura e escripto por um escrip-

tor que é um artista, tem para nós, pela sua mesma genera-
lidade, un maior interesse litterario,

O Sr. Rufino Blanco-Fombona, seu autor, é um homem de
34 annos, com uma bagagem litteraria relativamente consi-
deravel *(Cuentos americanos, Más allá de los horizontes,
Cuentos de Poeta)* e além de homem de governo é tambem
homem de politica. Era nao ha muito Governador do Alto
Amazonas venezuelano, e este seu livro foi escripto na pri-
sao, onde, naturalmente, esteve preso por "inimigo da Re-
publica", segundo á formula latino-americana.

E' um novellista e contador nao só interessante, o que nao
é pouco, mas aprazivel e até delicioso. Seus *Cuentos Americanos* foram traduzidos em francez, e nao só o noticiario,
em toda a parte facil, mas a critica litteraria franceza os re-
cebeu com estima e louvor. E sem maior favor, pois elle
conta com facilidade, com graça, e a sua simplicidade se
mistura um pensamento que se nem sempre é raro ou dis-
tincto, nao é nunca trivial, e uma philosophia que põe nas
suas historietas maior interesse que o da fantasia que as
cria.

Daquelle seu segundo libro, que citei entre parenthese,
sao estas linhas, a proposito do durissimo dominio da Hespanha nos Paizes-Baixos:

"A Hespanha naquelle tempo era a Força; e a Força,
como os gazes, tende a expandir-se.

"*Crímenes son del tiempo y no de España*, cantou o poeta; mas os crimes nao foram só do tempo, como nao foram
só da Hespanha. Os crimes do Força sao da Força mesmo;
seu effeito irremediavel, fatal. Um terremoto nao é bom,
nem é máo; é terrível. A guerra é uma fórma do poder te-
rritorial da natureza. Podem mudar os tempos mas nao mu-
dam os estragos da conquistas. Nao foi mais cruel a Hespanha dos seculos xv e xvi quando fazia taboa raza da civilisaçao indigena da America e dizimava a flôr dos impe-
rios, do que a Inglaterra de agora metralhando os Derviches,
submettendo Askantis, crucificando os Boers, bebendo a

mettade do sangue e das lagrimas vertidas pelos homens
do seculo XIX."

Este litterato, governador de provincia, é desabusado
como um estteta; é um ironico e talvez um sceptico. Desabusado e ironico, e pessimista (é singular como rebemtam
viçosas na "joven America" estas fanadas flôres da "caduca Europa") é este seu romance do *Homem de Ferro*. Já o ti-
tulo é uma ironia. Salvo para o seu parvo trabalho do escriptorio de uma casa commercial, ao qual se dava todo, de
corpo e alma, incançavelmente, sempre prompto e disposto,
e infatigavel, o que lhe mereceu do seu patrao e compa-
nheiros aquella alcunha, Crispín Luz, o heróe de novella, é o
homem mais fraco, mais sem caracter, isto é, sem energia e
vontade que se possa imaginar. Todos se lhe impaem e go-
vernam absolutamente. A cua nullidade é completa. Por
fim casam-n-o mais do que elle se casa com uma bonita ra-
pariga, que o aceita sem amor ou sequer estima por elle.
Indagando de si mesma porque casara com aquelle marido
pelo qual antes sentia repulsao que affecto, a quem enga-
nara, María, sua mulher, deu-se sempre a mesma resposta:
"Casei por falta de vontade, por tola e inexperiente, para
seguir a corrente; porque Rosalía (era uma prima sua, em
cuja familia ella vivia) se casava, porque era precizo nao
ficar a vestir santos, ou para ama dos filhos de minha prima;
porque desejava arranjar uma posiçao independente e sahir
da tutella; porque as mulheres se devem casar; porque Rosalía, minha tiaJosepha e Adolfo (era o marido da prima) me
metteram pelos olhos o Crispín, jurando-me que era um
bom partido, principalmente em Caracas um noivo é averara.

Nestas condiçoes o casamento foi infeliz, e o pobre homem de ferro do escriptorio commercial victima de sua fra-
queza de caracter e da sua incapacidade de se fazer amado
da mulher que o trahio com um pelintra da terra. E' verdade
que para vir a lamental-o e amal-o, ao marido, depois
de morto, só entao apreciando o que nelle havia de bon-
dade e ternura.

Tal o fundo da novella do Sr. Blanco-Fombona. Nella agitam-se, e mesmo vivem typos diversos, geralmente caracteristicos ou bem caracterizados. Como das mulheres do seu romance diz avisadamente o autor que "nao sao *todas* as mulheres de Caracas, porém essas e nada mais", assim se póde dizer que as creaturas da sua imaginaçao, quasi todas mais ou menos, nao sao sem duvida todos os seus patricios, mas esses que descreve sómente. A vida e a sociedade venezuelanas parecem nelle descriptas com exactidao, sinceridade e arte.

Essa vida nao differe essencial ou consideravelmente da de outras cidades americanas, nem essa sociedade é notavelmente differente das outras do continente. E'a mistura da estreitesa da vida colonial, de preconceitos nativistas, com emprestimos, adaptaçoes e imitaçoes e ainda arremedos, exoticos, resultando tudo nessa incongruencia caraeteristica das nossas sociedades americanas, meio civilizadas, meio barabras, simultaneamente antiquadas e adiantadissimas. Para que nada falte de nacional no quadro do Sr. Fombona, vemos nelle um terremoto e uma revoluçao, e discussoes politicas que nos dao, com manifesta impressao geral do estado e sentimento politico do paiz, sem saírem da arte do romancista.

E'em summa, um livro bem feito, ainda com um resto de naturalismo, no estylo da narraçao e na erueza de algumas scenas e expressões, escripto numa lingua corrente, facil, expressiva, sem o empollado e o amaneírado habituaes dos Hespanhóes.

José Verissimo.

Rio de Janeiro, 1917.

VI

Sólo por el afán de poner nombres raros á las cosas, me explico que el literato venezolano D. Rufino Blanco-Fombona haya puesto á su libro EL HOMBRE DE HIERRO, el nombre de novelín, que resulta un poco cómico aplicado á una novela de tomo y lomo, que consta de cerca de 257 páginas en 4.º Nos deja esto una impresión parecida á la de esos zagalones á quienes padres extremosos tratan como si fueran tiernos infantes, y no les hablan más que en diminutivo.

El libro del señor Blanco-Fombona es intenso. Hay en él dos tipos que son cada uno, desde su punto de vista, un acierto psicológico y estético. Uno es el protagonista, Crispín Luz, un hombre apocado, laborioso, enteco, de esos que nacen para carne de sacrificio y de quienes abusa todo el mundo por su propia bondad. De las desventuras de este personaje se puede sacar una acerada moraleja nietzscheana: sed malos, antes que ridículos. El otro es un tipo femenino, más frecuente en la vida real que en la novela, donde suelen ser preferidos los caracteres de algún relieve. Es una mujer apática, egoísta, de genio reconcentrado, de un romanticismo soso, de floja voluntad, una de las predestinadas al adulterio sin pasión, ó á la pasión sin disculpa, por vanidad, porque lo hacen otras; una de esas mujeres que son esclavas de los hombres egoístas y fuertes y tiranas de los maridos ó los amantes buenos y débiles. El cuadro de costumbres que pinta el señor Blanco-Fombona tiene color, animación, vida. Lo que tenga de local no podrá apreciarlo el público europeo (la acción pasa en Venezuela); pero como las costumbres de las clases alta y media de los pueblos civilizados son casi cosmopolitas, hay en esta pintura de costumbres un fondo de realidad y de interés dramático perfectamente comprensible.

Como novelista hay que aplaudir al señor Blanco-Fombona; pero no se le puede alabar en la misma medida como escritor, por su afición á los neologismos y extranjerismos. Yo no soy enemigo del neologismo, ni creo que las lenguas vivas puedan estancarse y declarar definitivo y cerrado su léxico. Mas el neologismo y las voces de estirpe extranjera, para ser aceptables necesitan mejorar las voces existentes ó suplir las que en un idioma falten ó hayan caído en desuso, pues lo primero es raro en las grandes lenguas modernas. No veo ventaja ni progreso alguno en decir "tutelaje" por tutela, "desapuñar" por soltar, "fortunoso" por afortunado, "reclamo" por reclamación, ni otras cosas parecidas que el señor Blanco-Fombona escribe, y peor todavía me parece el uso de ciertas preposiciones cuando la construcción está pidiendo otras (v. gr.: "de" en lugar de "por" ó "para"). Sin embargo, creo que no debe darse demasiado alcance á esta crítica gramatical, pues es fácil que algunos de estos defectos dependan de deformaciones regionales del castellano en América, y no son tampoco tan frecuentes que afeen continuamente el lenguaje.

Gómez de Baquero.

VII

Sr. D. Rufino Blanco-Fombona. Caracas.

Mi querido y muy eminente colega: Acabo de leer vuestro Hombre de Hierro. Es un libro muy fuerte; el más fuerte que habéis producido hasta hoy. Creo que él da definitivamente vuestra medida. Sois un poderoso relator y un escultor de figuras humanas. Os mostráis frío, duro, sardónico, superior infinitamente á los fantoches que movéis, y exponiendo vuestra fábula hacéis obra de juez.

Los hombres y las escenas de Venezuela son vistos con ojos balzaquianos. ¡Qué tipos vuestro Brummel, especie de monsieur Alphonse americano; vuestro Joaquín Luz, vuestro Crispín, cuya muerte es una de las más bellas escenas del libro! ¿Y la revolución—ó guerra civil—y las perspectivas que se abren sobre la política y la vida social, sobre los arrivistas y los intrigantes de Venezuela?

Estoy curioso de saber cómo es acogido por allá vuestro libro.

Me siento particularmente contento de leer vuestra última obra, porque ella me trae también, aunque indirectamente, noticias vuestras. Veo que os alejasteis de Europa, que habéis retornado á vuestro país. ¿Estáis contento por allá? ¿No sentís un poco la nostalgia del viejo continente, de París? Acaso encontréis un momento para decírmelo.

Entretanto, recibid mis felicitaciones por este nuevo y feliz esfuerzo y todos mis anhelos por vuestro triunfo.

Vuestro, cordialmente,

MAX NORDAU.

París, 23 de Enero de 1907.

VIII

Nosotros sólo conocíamos á Blanco-Fombona como poeta; nos atraía su estilo jugoso y vibrante como un manojo de nervios; estilo que reconocíamos en tal cual impresión, en tal cual artículo que de vez en cuando leíamos en periódicos y revistas sur-americanas, antes de conocer la firma que los calzara. Así, ha sido una sorpresa encontrarnos con su, para nosotros, primer libro de prosa, pues de sus *Cuentos Americanos*, que han merecido los honores de ser traducidos al francés, sólo hemos visto los diversos juicios que merecieron á la mayor parte de la Prensa parisiense, y que

Fombona reproduce en las últimas hojas del libro que motiva estas líneas.

Sorpresa, repetimos, y muy agradable por cierto, nos ha causado la lectura del EL HOMBRE DE HIERRO. Los poetas, salvo raras excepciones, como que sienten desconcertados cuando descienden de su Clavileño á la corteza de la tierra; el deslumbramiento de sus cielos familiares, como que les impide encararse con las crudeza de la vida, y habituados á la regla precisa de la forma rítmica, deslucen el amplio manto de la prosa, que frecuentemente pierde sobre sus hombros, la euritmia de sus pliegues armoniosos.

Blanco-Fombona ha salido victorioso de la prueba. Su libro entra por entero en los grandes cánones que rigen la forma de la novela moderna; responde bien á las tendencias de los que buscan en el libro, á través de los espejismos de la frase y fuera del interés del romance, que agarra únicamente á la curiosidad, un diagnóstico siquiera de las diversas enfermedades que aquejan al grupo humano, una brecha por donde se puedan entrever las causas que han originado los problemas sociológicos que tanto preocupan actualmente á los pueblos hispano-americanos.

Crispín Luz, el hombre de hierro, lleva este calificativo como un irónico sambenito de su triste destino. De hierro, sí, como una rueda de máquina, para funcionar diariamente en la casa comercial de Perrín y Compañía; de hierro, para resistir las doce horas diurnas, sobre la contabilidad de la negociación, que poco á poco destruía la voluntad en su espiritu y la vida en sus pulmones; pero de trapo para todo lo demás. Su madre lo expolia, sus hermanos lo burlan, su mujer lo engaña, hasta que la tisis, menos cruel que todos ellos, lo ahoga, ayudada por el *religiosismo estrecho y carnicero* de un capuchino brutal.

Tal es, á grandes rasgos, este hombre de hierro con articulaciones de azúcar, que se desmorona ante la indiferencia de los suyos, víctima de un mal que no es endémico de Caracas, sino de lejanas fronteras. Aquí, en Méjico, nos codeamos en todas partes con Crispín Luz. La ingénita indolencia del criollo prefiere el sueldo fijo que le permite subvenir más ó menos á sus necesidades, á afrontar los azares de la vida, á ejercitar su voluntad en todas las actividades que ofrece, y deja, fatalmente, que esa nueva forma de esclavitud, constituída ahora por el ergástulo del almacenista y del quincallero, gaste su iniciativa individual, borre sus ideas propias y le prepare, cuando llega la enfermedad ó la vejez se avecina, el lecho de un hospital, ó el melancólico jardín de un hospicio.

Blanco-Fombona merece de la crítica generosos estímulos para la mejor realización de su obra. Nosotros lo vemos al lado de Díaz Rodríguez, encabezando ese grupo de robustos talentos que son una esperanza para la América. Gracias á ellos y á los esfuerzos de otros que no es preciso nombrar, comienzan los europeos á creer en nuestra literatura; mañana podremos esperar que tenga un valor efectivo en el conjunto del pensamiento universal.

(Revista Moderna.)

México, 1907.

IX

Durante diez meses he tenido esta novela en mi escritorio sin leerla. Me llegaban entretanto otros y otros libros, que leía en seguida, y EL HOMBRE DE HIERRO continuaba en mi escritorio, á la mano, á la vista, sin que me fuera dable vencer la impetuosa repulsión que me obligó á cerrarlo y repudiarlo cuando por primera vez hojeé sus páginas. La mascarilla que en la portada se asoma permanecía impasible cuando con hondo acento interior yo la increpaba: "No te perdono, no te perdono, le decía, el craso error del prólogo. Nada te compelía á esa abominación. Un artista como

tú ha de ser ante todo, como el historiador, como el senten-
ciador, una. conciencia. Tus obligaciones con la verdad son
superiores á tus compromisos con los hombres. Tu gratitud
no tiene el derecho de mezclarse en tu obra de arte. Menos
aún lo tienes para nombrar la bestia simiana á las puertas
del templo. Tu orgullo no debe ignnorar que tú eres siempre el acreedor, y que te basta con ser glorioso. No te perdono el innoble *liminar*, no te lo perdono." Y ni las grandes voces pontíficas que en Europa y en América han can-
tado en coro sixtino el advenimiento de EL HOMBRE DE
HIERRO; ni mi propia convicción de que me estaba privando
del inefable goce de inefables tesoros de belleza; ni la mar-
mórea fuente de amistad bajo cuyas canoras aguas cristalinas nos hemos bañado él y yo por más de dos lustros, rotos
por muchas y muy largas ausencias, que él ha vivido en la
civilización, en la selva y en la cárcel, y al cabo de los cuales él me dice en un blanco rincón del novelín, con el sentido
candor de un alma de poeta: *su amigo de todas las épocas,
su compañero*; ni la curiosidad, ni la tentación, ni las remi-
niscencias, ni los presentimientos que el drama caraqueño
encerrado en sus páginas despertaba en mi espíritu, ni los
reproches de un poeta amigo cada vez que miraba el libro
en mi escritorio, en su puesto de siempre, clavado allí como
en castigo, lograron domar mi repugnancia y mi disgusto.
Y por diez meses, cada día, al comenzar mi labor cotidiana
en mi escritorio, y muchas veces en los ratos de interrupción absorta y pensativa, con hondo acento interior yo decía á la mascarilla que se asoma en la portada, y que tiene
toda la seriedad y toda la contracción del rostro de Rufino,
pensando: "No te perdono el innoble *liminar*, no te lo perdono; no te perdono que hayas olvidado que ibas á provo-
car la indignación de ciertas almas."

Después, al fin, pacificado por el gran pacificador, tran-
quilizada mi indignación por el tiempo, he removido el libro
de su sitio de castigo, y lo he leído.

—Pero qué buena, pero qué buena es la novela de Rufino—le decía yo con la más vehemente energía de expresión, hace tres días, á Rubén Darío y á Fabio Fiallo.

—Es tomada de la realidad—me contestó Darío, haciendo con su mano aristocrática un ademán con el que parecía querer señalarme cual si pasaran ante sus ojos los tipos vivos del drama caraqueño.—Yo escribí sobre ella un articulito—agregó luego, mientras que su mano aristocrática acariciaba el talle de una copa llena de sangre.

El artículo de Rubén Darío, que yo había leído, aunque no se lo dije, no es muy de mi gusto, porque si á propósito del HOMBRE DE HIERRO, no es un juicio formal del HOMBRE DE HIERRO, Caracas no es una ciudad académica, por más que una Academia cuente en su seno, y madama Bovary no tiene semejanzas con EL HOMBRE DE HIERRO; por más que sean del mismo género literario, y no digo de la misma escuela, porque Zola y todos los formidables que á partir de Flaubert y de Balzac buscaron y encontraron en la *vida* el alma y los elementos del arte y la belleza, protestaron siempre con perfecta razón que ellos no pertenecían á escuela alguna, porque el naturalismo literario, es decir, la manipulación por el artista de la naturaleza, la humanidad, la vida, no podía ser considerado como una escuela.

Crispín Luz es un pobre de espíritu, el auténtico bienaventurado para quien fué reservado el reino de los cielos. Hay, sin embargo, una cosa de que él no está destituído, y es la noción y la pasión del honor. Dudó él alguna vez de su María. Pero el crimen de que la sospechaba le parecía tan enorme, tan espantoso, que concluía por arrepentirse y asombrarse de sus dudas. No era la reflexión, no era la convicción tampoco lo que despejaba su espíritu: eran la magnitud y la atrocidad que el crimen de adulterio adquiría en su conciencia, y el peso de este crimen aplastaba sus sospechas. El marido de madama-Bovary, dice al amante de su mujer, mientras ambos llenan la panza de cerveza: *no lo odio á usted.* La degeneración de Crispín Luz no llega hasta estas formas de la abdicación humana.

Este sentido del honor que Crispín Luz posee no sólo in-
tacto, sino en estado pasional, es lo que le reconcilia conmigo y le hace interesante, por lo menos, á mi piedad. Su
vida es una larga imbecilidad. Su matrimonio el acto más
imbécil, y, sin embargo, más natural de su vida. Pero nótese el duro fondo de honradez de todos sus actos. Se casa
honradamente. Su matrimonio no es un acto de apetito
sensual, sino un grito del corazón. Es el amor; pero, ¡ay!, es
también la estolidez, y no es el amor sino la imbecilidad el
hada que preside su destino. Y es aquí donde res de el valor
de este drama, en el angustioso contraste de esta vida tan
pura y tan estúpida, de este hombre tan bueno y tan desgraciado, de este inocente tan inofensivo y tan hostil, con
sus ojos de buho, su nariz de gancho, su blancura de cera,
su cuerpo canijo, su delgadez extrema, su espíritu pacato.
La chancleta iracunda de doña Felipa es el símbolo de su
vida desde el principio hasta el fin. No hizo jamás daño á
nadie, y todos los daños lo persiguieron. No cometió ningún
delito, y todas las penas lo castigaron. No fué un redentor,
ni siquiera un redimido, y vivió victimado, y murió crucificado. Niño, todos los dardos caían sobre su frente. Si alguien lanzaba una piedra á un gorrión, no importa cómo, el
guijarro torcía rumbo y lo hería á él en la cabeza. Hombre,
amó á cuantos le rodearon, y cuantos le rodearon se ven-
garon de su amor, sacrificándolo. Su madre lo desama, su
mujer lo traiciona, sus hermanos lo desdeñan, Perrín lo ex-
plota. No tiene un amigo. El cariño no florece en torno suyo
ni en la forma de un perro. Es la conspiración, el suplicio,
lento, continuo, cruel, inmerecido, inexplicable, desesperado.

—¿Por qué, por qué?—pregunta en un gran grito de angustia el lector á cada página—. Pues... por nada, porque
sí, porque esa es la Naturaleza, Dios, el Destino, el Misterio.

Y eso es el libro: una denuncia de Dios, del Destino, del
Misterio.

¿Quién crea esas injusticias, quién combina esas iniqui-
dades, quién construye esos infiernos? Pues, nadie; *él, eso,*

lo Anónimo, lo Desconocido, lo Irresponsable... Y el gran mérito del libro es la profunda y deliberada y terrible intención de esa filosofía que presiente los abismos del misterio, y los descubre, y los sondea, y los expone á los ojos del espíritu humano.

Yo no me ocupo en este juicio sino de Crispín Luz, porque Crispín Luz es la creación de este libro, y su único objeto. Pero véase cómo la implacable filosofía, denunciadora de este libro, es constante en todas las creaciones accesorias. Véase cómo todas las cosas pasan bajo el soplo fatal de una inexorable inconsciencia. Es la inconsciencia de Rosalía la que concibe, trama y realiza el matrimonio de Crispín y María. Es la inconsciencia de María la que hace posible los planes de Rosalía. La inconsciencia otra vez de Rosalía protege el adulterio y la sanción. Sin embargo, Rosalía es inofensiva, carece en absoluto de malignidad. Todo lo hace por bien. Y en su ligereza, y en su frivolidad alegre y arbitrista, no inspira jamás sentimiento alguno de aversión.

Una de mis impresiones más vivas en la lectura de estas páginas es la falta absoluta de nivel moral de sus personajes. María cae sin lucha en brazos de Brummel. No lo ha amado nunca; lo ha deseado como hembra y ha bastado que él se acerque para que ella se entregue. Cae en brazos del adulterio como cayó en brazos del matrimonio: sin mente y sin corazón. Su ayuntamiento con Brummel es la escena fugaz y animal de un amor de corral. Rosalía aprueba. Doña Josefa aprueba también, á su modo, sin protesta, limitándose á un débil sermoneo, que es más bien un refunfuño de vieja majadera. A Ramón no le importa. Los demás, por esto ó por aquello, se callan. En suma, todos se callan. Resulta, en definitiva, que todas esas gentes, el más honrado, el único honrado es Crispín Luz. Y como la vida no es sino una ironía, la ironía de la vida es á él á quien castiga. Por ello, todo el libro no es sino una acerba ironía. En Crispín Luz está toda la tragedia del destino. En la falta de nivel moral de los personajes del drama está toda la perversión del medio en que el romance se desarrolla.

Excepto Crispín Luz, todos los personajes del drama son vulgares. De fantoches los califica Max Nordau. Rufino no los ha escogido. Los ha tomado del gran montón instintivamente, seguro de que el montón estaba en ellos como ellos en el montón. Yo conozco á Ramón. El autor se excusa y parecen preocuparlo sus responsabilidades de pintor. Pero él y yo sabemos que esa es la turba de vulgares alegres y dorados que allá nos codea en calles y plazas, paseos y salones; carne de vanidad y apetitos, que saben inflarse como los pavos y no sabrían decir por qué se inflan, y aman, y viven, y muchos sin haber sentido, sin haber visto, sin haber comprendido. Rufino sabe y todos sabemos que Brummel no es único, que en Caracas existe el brummelismo, que el Brummel de EL HOMBRE DE HIERRO no es sino la tipificación de esa clase grotesca de donjuanes plebeyos, muy bien vestidos, muy perfumados, muy montados al aire, cuya profesión es el amor insano y aventurero. Son, por lo común, dependientes de comercios, empleados inferiores de Ministerios y oficinas públicas.

No han sabido jamás de patria, ni de honor, ni de estudios de ninguna índole. Son, sin embargo, una aristocracia, porque pertenecen á *buenas familias*, gastan todo su dinero en la sastrería y en el club *y se dan tono*. En los salones vanilocuan, en la calle pedantean, en el club hacen trampas. Son inmorales y sórdidos, sin darse cuenta de su ruindad; y viven felices y triunfan, como el Brummel de EL HOMBRE DE HIERRO, que tras todos sus éxitos termina exportándose para Europa, de contrabando, entre las enaguas de una ministra. El Brummel del EL HOMBRE DE HIERRO es fidelísima copia del innoble original. Todos los hombres le abren los brazos.

Esta frase pinta á maravilla las complicidades y las cobardías de aquel medio, al abominación por la cual todos se degradan con el que se degrada, todos se infaman con el infame, porque todos asienten y adulan al depravado, al infame, al despreciable.

Y nótese bien esto: Brummel es una figura con la cual el autor moraliza. Brummel vive y triunfa. De brazos y piernas se compone su pedestal. Pero el asco, la náusea, el odio que causa su figura son su castigo. Si el medio en que Brummel florece experimentase hacia él estos sentimientos, el brummelismo no existiría. Brummel no es sino una de las depravaciones del medio que lo crea y lo procrea.

Hace algunos años yo presentí en *Cuentos de Poeta* al autor de EL HOMBRE DE HIERRO. Yo escribí entonces que en él había un naturalista, un revelador de la vida y, en este sentido, un creador. Es por esto más honda y personal la satisfacción que me ha causado el advenimiento de EL HOMBRE DE HIERRO.

De cuanto he leído sobre este libro, lo que quedará para siempre resonando como el grito de la síntesis sobre el gran coro sixtino de voces pontíficas, son estas poderosas palabras de Max Nordau: "Sois un poderoso relator y un escultor de figuras humanas."

JACINTO LÓPEZ.

New York, Noviembre, 1907.

X

Dos encantos tiene para nosotros este nuevo libro de Blanco-Fombona. Primero, el inevitable de encontrar en él esa luz personal, ese reflejo, casi físico, pudiéramos decir, de la humanidad del autor; una vez que se ha conocido á este venezolano simpático, es imposible pasar los ojos por una de sus páginas sin encontrar en ellas la huella de su inagotable sonrisa, el halago de su palabrería vívaz y cariñosa, la luminosidad de su gesto, la movilidad de su ademán envolvente, su chiste fácil y su muy amable paradojismo. Así, en esta novela de costumbres caraqueñas, sobre la le-

pra de sensualidades, rutinas y egoísmos que valerosamen-
te nos pinta; sobre el desamor; sobre el adulterio; sobre el
bovarismo fracasado de una mujer; sobre la flaqueza moral
y la miseria física de un hombre bueno y engañado; sobre
el pus de los ojos de una criaturita, fruto de malos amores;
sobre todo esto, más la tristeza de un mal Gobierno esencialmente español, y la inquietud renovada de los tropica-
les temblores de tierra, flota el optimismo un poco sensual
de Blanco-Fombona, galante hasta con la muerte y la co-
rrupción, puesto que tienen nombre de mujer. Las mujer-
citas caraqueñas deben ser, ¡ay de mí!, apetitosas pecadoras cuando no virtudes de severo sabor calderoniano; por
unas y por otras pienso que está dispuesto á cometer más
de una bella locura el autor de EL HOMBRE DE HIERRO, y
esta complicidad potencial le hace delinear las figuras de
todas ellas con una complacencia absolutoria de todo pecado; mimado de sonrisas femeninas, nuestro amigo, si levanta el látigo, acaba por quebrarle cortésmente á los pies de
la hermosa. No hay que olvidar, para justificar este optimismo misericordioso, que Blanco-Fombona, cuando se despide de una mujer, suele decirle, con música y todo: ¡Bonsoir,
madame la lune!

El segundo encanto de esta lectura ha sido para mí el
mágico nombre de Caracas. Hace casi mil años—quiero decir que va ya para quince la fecha—vino al pueblo—un pro-
saico pueblo de Castilla—, en una serena noche de Agosto,
una compañía de titiriteros, y á vuelta de contorsiones y
saltos mortales, representaron una comedia: era un amante,
que volviendo de tierras lejanas, topaba con la amada de
antaño, y como el amor no hubiese muerto á manos de la
ausencia, decíale así:

Aquí me tienes, Pepita.
y dime lo que me quieres;
si te quieres casar conmigo
aquí traigo los papeles.

Este previsor amante, á quien la amada había olvidado
hasta el punto de casarse con otro—tragedia que conmovió
por entonces hondísimamente mi corazón, que aún ignoraba qué cosa sea amar—, este previsor, digo, y desdeñado
amante, volvía de Caracas. El nombre de la capital venezolana quedó desde aquella noche de Agosto en mis mitolo-
gías infantiles como el de una remota, perfumada y miste-
riosa ciudad, donde fatalmente habían de ir y de donde habían de volver los amadores malaventurados, y aunque la
Geografía se obstinó en demostrarme la realidad terrena
de la urbe, yo siempre la he querido conservar emplazada
en el país del sueño, y aromada con un leve perfume á cacao y á canela, digamos cinamomo, para cortar una flor bí-
blica en honor de la ensoñación. Por eso el ambiente de la
novela que vengo comentando me ha sumido en un mar de
gratas remembranzas y he saboreado con felicidad las páginas en que Blanco-Fombona nos habla primorosamente de
aquel sol tan de oro en aquel cielo tan azul, de las mañanitas rosadas y frescas, de los cafetales, de los ríos donde es
tan placentero bañarse, de las calles limpias, del romántico
sonar de las campanas en las torres, del agua helada que se
bebe á jarros, cosas todas que van tan bien con una ciudad
sueño, hecha para fondo de aventuras de amor y mala fortuna...

G. MARTÍNEZ SIERRA.

Madrid, 1907.

XI

Por un acaso llegáronme al mismo tiempo de Venezuela
y de la República Argentina dos novelas de publicación reciente, que leí de una vez y que me parecen corresponder,
así la una como la otra, á las condiciones socialmente diversas de esas dos repúblicas hispano-americanas. La novela

venezolana es de un joven escritor que tiene un nombre dis-
tinguido en las letras, Rufino Blanco-Fombona, y lleva por
título EL HOMBRE DE HIERRO, denominándose modestamen-
te "un novelín". La argentina es de César Duayén, pseudó-
nimo masculino que vela, según me dicen, una escritora,
y llámase "Mecha Iturbe", por el nombre de su protagonista.

Literariamente, la primera vale más que la segunda; moralmente, la segunda vale más que la primera. Así, encuén-
trase en Venezuela una mayor, por lo menos más intensa y
más general, cultura clásica entre la gente educada; en la
Argentina, una mayor, quiero decir, más fuerte y más dise-
minada elevación moral. Si el aserto no se comprueba en
absoluto, con certeza, no miente en lo relativo. La sociedad
de Caracas es, en su pobreza de hoy, más refinada y, como
tal, más corrompida; la de Buenos Aires, en su actual riqueza, menos fina y, como tal, más sana.

No conozco novela venezolana que no encierre una revolución, sin lo cual dejaría de ser verdadera, ya que la revolución ha sido el alimento político constante de aquella nación.

En EL HOMBRE DE HIERRO, para variar, no asistimos á los
episodios sangrientos ó crapulosos de la orgía final: presen-
ciamos el alzamiento de los campos, la reunión de los peones sumisos y pasivos, de un fatalismo de esclavos á la voz
del dueño de la hacienda, de su jefe natural, que obra por
orden de la Junta revolucionaria ó simplemente del "general" alzado, sin que él mismo sepa bien por qué se levanta,
impulsado por un hábito imprescindible de insubordinación,
por un movimiento instintivo de desafío á la autoridad constituída, en medio á un goce físico, ampliamente sentido de
sport, del gran *sport* nacional.

En la Argentina, por el contrario, con su progreso mate-
rial constante, con su gradual y enorme desenvolvimiento de
su Instrucción pública, con la no interrumpida afluencia de
inmigrantes europeos, que deshacen la desconfianza y la

estrechez nativistas, las preocupaciones son de preferencia otras, más altas y más nobles, de adquisición científica y de reforma social. Si no lo son completamente, tratan de serlo' lo que es ya mucho.

Al paso que en la novela venezolana abundan los tipos degenerados y los caracteres inferiores, y se dibuja en derredor del héroe—un virtuoso sin voluntad, puro sin vigor y bienintencionado sin inteligencia—la lucha de los intereses y de las pasiones, de la codicia y de la sensualidad, en la novela argentina se mueven en saludable agitación sociólogos henchidos de aspiraciones, revolucionarios pacíficos saturados de filosofía renovadora; mucho más "hombres de hierro" que aquel pobre empleado de banco, honesto y trabajador, á quien el patrón, un cínico y deshonesto, asi bautizara, un tanto por equidad, un tanto por mofa.

No así los otros, espíritus fuertes, espíritus de elección. Los idealistas que el señor Graça Aranha tuvo que ir á solicitar su "Canaán" en la Alemania más caracterizadamente intelectual de Hartmann y de Nietzsche, á falta de materia prima nacional que sólo se le antojó vulgar y despreciable, César Duayén los halló entre sus compatriotas. Quedamos sabiendo si nos es lícito generalizar, que el problema de la inmigración no se presenta en el país del autor como la desaparición de las tradiciones nacionales al contacto del extranjero audaz, ilustrado ó enérgico, sino como el aprovechamiento de las actividades de fuera, vigorosas aun cuando rudas y hasta inteligentes, en la obra común por el trabajo, por la justicia y por la bondad.

El estilo del señor Blanco-Fombona denuncia la superioridad del origen y del medio intelectual, en la acepción restringida del término. El amigo que me lo presentó, escribíame de él: "Es uno de nuestros mejores escritores jóvenes; maneja con propiedad y elegancia el idioma, que si en sus manos conserva bastante pureza en ellas también pierde la dureza que en los últimos tiempos le transmitiera la pobreza del intelecto español en el siglo XIX. El español de América, si así puede llamarse, es mucho más dúctil que el de la Península, pues sin descuidar la grandilocuencia de la vieja y noble lengua, ha introducido en ella esos matices, esas medias tintas con que la forma artística ha logrado expresar los fugaces estados de alma, las complicadas sensaciones del hombre de nuestros días. La novela de Blanco-Fombona no es lo que los *Ídolos Rotos* de nuestro amigo Díaz Rodríguez. Es un ensayo donde aparece muy de relieve la personalidad del autor: inquieto, nervioso, delicado, impulsivo. No sin razón dijeron de él que tenía algo de Benvenuto."

Con efecto, su estilo es elegante, discreto, gracioso: diríase que lo trabajó un cincel, que lo engendró una tradición artística. El de César Duayén posee menos arte, menos color, menos pasado. Es una forma flúida pero debilitada por la retórica—la ciencia no la excluye—casi romántica en su difusión moral, que, por otra parte, es la que la libra de imperfección. En la primera de las novelas, los diálogos son naturales, espontáneos, vivos con toda la bajeza moral de las personalidades que bosqueja; en la segunda, acusan estudio, preparación, énfasis en su pretensión metafísica que, por lo demás, colora é ilumina los asuntos, sin excluir la belleza y el amor, que son aún los que primero despiertan en los personajes, no tanto sensaciones como sentimientos elevados y hasta sutiles.

Puede decirse que en la novela venezolana no hay un personaje de alma sana: los más simpáticos de entre ellos son discurseadores de talento, palabreros sin deliberación. En la novela argentina lo difícil es encontrar quien no sea hombre de acción, ni temperamento varonil en los conflictos sociales, no simplemente políticos, en los que las palmas del triunfo corresponden á la inteligencia y al carácter. De un lado pónense en fila los deformes, los ridículos, los pervertidos, los que persiguen el lucro, los indolentes, los maulas, la escoria de la grey humana; del otro lado los bien conformados, los elegantes, los caritativos, los desinteresados, los laboriosos, los buenos, los escogidos de la misma grey.

¿Qué indica este contraste, sino diversidad en el aparato visual, que aquí sólo permite ver superioridad y allá inferioridad, cuando en efecto toda sociedad se compone, en proporciones variadas, de los dos elementos?

El pesimismo corriente en Venezuela indica negrura en las almas; como en la Argentina el mayor optimismo indica en ellas tonos rosados de aurora, la aurora de lo bueno y de lo bello.

En la novela argentina raros son los defectos nacionales puestos en evidencia: apenas el ansia de lucro propio de una sociedad donde se produce, así como cierto desequilibrio económico engendrado por la obsesión de figurar, peculiar en ciertos miembros de una sociedad cuya principal característica exterior, es el lujo. Equivale esto á decir que el círculo más alto, la gema de esa sociedad, ejerce en derredor suyo una fascinación respecto de lo cual no se encontraría correspondencia en la de Caracas, puesto que aquí desapareció, con la fortuna particular, la gran diferencia de nivel entre las capas sociales y hasta se apagó el brillo con que se sobreponía á las demás. Parece que esta sociedad padece de decrepitud, al paso que allá se nos presenta una sociedad en formación, en desarrollo, en progreso. De la distinción de la primera guárdase memoria en la lengua literaria, más natural, ágil y más vibrante, sembrada de provincialismos y de arcaísmos que no le arrebatan el donaire.

En la lengua literaria de la otra revélase una preocupación tardía y absorbente de corrección y esmero que la torna un tanto incolora en su intención castiza. Este es el instrumento de una sociedad que se observa, que afecta europeísmo, que quiere parecer superior; el otro, el instrumento de una sociedad que conserva en la decadencia una gracia más espontánea.

Tan ajenas muy á pesar de todo en su composición y en su visión, las dos novelas se apoderan de nosotros y nos

cautivan por el contraste mismo de su apariencia, además
de sus cualidades intrínsecas. El asunto de cualquiera de
ellas es vulgar: el de la venezolana se reduce á la historia
banal de un adulterio; el de la Argentina á amores bien de-
finidos y amores mal entendidos. En su spicología á veces
incompleta ó superficial. César Duayén adelántase no obstante á Blanco-Fombona mucho más señor de la coheren-
cia de los caracteres de sus personajes, por el simbolismo
de que está envuelta su obra, como lo está de voluptuosidad la del novelista venezolano.

Aquellos tipos superiores de la especie humana—Marcos
Silas, Emilia, Elena, Pablo Herrera—todos llevados hacia
la verdad por un fuerte soplo de bondad y de confianza, en-
carnan las aspiraciones del futuro de una sociedad en donde la inteligencia se está imponiendo ó es dirigente, en
donde el altruísmo suaviza las asperezas sociales, la mujer
adquiere ascendencia moral sobre un viejo prejuicio de inferioridad, el trabajo lleva vencidos los antiguos y dañosos
elementos codiciosos, intranquilos y crueles. Las fuertes
ideas que ellos representan han de dominar y suponen ya
energías latentes ó que tienen influencia activa sobre los
problemas sociológicos que se ofrecen á la nación, y que,
por ventura, han dejado de ser el problema inicial de su libertad política, pero que son cuestiones más generales y
más humanas, como el salir de la "embriaguez del egoísmo".

Stahú, la ciudad obrera, es la sociedad del porvenir en
la que fraternizan el capital y el trabajo, en la que las doctrinas socialistas y anarquistas bien entendidas producirán
un equilibrio moral que se denuncia por la moderación de
los apetitos y por el refreno de las pasiones, y se disminu-
ye el sufrimiento con acierto desde que se admitió que provenía de la perpetuación de la injusticia y se combina el co-
lectivismo con el humanitarismo como resultado de bienes-
tar individual y de clase. Por eso, al paso que en la novela
venezolana el nativismo es revelado por sus lados malos, en
la Argentina, la inmigración extranjera se traduce por sus

lados buenos. El alzamiento en las pampas no es ya una sedición de cacique militar, es el muro obrero, una sublevación esencialmente social, no rastreramente política.

Es la misma, sin embargo, se disuelve por el sentimiento comprensivo de equidad, que se oye más alto que el rugido popular de desesperación á la voz serena de la Naturaleza, cuyo amor conduce al amor del género humano y cuyos aspectos físicos tan variados y tan perennemente interesantes se idealizan en la representación al aire libre de hermosas abstracciones—la vida, el afecto, el cariño, la caridad. Y quien imaginó aquella representación única, de un simbolismo tan bello, en un escenario delicioso, fué Helena Buklerc, la personificación de la gracia reflexiva, reposada y grave, que florece y todo lo subyuga en su serenidad al lado de Mecha Iturbe, la personificación de la gracia ligera, turbadora y embriagante. Ambas iluminaron la hermosa creación de Itahú, el campo donde el problema social fué resuelto por el esfuerzo argentino, la Canaán levantada por el genio argentino que late en la energía y en la perseverancia de los hijos de la tierra.

M. de Oliveira Lima.

Pernambuco, Marzo de 1907.

XII

Ahora, en estos últimos tiempos, es cuando se ha hecho en Venezuela el más poderoso esfuerzo en materia literaria. Con un concepto justo de lo que es el arte, sin prejuicios que entraban el desenvolvimiento del espíritu, se trata de arrancar á las entrañas de la tierruca el agua viva de la belleza; se propende con voluntad firme á no vivir de prestado, á darle sello propio á la literatura nacional. Constantemente resultan pruebas brillantes: *Peonía, Ídolos Rotos, Sangre Patricia*, por no citar más que algunas.

En los actuales momentos aparece EL HOMBRE DE HIERRO, de Rufino Blanco-Fombona, que es un paso de gigante, si no fuere la fórmula definitiva de la novela venezolana.

En las páginas de ese libro se refleja un matiz de nuestra vida, la vida caraqueña. No enturbian su serena diafanidad la opinión ó rencilla personales del autor, opinión ó rencilla que hacen de *Villabrava* de Pardo, pongo por caso, una crónica violenta de las costumbres de Caracas. El autor de EL HOMBRE DE HIERRO, artista antes que todo, con una impasibilidad flaubertiana, borra su personalidad para convertirse en animado espejo de la belleza. Los personajes de la novela son admirables en su intensa verdad. Blanco-Fombona tiene, como Maupassant, la envidiable cualidad de delinear caracteres en pocas líneas, marcando los rasgos esenciales que los hace vivir. Es analista como un fisiólogo: los temperamentos de los seres que describe son de una naturalidad prodigiosa, tal como la encontramos en el trajín cotidiano de nuestro medio. La historia de Crispín Luz corre entre las páginas del libro como un hilo de agua que ritma su canción. Es una historia corriente, humanísima, sembrada de cosas exquisitas, deliciosas ó sombrías. Crispín Luz es el falto de voluntad, el raquítico de espíritu y de cuerpo que se deja especular, que sufre las injusticias y que abrumado por el dolor y los trabajos muere tísico, abandonado de los suyos en el supremo instante, en manos de un cura que le habla de la eternidad. Más de uno se habrá equivocado con el título de EL HOMBRE DE HIERRO; pero al leer la última línea, cuando cierre el libro, EL HOMBRE DE HIERRO lucirá en la carátula como una mueca irónica.

En el estilo de la obra, Blanco-Fombona no rastrea un segundo; es conciso y plástico, de ritmo poderoso. En las descripciones es colorista: sugiere el color de la cosa misma; revivo el terremoto; escucho el despertar alegre de Caracas, asciendo hasta el ápice de las escalinatas del Calvario, oigo al grupo de muchachas hablando cosas picantes, en presencia de un risueño panorama; contemplo la actitud indecisa de la aldeana para coger la gallina que va á matar y veo los bigotes de leche de Crispín que corre llevando en las manos la camaza hacia el lecho de María...

En el presente libro Rufino Blanco-Fombona ratifica su bien tallada personalidad literaria, que honra á Venezuela y "honraría á cualquier literatura europea".

Alguien ha dicho que en el autor de *Más allá de los horizontes* hay dos personalidades, el poeta y el escritor. Puede ser. Pero yo veo en Blanco-Fombona un adorador incansable de la Belleza, un artista que siente hondo y vierte en moldes propios—prosa ó verso—la vida fugitiva, las emocíones de su espíritu.

ANTONIO SMITH.